SHERRYL WOODS

Promesas a medianoche

Editado por Harlequin Ibérica.
Una división de HarperCollins Ibérica, S.A.
Núñez de Balboa, 56
28001 Madrid

© 2012 Sherryl Woods
© 2014 Harlequin Ibérica, S.A.
Promesas a medianoche, n.º 51 - 1.2.14
Título original: Midnight Promises
Publicada originalmente por Mira Books, Ontario, Canadá

Todos los derechos están reservados incluidos los de reproducción, total o parcial. Esta edición ha sido publicada con autorización de Harlequin Books S.A.
Esta es una obra de ficción. Nombres, caracteres, lugares, y situaciones son producto de la imaginación del autor o son utilizados ficticiamente, y cualquier parecido con personas, vivas o muertas, establecimientos de negocios (comerciales), hechos o situaciones son pura coincidencia.
® Harlequin, HQN y logotipo Harlequin son marcas registradas por Harlequin Enterprises Limited.
® y ™ son marcas registradas por Harlequin Enterprises Limited y sus filiales, utilizadas con licencia. Las marcas que lleven ® están registradas en la Oficina Española de Patentes y Marcas y en otros países.
Imagen de cubierta utilizada con permiso de Harlequin Enterprises Limited. Todos los derechos están reservados.

I.S.B.N.: 978-84-687-4069-0
Depósito legal: M-32090-2013

Queridas amigas,

Desde la primera vez que escribí sobre Karen Ames, una madre soltera en apuros, en Lágrimas de felicidad, *libro de la trilogía original de las Dulces Magnolias, las lectoras querían saber más, mucho más, sobre ella y su romance con el sexy y cariñoso entrenador personal, Elliott Cruz. Ya que al final de aquella novela se encontraban de camino al altar, di la historia por terminada.*

Sin embargo, no hace mucho pensé que el conflicto y el romance no siempre terminan cuando uno pronuncia los votos matrimoniales. Y cuando los sueños de Elliott por su familia colisionan con las dificultades por las que ha pasado Karen... pues entonces... tenemos una nueva historia que contar. Y encontrarás esa historia justo aquí, en Promesas a medianoche, *mientras esta pareja se enfrenta a las mismas preguntas a las que se enfrentan tantas otras parejas casadas. Tal vez las respuestas y las concesiones a las que llegan puedan ser soluciones para algunas de vosotras también.*

Además podréis pasar un rato con las «Senior Magnolias», como a mí me gusta llamarlas; tres mujeres mayores animadas y llenas de vida que generan una buena ración de risas y momentos conmovedores durante este libro y los otros dos que están por llegar.

Espero que disfrutéis volviendo al mundo de las Dulces Magnolias. Como siempre, me encantaría saber qué os parece. Podéis escribirme a Sherryl703@gmail.com o haceros fan en Facebook y uniros a la charla allí.

Os deseo lo mejor,
Sherryl

Prólogo

La novia lucía un vestido por la rodilla y hombros al aire de satén en un resplandeciente blanco roto y una mantilla de encaje antigua, reliquia familiar, que su futura suegra le había prestado a regañadientes.

En el interior de la pequeña iglesia católica de Serenity se encontraba el hombre que había hecho cambiar la opinión que Karen Ames tenía del amor, convenciéndola de que el pasado, pasado estaba. Le había prometido un amor inquebrantable, una relación de verdad, y se lo había demostrado una y otra vez durante el largo tiempo que la había cortejado.

Karen se agachó cuando Daisy, su hija de seis años, le tiró de la falda con gesto de emoción.

—¿Cuándo nos casamos? —le preguntó la niña prácticamente dando saltos de ilusión.

Karen sonrió ante su entusiasmo. Después de demasiados años sin una figura paterna, Daisy y Mack se habían enamorado de Elliott Cruz tanto como Karen. Y, en muchos sentidos, había sido su bondadosa y generosa relación con sus hijos lo que la había convencido de que Elliott no se parecía en nada a su primer marido, un hombre que los había abandonado dejándolos sumidos en una montaña de deudas.

—Quiero casarme con Elliott —dijo Daisy tirando de ella de nuevo en dirección al altar—. Vamos a darnos prisa.

Karen miró a su hijo de cuatro años para asegurarse de que Mack no se había quitado la corbata que le había puesto ni se había empapado de refresco el traje nuevo. También comprobó que las alianzas seguían firmemente sujetas al cojín que el pequeño llevaría hasta el altar.

Dana Sue Sullivan, su jefa, amiga y dama de honor, le puso la mano en el hombro.

—Todo va bien, Karen. ¿Qué tal esos nervios?

—De punta —respondió sinceramente—. Pero entonces me asomo ahí dentro, veo a Elliott esperando y todo se calma.

Miró a Daisy y a Mack, que ya estaban entrando en la iglesia.

Tras una indicación de la que Karen ni siquiera se percató, el organista empezó a tocar para que entraran. Daisy recorrió el pasillo casi corriendo y lanzando pétalos de rosa con entusiasmo y entonces, cuando alguien comentó algo entre susurros, se giró hacia su madre y empezó a caminar más despacio. Mack iba justo detrás de la niña con gesto solemne y fue avanzando muy concentrado hasta que estuvo al lado de Elliott.

Dana Sue fue a continuación y le guiñó un ojo a su marido, que estaba sentado en primera fila; después le dirigió una amplia sonrisa a Elliott que, nervioso, se pasaba un dedo bajo el cuello de la camisa.

Karen dio un último y profundo suspiro y se recordó que esta vez su matrimonio sería para siempre, que por fin lo había logrado.

Alzó la mirada y, una vez Elliott la miró, dio el primer paso por el pasillo, un paso cargado de confianza y esperanza hacia el futuro que prometía ser todo lo que su primer matrimonio no había sido.

Capítulo 1

Ahora que el otoño estaba a la vuelta de la esquina, Karen Cruz se encontraba experimentando con una nueva receta de potaje de judías para el almuerzo del día siguiente en Sullivan's cuando su amigo y ayudante de chef, Erik Whitney, se asomó sobre su hombro, asintió con gesto de aprobación y preguntó:

—Bueno, ¿te hace ilusión lo del gimnasio que Elliott va a abrir con nosotros?

Sorprendida por la inesperada pregunta, a Karen se le vertió en el guiso toda la caja de sal que tenía en la mano.

—¿Que mi marido va a abrir un gimnasio? ¿Aquí, en Serenity?

Claramente desconcertado por lo perpleja que se había quedado, Erik esbozó una mueca de vergüenza y dijo:

—Veo que no te lo ha dicho.

—No, no me ha dicho ni una palabra —respondió. Por desgracia, cada vez era más típico que cuando se trataba de cosas importantes de su matrimonio, cosas que deberían decidir juntos, Elliott y ella no hablaran mucho del tema. Él tomaba las decisiones y después se las comunicaba. O, como en esta ocasión, ni se molestaba en informarla.

Después de tirar el potaje, ahora incomible, empezó de nuevo y pasó la siguiente hora dándole vueltas a lo poco que Elliott tenía en cuenta sus sentimientos. Cada vez que hacía algo así, le hacía daño y minaba su fe en un matrimonio que consideraba sólido y en un hombre que creía que jamás la traicionaría como había hecho su primer marido.

Elliott era el hombre que la había cortejado con encanto, ingenio y determinación y su empatía hacia sus sentimientos era con lo que la había ganado y convencido de que darle otra oportunidad al amor no sería el segundo mayor error de su vida.

Respiró hondo e intentó calmarse a la vez que buscaba una explicación razonable para el silencio de su marido sobre una decisión que podía cambiarles la vida. Lo cierto era que tenía la costumbre de intentar protegerla, de no querer preocuparla, y menos con cuestiones de dinero. Tal vez por eso no le había dado la noticia. Sin embargo, tenía que saber que a ella no le habría hecho gracia, y mucho menos ahora.

Y es que estaban planeando añadir un bebé a la familia. Ahora que Mack y Daisy, fruto de aquel desastroso matrimonio, estaban asentados en el colegio y equilibrados después de tantos trastornos que habían sacudido sus pequeñas vidas, parecía que por fin había llegado el momento.

Pero entre los fluctuantes ingresos de Elliott como entrenador personal en The Corner Spa y el salario mínimo que le daban a ella en el restaurante, se habían pensado mucho el tema de ampliar la familia. Karen no quería volver a encontrarse nunca en el desastre económico en el que se había visto cuando Elliott y ella se conocieron. Y él lo sabía, así que, ¿de dónde iba a salir el dinero para invertir en esa nueva aventura? No tenían ahorros para un nuevo negocio. A menos que él tuviera pensado sacarlo del fondo destinado para el futuro bebé. Solo pensarlo hizo que la recorriera un escalofrío.

Y después estaba el tema de la lealtad. Maddie Maddox, que dirigía el spa, la jefa de Karen, Dana Sue Sullivan, y la esposa de Erik, Helen Decatur-Whitney, eran las dueñas de The Corner Spa y habían convertido a Elliott en parte integral del equipo. También la habían ayudado mucho a ella cuando era madre divorciada e incluso Helen había alojado a sus hijos durante un tiempo. ¿Cómo iba a dejarlas plantadas Elliott? ¿Qué clase de hombre haría eso? No el hombre con el que creía haberse casado, eso seguro.

Aunque había empezado a intentar encontrarle sentido a su decisión de no contarle nada, parecía que esa estrategia no le había funcionado. Estaba removiendo la nueva olla de potaje con tanta energía que Dana Sue se acercó con gesto de preocupación.

—Si no tienes cuidado, vas a convertirlo en puré —le dijo con delicadeza—. Y no es que no fuera a estar delicioso así, pero imagino que no es lo que tenías planeado.

—¿Planeado? —contestó Karen con voz cargada de furia a pesar de sus buenas intenciones de dejar que Elliott le explicara por qué había actuado a sus espaldas—. ¿Quién planea nada ya o se ciñe al plan después de haberlo hecho? Nadie que yo sepa y, si alguien lo hace, no se molesta en discutir sus planes con su pareja.

Dana miró a Erik como si no entendiera nada.

—¿Me estoy perdiendo algo?

—Le he dicho lo del gimnasio —explicó él con gesto de culpabilidad—. Al parecer, Elliott no le ha contado nada.

Cuando Dana Sue asintió, Karen la miró consternada.

—¿Tú también lo sabías? ¿Sabías lo del gimnasio y te parece bien?

—Sí, claro —respondió Dana como si no fuera para tanto que Erik, Elliott y quien fuera más quisieran abrir un negocio que compitiera con The Corner Spa—. Maddie, Helen y yo aprobamos la idea en cuanto los chicos nos lo plantearon. Hace tiempo que la ciudad necesita un gimnasio para hombres. Ya sabes lo asqueroso que es el de Dexter. Por eso abrimos el The Corner Spa exclusivamente para mujeres en un primer momento. Esto será toda una expansión. De hecho, vamos a asociarnos con ellos. Su plan de negocio es fantástico y lo más importante de todo es que tienen a Elliott que, con su reputación y su experiencia, atraerá a muchos clientes.

Karen prácticamente se arrancó el delantal.

—Bueno, lo que me faltaba —murmuró. No solo su marido, su compañero y su jefa estaban metidos en esto, sino que también lo estaban sus amigas. Sí, de acuerdo, tal vez eso significaba que Elliott no estaba siendo desleal, como se había temido, aunque... con ella sí que lo estaba siendo—. Si no os importa, me voy a tomar mi descanso con antelación. Volveré a tiempo para preparar la cena y después Tina se ocupará del resto del turno.

Unos años atrás, Tina Martínez, una mujer que intentaba llegar a fin de mes mientras luchaba por la deportación de su marido, había compartido turno con ella en Sullivan's y gracias a eso ambas habían tenido la flexibilidad que tanto necesitaban para ocuparse de sus responsabilidades familiares. Karen seguía dando gracias por ello, incluso aunque ahora, que sus vidas se habían asentado y que Sullivan's se había convertido en un negocio muy frecuentado y de gran éxito, las dos estuvieran trabajando más horas.

Aunque había pensado que comentárselo a Tina haría que Dana Sue se diera cuenta de que no iban a dejarla en la estacada, la expresión de Dana indicaba más bien lo contrario.

—Espera un segundo.

Y entonces, para sorpresa de Karen, dijo:

—Espero que vayas a tomar un poco el fresco y a pensar en esto. No pasa nada, Karen. De verdad.

Una hora antes, Karen tal vez lo habría aceptado, pero ahora ya no tanto.

—No estoy de humor para calmarme. La verdad es que

estoy pensando en divorciarme de mi marido —contestó con desesperación.

Al salir por la puerta trasera, oyó a Dana Sue decir:

—No lo dirá en serio, ¿verdad?

No esperó a oír la respuesta de Erik, pero lo cierto era que su respuesta no hubiera sido muy reconfortante.

Elliott había estado muy distraído mientras impartía su clase de gimnasia para mayores. Normalmente le encantaba trabajar con esas alegres señoras que compensaban con entusiasmo lo que les faltaba de estamina y fuerza. Y aunque le avergonzaba, incluso disfrutaba viendo cómo se lo comían con los ojos tan descaradamente e intentaban buscar excusas cada semana para hacer que se quitara la camiseta y poder admirar sus abdominales. En más de una ocasión las había acusado de ser espantosamente lascivas... y ni una sola se lo habían negado.

—Cielo, yo ya era una asaltacunas de esas que tan de moda están ahora antes de que inventaran el término —le había dicho en una ocasión Flo Decatur, que acababa de cumplir los setenta—. Y no me disculpo por ello. Puede que te salgas de mi rango habitual, pero hace poco he descubierto que incluso los hombres de sesenta me resultan algo insulsos. Puede que tenga que buscarme un hombre mucho más joven.

Elliott no había sabido qué responder y se preguntaba si la hija de Flo, la abogada Helen Decatur-Whitney, estaba al tanto de lo que pretendía su irreprimible madre.

Ahora miraba el reloj de la pared aliviado de ver que la hora había llegado a su fin.

—De acuerdo, señoras, ya vale por hoy. No olvidéis dar unos cuantos paseos esta semana. Una clase de una hora los miércoles no es suficiente para mantenerse en forma.

—Oh, cielo, cuando quiero que me bombee bien la sangre el resto de la semana, solo tengo que pensar en ti sin camiseta —comentó Garnet Rogers guiñándole un ojo—. Eso es mucho mejor que caminar.

Elliott sintió cómo le ardían las mejillas mientras las demás mujeres del grupo se reían a carcajadas.

—De acuerdo, ya vale, Garnet. Estás haciendo que me sonroje.

—Pues te sienta bien —le contestó sin importarle nada estar avergonzándolo.

Lentamente, las mujeres empezaron a marcharse mientras charlaban animadas sobre el baile que se celebraría en el centro de mayores y especulaban preguntándose a quién le pediría salir Jake Cudlow. Al parecer, Jake era el mejor partido del pueblo aunque, después de haber visto al señor calvo, con gafas y barrigudo en un par de ocasiones, Elliott no podía dejar de preguntarse cuáles eran los criterios de esas mujeres.

Estaba a punto de entrar en su despacho cuando Frances Wingate lo detuvo. Había sido la vecina de su mujer cuando Karen y él habían empezado a salir y ambos la consideraban prácticamente de la familia. Lo estaba mirando con gesto de preocupación.

—Te pasa algo, ¿verdad? Durante la clase has estado totalmente distraído. Y no es que te supongamos un gran desafío, porque probablemente podrías darnos clase sin sudar ni una gota, pero normalmente muestras un poco más de entusiasmo, sobre todo durante esa parte de baile que Flo te pidió que añadieras —le lanzó una pícara mirada—. ¿Sabes que eso lo hizo solamente para verte mover las caderas con la salsa, verdad?

—Me lo imaginaba. Ya no hay mucho más que pueda sorprenderme o avergonzarme de lo que hace Flo.

Frances no dejaba de mirarlo a los ojos.

—Aún no has respondido a mi pregunta.

—Perdona, ¿qué?

—No te disculpes y dime qué pasa. ¿Están bien los niños?

Elliott sonrió. Frances adoraba a Daisy y a Mack a pesar de que eran unos terremotos.

—Están muy bien —le aseguró.

—¿Y Karen?

—Está genial —respondió aun preguntándose cuánto de eso era verdad.

Tenía la sensación de que dejaría de estar genial cuando se enterara de lo que había estado tramando. Y la verdad es que no tenía ni idea de por qué no le había contado que quería abrir un gimnasio. ¿Es que había temido que no lo aprobara y que acabaran discutiendo? Tal vez sí. Era muy susceptible con los asuntos de dinero después de haberlo pasado tan mal con un exmarido que la había abandonado y dejado con una montaña de deudas.

Frances lo miró como si fuera a echarle una reprimenda.

—Elliott Cruz, no intentes soltarme un cuento. Puedo ver lo que piensas como hacía con todos los niños que han pasado por mi clase a lo largo de los años. ¿Qué pasa con Karen?

Él suspiró.

—Eres más astuta todavía que mi madre y eso que a ella tampoco pude ocultarle nada nunca —dijo lamentándose.

—Espero que no.

—No te ofendas, Frances, pero creo que la persona con la que debo hablar de esto es mi esposa.

—Pues entonces, hazlo —le advirtió—. Los secretos, incluso los más inocentes, pueden acabar destruyendo un matrimonio.

—Es que nunca tenemos tiempo para hablar de cosas —se quejó—, y esta no es la clase de conversación que puedo soltarle en un momento y marcharme corriendo después.

—¿Es algo que causaría problemas si ella se entera por otras personas?

Él asintió.

—Más bien sí.
—En ese caso habla con ella, jovencito, antes de que un pequeño problema se convierta en uno grande. Saca tiempo —lo miró con dureza—, y que sea más pronto que tarde.

Él sonrió ante su expresión de enfado. No le extrañaba que tuviera esa reputación como maestra; una reputación que seguía ahí incluso después de que se hubiera jubilado.

—Sí, señora.

Ella le dio un golpecito en el brazo.

—Eres un buen hombre, Elliott Cruz, y sé que la quieres. No le des ni la más mínima razón para que lo dude.

—Haré lo que pueda —le aseguró.

—¿Pronto?

—Pronto —prometió.

Por mucho que hacerlo fuera a ser como remover un avispero.

Cuando llegó al The Corner Spa en la esquina de Main con Palmetto, Karen se detuvo. Estaba empezando a arrepentirse de no haber seguido el consejo de Dana Sue y haberse ido a dar un paseo por el parque para calmarse antes de ir allí a enfrentarse a su marido. Incluso aunque sabía que, probablemente, era una idea terrible hacerlo no solo cuando él estaba trabajando, sino cuando ella estaba completamente furiosa. No resolvería nada si empezaba a gritar, que era lo más probable.

—¿Karen? ¿Va todo bien?

Se giró ante la pregunta suavemente formulada de su antigua vecina, Frances Wingate, una señora que se acercaba a los noventa y que tenía todavía mucha energía. Aunque estaba de un humor terrible, a Karen se le iluminó la cara solo con ver a la mujer que, en muchos sentidos, era como una madre para ella.

—Frances, ¿cómo estás? ¿Y qué estás haciendo aquí?

Frances se la quedó mirando perpleja.
—Estoy asistiendo a las clases de Elliott para mayores. ¿No te lo ha dicho?
Karen suspiró frustrada.
—Al parecer, hay muchas cosas que mi marido no ha compartido conmigo últimamente.
—Oh, querida, eso no me suena nada bien. ¿Por qué no vamos a Wharton's y charlamos un poco? Hace siglos que no tenemos la oportunidad de ponernos al día con nuestras cosas. Algo me dice que será mucho mejor que hables conmigo a que entres a ver a Elliott estando tan enfadada.
Sabiendo que Frances tenía toda la razón, Karen la miró con gesto de agradecimiento.
—¿Tienes tiempo?
—Para ti siempre puedo sacarlo —le respondió Frances agarrándola del brazo—. Bueno, dime, ¿has venido en coche o vamos andando?
—No he traído el coche.
—Pues entonces vamos a caminar —contestó la anciana sin dudarlo ni un momento—. Qué suerte que me haya puesto mis deportivas favoritas, ¿verdad?
Karen bajó la mirada hacia sus zapatillas turquesa y sonrió.
—Se nota por tu comentario que sigues la moda —le dijo bromeando.
—Esa soy yo. La mayor «fashionista» de la tercera edad.
Cuando llegaron a Wharton's y pidieron té dulce para Frances y un refresco para Karen, la mujer la miró a los ojos.
—Bueno, ahora cuéntame qué te tiene tan enfadada esta tarde y qué tiene eso que ver con Elliott.
Para consternación de la mujer, a Karen se le llenaron los ojos de lágrimas.
—Creo que mi matrimonio tiene graves problemas, Frances.

En el rostro de su amiga se reflejó un gesto de verdadero impacto.

—¡Tonterías! Ese hombre te adora. Hablamos después de clase todos las semanas, y los niños y tú sois lo único de lo que habla. Está tan prendado de ti ahora como lo estaba el día que te conoció. Estoy segurísima de ello.

—¿Pero entonces por qué no me cuenta nada? —se lamentó Karen—. No sabía que te veía todas las semanas y acabo de enterarme de que tiene pensado abrir un gimnasio para hombres. No tenemos dinero para que corra esa clase de riesgo, por mucho que tenga socios. ¿Por qué se ha metido en algo así sin ni siquiera consultármelo?

Miró a Frances con resignación.

—La gente ya me advirtió sobre estos machos hispanos. Sé que es un estereotipo, pero ya sabes a qué me refiero, a esos que hacen lo que quieren y esperan que sus mujeres los sigan sin rechistar. El padre de Elliott era así, pero jamás pensé que él fuera a serlo. Cuando estábamos saliendo era tan considerado y tan encantador...

—¿Estás segura de que te está ocultando cosas deliberadamente? —le preguntó Frances actuando con sensatez—. Podría haber un montón de explicaciones para el hecho de que no te haya mencionado esas cosas. Con dos hijos y dos trabajos, los dos estáis tremendamente ocupados. Vuestras agendas no siempre encajan a la perfección, así que el tiempo que pasáis juntos debe de ser muy escaso y cotizado.

—Eso es verdad —admitió Karen. Ella solía trabajar por la noche mientras que él se marchaba al spa a primera hora de la mañana. A veces eran como barcos que se cruzaban en la noche y sus agendas no les permitían mantener una comunicación real.

—Y cuando tenéis tiempo libre, ¿qué hacéis? —continuó Frances.

—Ayudamos a los niños con los deberes o los llevamos

a la infinidad de clases extraescolares en las que están metidos. Después, caemos exhaustos en la cama.

Frances asintió.

—Pues no me digas más. No tenéis apenas tiempo para la clase de charlas profundas e íntimas que necesitáis mantener las parejas jóvenes, sobre todo cuando aún os estáis adaptando al matrimonio.

Karen torció el gesto.

—Frances, ya llevamos juntos un tiempo.

—Pero solo lleváis casados y viviendo juntos un par de años. Pasó mucho tiempo hasta que pudiste anular tu primer matrimonio. Ser novios es muy distinto de estar casado y establecer una rutina. Lleva tiempo encontrar un ritmo que funcione, uno que os permita todo el tiempo a solas que necesitáis para comunicaros de verdad. Imagino que Elliott tiene tantas ganas de eso como tú.

Hubo algo en su voz que hizo que Karen se detuviera un momento.

—¿Te ha dicho algo? Por favor, dime que tú no estás metida también en todo esto del gimnasio. ¿Es que soy la única persona de todo el pueblo a la que no se lo había dicho?

—Deja de ponerte frenética —le dijo Frances, aunque se sonrojó al hacerlo—. Elliott y yo hemos charlado hace un momento, pero no me ha dicho nada sobre el gimnasio. Es lo primero que oigo sobre el tema. Me ha dicho que no ha podido contarte algo importante porque los dos habéis estado muy ocupados, pero no me ha especificado nada.

—Ya veo —contestó Karen con cierta frialdad, y no demasiado aliviada ni por la explicación ni por el hecho de que más personas hubieran hablado a sus espaldas.

—Ni se te ocurra sacar de aquí más de lo que hay en realidad —la reprendió Frances—. Le he preguntado por qué ha estado tan distraído en la clase de hoy. Ha tartamudeado un poco y ha intentado disimular, pero al final ha admitido que te había estado ocultando algo. Le he dicho que no tiene ninguna buena razón para no comunicarse con su esposa —miró fijamente a Karen—. Verás que he dicho «comunicarse», no «gritar». La verdadera comunicación implica escuchar además de hablar.

Karen esbozó una débil sonrisa; la había reprendido y con razón.

—Te escucho, pero ¿cómo vamos a encontrar tiempo para sentarnos a mantener esas charlas sinceras e íntimas que solíamos tener cuando estábamos saliendo? Ahora mismo necesitamos trabajar todo lo que podamos. Y aunque pudiéramos sacar algo de tiempo, tener una canguro es demasiado caro para nuestro presupuesto.

—Pues en ese caso, dejad que os ayude —respondió inmediatamente Frances con entusiasmo—. Desde que os casasteis y os mudasteis a la casa nueva, ya no veo a Daisy y a Mack tanto como me gustaría. Están creciendo mucho. Dentro de poco ni los reconoceré.

Al instante, Karen la miró sintiéndose culpable. Aunque le había llevado a los niños a menudo justo después de que se hubieran casado, las visitas a Frances se habían ido reduciendo a medida que sus agendas se habían ido complicando. ¿Cómo podía haber sido tan egoísta cuando sabía lo mucho que esa mujer disfrutaba pasando un rato con los niños?

—Oh, Frances, ¡cuánto lo siento! Debería habértelos llevado más a menudo.

—Tranquila —le dijo agarrándole la mano—. No pretendía hacerte sentir mal. Iba a decirte que podemos programar un día a la semana para ir y quedarme con los niños mientras Elliott y tú salís por ahí. Me imagino que aún soy capaz de supervisar los deberes del cole y leer uno o dos cuentos. Es más, me encantaría hacerlo —sonrió y un pícaro brillo iluminó su mirada—. O podéis llevarlos a mi casa, si preferís pasar una noche romántica en casa. Seguro que sabría cuidarlos si se quedan a dormir ahora que son más mayores.

Karen se resistía a pesar de la franqueza con que la mujer le hizo la propuesta.

—Eres un encanto al ofrecerte, pero no podría imponerte una cosa así. Ya has hecho por mí mucho más de lo que me merezco. Siempre que vienen malos momentos, estás a mi lado.

Frances le lanzó una mirada de reprimenda.

—Para mí sois como de la familia y, si puedo hacer esto por ti, sería un placer, así que no quiero oír esa tontería de que es demasiado. Si me pareciera demasiado, no te lo habría ofrecido. Y si rechazas mi ofrecimiento, lo único que harás será herir mis sentimientos. Harás que me sienta vieja e inútil.

Karen sonrió; sabía que Frances no era ninguna de esas dos cosas. A pesar de haber ido sumando años, su espíritu se mantenía joven, tenía montones de amigos y seguía siendo un miembro activo de la comunidad. Pasaba unas cuantas horas al día llamando a personas mayores que no podían salir de casa para charlar con ellos y asegurarse de si necesitaban algo.

Finalmente añadió.

—De acuerdo, si estás segura, lo hablaré con Elliott y fijaremos una noche contigo. Haremos una prueba para ver qué tal marcha. No quiero que Mack y Daisy te dejen agotada.

La expresión de Frances se iluminó.

—¡Muy bien! Ahora debería irme. Tengo una partida de cartas esta noche en el centro de mayores con Flo Decatur y Liz Johnson, y tendré que echarme una siesta si quiero estar lo suficientemente espabilada para que no me hagan trampas. Por muy honradas que sean como mujeres, son muy tramposas cuando se trata de jugar a las cartas.

Karen se rio mientras se bajaba del asiento y abrazaba a su amiga.

—Gracias. Me hacía mucha falta esta charla; lo necesitaba más que enfrentarme a mi marido.

—Enfrentarse y hablar está bien, pero no es lo mejor hacerlo estando enfadada —le agarró la mano de nuevo—. Espero que me llames en los próximos días.

—Te llamaré. Lo prometo.

—Y cuando llegues a casa esta noche, siéntate con tu marido y habla con él, sea la hora que sea.

Karen le sonrió y respondió obedientemente:

—Sí, señora.

Frances frunció el ceño.

—No digas eso solo para aplacarme, jovencita. Espero oír que los dos habéis solucionado esto.

Y claramente satisfecha por haber tenido la última palabra, se marchó.

Karen la vio alejarse y se fijó en que no hubo ni una sola persona en Wharton's a quien no le hablara u ofreciera una sonrisa al salir.

—Es excepcional —murmuró Karen antes de suspirar—. Y sensata.

Esa noche sería el momento de hablar lo que tenía que hablar con Elliott. Aprovecharía hasta entonces para pensar en toda la situación, descubrir por qué exactamente estaba tan furiosa y encontrar el modo de discutirlo calmada y racionalmente durante la cena. Frances había tenido toda la razón. Gritar no era una actitud madura para resolver nada.

Y a diferencia de aquella mujer pasiva que había sido una vez, Karen también sabía que la mujer fuerte y segura de sí misma en que se había convertido no permitiría que el resentimiento estallara ni que ese incidente acabara con la paz de su casa. Trataría la situación con cabeza antes de destruir su matrimonio. Al menos había aprendido algo de su matrimonio con Ray: qué no hacer.

Complacida con el plan, pagó las bebidas y volvió a Sullivan's, donde Dana Sue y Erik la recibieron con cierto recelo.

—Eh, no me miréis así —les dijo—. No hemos firmado ningún papel de divorcio. Es más, ni siquiera he visto a Elliott.

Erik suspiró visiblemente aliviado.

—¿Entonces dónde has estado? —le preguntó Dana Sue.

—En Wharton's con Frances, la voz de la razón.

Dana Sue sonrió.

—¿Te ha soltado una de esas sabias charlas que te dejan sumida en la vergüenza? Cuando era mi profesora, podía mirarme con una de esas expresiones de decepción y, prácticamente, hacía que me echara a llorar. Era la única profesora que lograba efectuar esas miradas y hasta funcionaban con Helen.

—De eso nada —dijo Erik impresionado—. No me puedo creer que alguien intimidara a mi mujer.

—Pues Frances Wingate podía —contestó Dana Sue—. Tenía a los alumnos que mejor se portaban de todo el colegio. No nos convertimos en las gamberras Dulces Magnolias hasta más adelante —de pronto, su gesto se ensombreció mientras volvía a dirigirse a Karen—. Entonces, ¿ya no estás enfadada ni con Erik ni conmigo?

—No me había enfadado con vosotros en ningún momento. Sabía que solo erais los mensajeros.

—¿Y con Elliott? —le preguntó Dana Sue.

—Aún tengo mucho que discutir con mi marido, pero al menos ahora creo que puedo hacerlo sin tirarle ni tarros ni sartenes, ni esas pesas pequeñas del gimnasio.

—Pues se dice por ahí que hubo un tiempo en que a Dana Sue se le daba muy bien convertir en armas tarros y sartenes —comentó Erik mirando a Dana con gesto burlón.

—Pero era solo porque Ronnie se lo merecía —respondió ella sin un ápice de arrepentimiento en la voz—. Ese hombre me engañaba. Por suerte aprendió la lección y, desde entonces, no he necesitado ninguna sartén de hierro fundido para nada más que cocinar.

Después de una tarde muy tensa, Karen se rio y, de manera impulsiva, fue a abrazar a su jefa.

—Gracias por devolverme la perspectiva.

—Un placer haber ayudado. Ahora, si a nadie le importa, vamos a ponernos con la cena antes de que nuestro especial de esta noche sea sándwich de queso.

—Ahora mismo —dijo Erik de inmediato—. ¡En marcha una tarta con exceso de chocolate!

—Y yo me pondré a freír el pollo —dijo Karen agradecida de que pronto fuera a tener ayuda—. En cuanto llegue Tina, puede seguir ella y yo me ocuparé de las ensaladas antes de irme a casa.

Al menos ahí la paz y la armonía volvían a reinar, pensó mientras se incorporaba de nuevo a la rutina. Sin embargo, algo le decía que solo se trataba de la calma que precede a la tormenta.

Capítulo 2

Elliott había visto a su mujer fuera de The Corner Spa hablando con Frances. Le había sorprendido que no hubiera entrado, pero estaba tan ocupado con su agenda de clases particulares que no había tenido tiempo de pararse a pensar en por qué habría ido Karen hasta allí para luego marcharse sin hablar con él.

Estaban a punto de cerrar cuando Cal Maddox pasó a recoger a Maddie, que se había quedado hasta tarde para ocuparse de los temidos papeleos de fin de mes. De camino al despacho de su mujer, Cal se paró a ver a Elliott.

—¿Qué tal te ha ido antes con Karen?

Impactado por la compasiva expresión de Cal y su solemne tono de voz, Elliott lo miró extrañado.

—No tengo ni idea de lo que estás hablando.

Inmediatamente a Cal le cambió la cara.

—Vaya, tío, primero Erik mete la pata y ahora voy yo y hago lo mismo. Lo siento. Olvida lo que he dicho.

—No te pares ahora. Algo me dice que será mejor que oiga esto.

Cal no parecía nada contento con ser el portador de malas noticias.

—Al parecer, Erik le ha mencionado hoy a Karen lo del gimnasio y no se lo ha tomado bien. Él me ha llamado para preguntarme si debía avisarte, pero hemos quedado en que tal vez lo mejor era que se mantuviera al margen. Al fin y al cabo, el daño ya estaba hecho.

Miró a Elliott con preocupación.

—Imagino que no se lo has dicho.

—Ni una palabra —admitió Elliott cada vez lamentándolo más—. ¿Cómo de enfadada estaba?

—Bastante, pero luego la cosa se ha puesto peor. Cuando se ha enterado de que Dana Sue también lo sabía, ha salido de Sullivan's como una flecha en dirección aquí. Está claro que no le ha hecho mucha gracia que se la haya dejado al margen.

Elliott suspiró.

—Pues eso lo explica todo. La he visto fuera hablando con Frances y me he preguntado qué estaría haciendo aquí porque luego se ha ido y no ha vuelto.

Cal sonrió.

—Si yo fuera tú, le mandaría flores a Frances. Está claro que ha logrado lo que Erik y Dana Sue no han podido. Ha calmado a Karen.

—Creo que no voy a darlo por hecho —sabía demasiado bien que la dulce naturaleza de Karen era engañosa. Cuando le salía el genio acababa estallando cuando menos te lo esperabas—. Sospecho que Frances no ha hecho más que retrasar lo inevitable.

Cal lo miró con gesto de curiosidad.

—Aún no me puedo creer que no le hayas mencionado lo del gimnasio. ¿Hay alguna razón?

—No he tenido tiempo de hablarlo con ella —respondió Elliott con frustración—. Además del hecho de que Karen y yo apenas nos vemos últimamente, todos nosotros teníamos muchas cosas en las que pensar y quería estar seguro de que íbamos a hacerlo antes de sacarle el tema. Ya la conoces, Cal. Le tiene mucho respeto al dinero y le da pánico correr riesgos. No quería que se asustara sin motivos.

—¿Entonces te lo has callado para protegerla?

Elliott asintió con pesar.

—En su momento me parecía que tenía sentido hacerlo.

Cal le lanzó una mirada comprensiva.

—Lo entiendo, pero ¿quieres un consejo? En este pueblo nunca vale la pena tener secretos porque en cuanto una sola persona lo sepa, tarde o temprano todos lo sabrán. ¿Recuerdas cómo se puso Dana Sue cuando se enteró de los planes de Ronnie para abrir la ferretería? ¿O cómo se lo tomó Sarah cuando se enteró de que Travis tenía grandes planes para montar una emisora de radio y quería que ella participara? A las Dulces Magnolias les gusta estar metidas en todo desde el principio. No les gusta que se las dé de lado.

—Pero Karen nunca ha salido realmente con las Dulces Magnolias —dijo Elliott, aunque entendía perfectamente lo que Cal había querido decir.

—Se pasa todo el día con Dana Sue y con el marido de Helen —le recordó Cal—. Trabaja aquí y ve a mi mujer todo el tiempo. Tal vez no vaya a las noches de margaritas, pero hazme caso, es una Dulce Magnolia. Están muy unidas y no hay quien las separe.

Elliott asintió.

—Te entiendo. Supongo que será mejor que me vaya a casa y me enfrente a la situación. Algo me dice que esto va a provocar una de esas incómodas conversaciones en las que sale a relucir que soy tan machista como mi padre. Me temo que mis hermanas han hablado demasiado del enfoque de mi padre sobre el matrimonio y cómo se tenía que hacer lo que él dijera. Pero, irónicamente, todas se han casado con hombres como él. Me enorgullezco de no parecerme en nada a mi padre, pero después de este pequeño episodio, algo me dice que me va a costar mucho que Karen se lo crea.

Cal se rio.

—Buena suerte.
—Gracias —respondió Elliott—. Supongo que no estaría mal hacer un pedido doble de flores.

Cuando Elliott entró con un enorme ramo de fragrantes lirios de colores, Karen supo que alguien lo había puesto al tanto de lo sucedido en Sullivan's. ¡Para que luego dijeran que las mujeres eran unas cotillas!, pensó sacudiendo la cabeza. Los hombres de ese pueblo, o al menos los que estaban casados con Dulces Magnolias, eran uña y carne y, además, unos bocazas. Y por mucho que Elliott y ella estuvieran en la periferia de ese grupo, su efecto los alcanzaba.

—¿Quién te lo ha contado? —le preguntó aunque se paró a oler las flores y sacó un viejo jarrón para meterlas; tenía bastantes gracias a los frecuentes regalos de Elliott. Estaba segura de que su marido tenía el número de la floristería guardado en marcación rápida. Sin embargo, en la mayoría de los casos no había utilizado las flores para salir de un aprieto, sino que era un hombre atento que destacaba por sus gestos impulsivos y románticos.

Le lanzó una mirada cargada de inocencia.

—¿Contarme qué?

—Que antes he perdido los nervios. ¿Te ha llamado Erik para avisarte antes de que yo llegara al spa?

—Erik no ha llamado, al menos, no para hablar conmigo —dijo riéndose—. Ha llamado a Cal para preguntarle si debería advertirme y han decidido que era mejor que se mantuviera al margen.

—Pero luego Cal ha ido a recoger a Maddie y a informarte de paso. ¡Cómo no!

—La maquinaria de cotilleos en Serenity es un milagro; funciona bien, incluso, sin tener que recurrir a la tecnología moderna. Puede que sea el único pueblo del país que no tiene adicción a los mensajes de texto —cruzó la cocina para acercarse a ella; posó las manos sobre su cadera y acercó la boca a su mejilla—. Así que, ¿me he metido en un problema? —le preguntó susurrándole al oído.

Pero a Karen no le hizo ninguna gracia el tono divertido de su voz ya que debería haberse tomado más en serio la pregunta que le había hecho.

—Bastante.

Sin embargo, por desgracia, no era completamente inmune a sus tácticas. Elliott podía seducirla en menos tiempo del que se tardaba en pedir una pizza, cosa que, por cierto, había hecho justo antes de que él llegara. Ahora parecía querer acurrucarse contra su cuello, algo que, normalmente, era el preludio de unos jueguecitos más excitantes.

—No vas a distraerme, así que para ahora mismo.

—¿Que pare qué? —le preguntó de nuevo intentando que sus ojos color chocolate adoptaran una expresión de inocencia que ella no se estaba creyendo—. Solo le estoy diciendo «hola» a mi preciosa esposa después de un día muy largo.

—No, lo que haces es pretender persuadirme para que deje de estar enfadada contigo porque sabes perfectamente bien que si logras llevarme a la cama, me olvidaré de todo por lo que estoy enfadada —lo miró fijamente—. Pero esta vez no, Elliott. Y lo digo en serio.

Él suspiró y dio un paso atrás, claramente decepcionado, pero aceptando su decisión de que, por el momento, el juego de seducción quedaba descartado.

—¿Dónde están los niños?

—Tampoco están aquí para salvarte. Tu madre se los ha llevado a su casa a cenar enchiladas.

A él se le iluminó la cara de inmediato.

—¿Mamá ha hecho enchiladas? Pues entonces deberíamos ir.

—De eso nada. Te guardará las sobras. Nosotros vamos a tomar pizza y ensalada y a mantener una charla bien larga. Dependiendo de cómo vaya, ya decidiremos si recogemos a los niños esta noche o si se quedan a dormir allí.

Por primera vez, él empezó a darse cuenta de lo enfadada que estaba y una expresión de alarma cruzó su rostro.

—¿Todo esto es porque he olvidado mencionarte lo del gimnasio?

—No se te ha «olvidado» mencionarlo, Elliott —le contestó en voz baja y furiosa por las lágrimas que al instante cubrieron sus ojos. Se dio la vuelta esperando que él no viera lo sensible que estaba. Quería mantener la calma y mostrarse fría para poder hablar del tema racionalmente sin volcar en la discusión todo su bagaje emocional.

Fingiendo centrarse en aliñar la ensalada, dijo:

—Decidiste deliberadamente no hablar del tema conmigo porque no te parecía que mi opinión fuera a importar o porque tenías miedo de que intentara vetarte la idea.

—No fue así.

—Es exactamente como fue —se giró y lo miró renunciando a seguir conteniendo las lágrimas y dejándolas fluir libremente—. Elliott, ¿cómo vamos a hacer que funcione nuestro matrimonio si no hablamos sobre algo que va a cambiar nuestras vidas? Por lo poco que sé, incluso yo puedo ver que lo de este gimnasio va a ser algo de gran envergadura y tú estás metido en ello. ¿Sabes lo mucho que duele que tanta gente lo sepa ya y que yo no sepa nada?

—Lo siento. De verdad que sí. Es una oportunidad increíble, Karen. Yo jamás podría hacer algo así solo. Estaba intentando asimilarlo para saber si podríamos hacerlo realidad.

—¿Y no has pensado que esta tonta que está aquí podría tener algo que decir al respecto?

Él se mostró verdaderamente impactado por sus amargas palabras.

—No digas locuras, cariño. Ya sabes cuánto me importa tu opinión. Para mí lo eres todo.

Esas palabras tan cariñosas le tocaron el corazón, como siempre.

—Eso creía —dijo en voz baja secándose las lágrimas que no podía contener.

—Oh, no llores —le suplicó rodeándola con sus brazos—. Por favor, no llores. Sabes que me destroza verte llorar, sobre todo cuando es culpa mía.

Después de mantenerse tensa un momento, Karen respiró hondo y se relajó. Ese lado tan cariñoso y adorable de Elliott era lo que la había hecho enamorarse de él. Por eso le resultaba tan devastador que hiciera cosas sin pensar, como haberla dejado al margen de esa decisión.

—¿Puedo contártelo ahora? ¿Me escucharás y adoptarás una postura abierta?

Ella asintió lentamente sin apartarse de él.

—Eso puedo hacerlo —alzó la cabeza y lo miró—. Pero estas cosas no pueden volver a pasar, Elliott. Cuando se trate de algo importante, o incluso de algo mínimo pero que afecte a nuestra familia, debemos decidirlo juntos. En eso quedamos. De lo contrario, estamos condenados al fracaso.

—Sé que tienes razón. Te prometo que seré más considerado —le aseguró—. Creía que te estaba ahorrando preocupaciones innecesarias por algo que, tal vez, no fuera factible. Creía que tenía más tiempo para pensar en los detalles.

—¿En Serenity? —le preguntó lanzándole una mirada irónica.

Él se rio.

—Sí, eso es lo que ha dicho Cal. Aunque la verdad es que solo llevamos unas semanas hablando de esto. Al principio no era más que una idea que surgió mientras nos tomábamos unas cervezas una noche después de jugar al baloncesto. Yo ni siquiera estaba seguro de que fuera a llegar a ninguna parte, y por eso no vi motivos para mencionártelo.

—Pero ya ha ido más allá, no se ha quedado en una simple charla, ¿no? Y, aun así, no me has dicho nada —dijo viendo cómo los ojos de Elliott perdían toda ilusión y odiando haber reprimido su entusiasmo. Pero, ¿qué otra cosa podía hacer? Había preguntas muy importantes que necesitaban respuestas.

—Es verdad. Tom McDonald ha echado algunas cuentas y Ronnie Sullivan ha mirado algunos locales.

—Espero que no lo haya hecho con Mary Vaughn —dijo pensando en Dana Sue y en lo poco que se fiaba de que su marido estuviera cerca de la agente inmobiliaria, incluso a pesar de que ahora Mary Vaughn hubiera vuelto con su exmarido y hubieran tenido otro hijo juntos. Pero Mary Vaughn tenía la mala costumbre de ir detrás de Ronnie cada vez que lo veía vulnerable. En teoría, se había dado por vencida, pero en la práctica... A saber...

Elliott sonrió al ver su reacción.

—Creo que en todo momento han tenido carabina. Entre el nuevo bebé e intentar enseñar a Rory Sue para que se convierta en agente inmobiliario, Mary ya tiene bastante sin tener que ir a por Ronnie otra vez —sacudió la cabeza—. Las mujeres tenéis muy buena memoria, ¿eh?

—Cuando se trata de recordar cómo lo ha perseguido durante años, sí —le confirmó Karen—. Y no te vendría mal recordarlo por si tienes alguna antigua novia rondando por ahí.

—Ninguna —se apresuró a decir.

Ella le dio una palmadita en la mejilla.

—Está bien saberlo.

Antes de poder seguir informándola sobre los planes para el gimnasio, llegó su pizza de Rosalina's. Karen puso la ensalada sobre la mesa de la cocina, sirvió dos copas de vino y se sentaron. Después de haberle dado el primer mordisco a su pizza, se fijó en que Elliott no dejaba de mirarla.

—¿Qué?

—Sé que el motivo de esta pequeña cena íntima no era exactamente romántico, pero he de admitir que resulta muy agradable tener a mi mujer para mí solo un par de horas sin la más mínima interrupción potencial.

Ella sonrió ante el calor de su voz y ese inconfundible brillo de deseo en sus ojos. Siempre había logrado hacerla sentir increíblemente especial y deseada, y ahora incluso estaba dispuesta a dejar que esa mirada aplacara su furia.

—Entonces es una suerte que Frances se haya ofrecido a darnos una noche así todas las semanas. Y si podemos convencer a tu madre para que se quede otra noche, puede que tengamos el tiempo que necesitamos para volver a ponernos al día.

—¿De verdad crees que nos hemos quedado tan estancados en nuestra relación? —le preguntó Elliott, claramente preocupado por sus palabras.

—Bastante. Ya sabes qué destruyó mi primer matrimonio. Ray nos metió en una deuda terrible de la que yo no sabía nada y después me dejó en la estacada. Ni siquiera se quedó lo suficiente para ayudarnos a salir de la ruina en la que nos dejó. Tuve que afrontarlo todo yo sola. Por eso cuando me enteré de lo del gimnasio lo único en lo que podía pensar era en que estaba volviendo a pasar lo mismo. Sé que fue un pensamiento irracional, pero tuve una terrible imagen retrospectiva y no pude evitar que me entrara el pánico, Elliott.

Aunque él tenía muchas razones para sentirse ofendido por la injusta comparación, se limitó a mirarla a los ojos y a decir:

—En primer lugar, jamás seré irresponsable con el dinero. Y, en segundo lugar, por muy difíciles que se pongan las cosas o muchos desacuerdos que tengamos, yo jamás te abandonaré. Cuando me casé contigo, fue para siempre, cariño.

Karen oyó sinceridad en esas promesas, sabía que le estaba hablando con el corazón, pero la experiencia le había demostrado que incluso las mejores intenciones no siempre eran suficiente. La prueba la tendría en lo que pasara en su relación de ahora en adelante.

Aunque había visto la furia en los ojos de Karen disiparse y sentía que lo peor ya había pasado, Elliott también conocía a su mujer lo suficiente como para saber que necesitaba más tiempo para enmendar la situación. Por eso, mientras ella estaba en la cocina recogiendo, llamó rápidamente a su madre.

—Mamacita, ¿puedes quedarte esta noche con Daisy y Mack? —le preguntó bajando la voz.

—Claro. ¿Y por qué estás susurrando?

—No sé qué opinará Karen de que te cargue con la responsabilidad de ocuparte de ellos.

La mujer se alertó de inmediato.

—¿Es que estáis discutiendo por algo? Cuando Karen me ha llamado antes y me ha pedido si podía quedármelos un par de horas, me ha dado la sensación de que no lo hacía porque fuera a tener una velada romántica con su marido.

Elliott sabía muy bien que no debía meter a su madre en sus problemas. Las dos mujeres habían pactado una tregua y por muy poco podría echarse a perder.

—¿Puedes quedarte con Daisy y con Mack, por favor, mamá?

Su madre debió de captar que no le daría ninguna explicación porque inmediatamente respondió:

—Por supuesto. ¿Quieres que se vayan al colegio directamente por la mañana? Tienen ropa aquí y tu hermana puede recogerlos y llevarlos en el coche cuando Adelia vaya a llevar a sus hijos.

—Si no te importa, sería genial. Gracias, mamá —le dijo en español.

—De nada —respondió su madre antes de añadir—: Y, Elliott, si algo va mal, soluciónalo.

—Eso pretendo.

Colgó, entró en la cocina y le quitó a su mujer el trapo que tenía entre las manos.

—Siéntate. Ya termino yo de recoger.

Ella lo miró con gesto de diversión.

—A ver... Ya he sacado la basura y he fregado los platos. Exactamente, ¿qué pretendes hacer?

—Terminar de secarlos —respondió de inmediato y acercándose hasta dejarla acorralada entre su cuerpo y la encimera—. Y después voy a tomarme el postre.

—¿Postre? —preguntó con los ojos abiertos de par en par y la respiración entrecortada—. ¿Qué tienes en mente exactamente? En el congelador no hay helado. Ya lo he mirado. Los niños y tú os habéis comido lo que quedaba.

—Pero tú estás aquí y no se me ocurre nada más sabroso, cariño.

Esas palabras pronunciadas con tanta suavidad hicieron que se le iluminaran los ojos.

—¿No deberías ir a recoger a Daisy y a Mack? No deberían estar fuera tan tarde teniendo colegio mañana.

—Ahora mismo mi madre está metiéndolos en la cama. Y ya que parece que no vas a desterrarme y a obligarme a pasar la noche con ellos fuera de casa, esperaba que pudiéramos aprovechar y tener la noche para nosotros solos —la miró fijamente a los ojos—. Me has perdonado, ¿verdad?

—Casi.

—¿Pero no del todo?

—Vas a tener que demostrarme que has aprendido la lección.

—Dudo que esta noche pueda traerte la prueba —lamentó él.

—Es verdad. Eso solo el tiempo lo dirá.

Él deslizó un dedo sobre la línea de su mandíbula y a ella se le aceleró el pulso.

—¿Y mientras tanto?

Lentamente, Karen lo rodeó por el cuello y se acurrucó

contra su cuerpo. El modo en que encajaron fue suficiente para que a él le hirviera la sangre.

—Mientras tanto —dijo Karen muy despacio tocando sus labios con los suyos—, podemos probar esto del postre a ver qué tal.

Él sonrió contra su boca.

—Ya sé qué tal irá. Voy a hacerle el amor a mi mujer hasta que grite y me suplique más.

Ella se echó atrás y lo miró divertida.

—Yo nunca te suplico.

—Pero seguro que eso puedo cambiarlo —le dijo colando una mano bajo sus braguitas y viendo cómo cerraba los ojos y su cuerpo respondía a sus caricias.

Y Karen ni siquiera suplicó cuando su respiración se entrecortó y su piel empezó a cubrirse con el brillo de un suave sudor. Lo que sí hizo fue aferrarse a sus hombros, rodearlo por la cintura con las piernas y besarlo hasta que fue él el que acabó suplicando.

De camino al dormitorio con ella en brazos, Elliott pensó por milésima vez en lo afortunado que era de haberla encontrado. Ella era el azúcar para su pimienta, la dulzura para su pasión.

Y entonces, justo cuando menos se lo esperaba, Karen le dio la vuelta a la tortilla al mostrarle un inesperado deseo que le arrebató el aliento. Ese tira y afloja entre ambos, al menos en ese campo de su vida de pareja, era algo con lo que todo hombre soñaría.

Y en cuanto a la comunicación que mantenía sólido cualquier matrimonio, él aún tenía que trabajar en ello, como había quedado demostrado ese día en concreto. Pero con tal de que su mujer se sintiera feliz y satisfecha en sus brazos para siempre, haría lo que hiciera falta.

Karen aún tenía preguntas, muchas en realidad, pero

como había comprobado, Elliott tenía el don de hacerle olvidar todo excepto lo que era sentirse el centro del mundo.

Cuando se conocieron la había aterrorizado la pasión que era capaz de despertar en ella, no había estado preparada para enamorarse completamente, no después del desastroso matrimonio que había tenido. Había mantenido a Elliott alejado, tanto que casi lo había perdido por ello, pero al final había sido Frances la que le había hecho ver que ese hombre era su segunda oportunidad.

Por aquel entonces había tenido muchas segundas oportunidades. Cuando Dana Sue había estado a punto de despedirla, Helen había negociado para mantenerle el puesto e, incluso, había acudido al rescate cuando el estrés la había llevado al borde de una depresión por la que podría haber perdido a sus hijos. Se había llevado a su casa a Daisy y a Mack, se había ocupado de que Karen recibiera el apoyo que necesitaba y, llegado el momento adecuado, los había vuelto a reunir a los tres.

Y entonces, durante aquella terrible época en la que había estado más hundida que nunca, había conocido a Elliott, un hombre no solo fuerte, sino muy seguro de sí mismo, persistente y con un corazón abierto y generoso. A la vez que la había ayudado a fortalecerse físicamente durante sus entrenamientos en el gimnasio, regalo de Helen, Dana Sue y Maddie, también había reconstruido su maltratado ego siempre que ella se lo había permitido.

En aquel momento le había costado mucho confiar en que lo que él sentía por ella pudiera ser real y tampoco había confiado en sus propios sentimientos. Y después, cuando la madre y las hermanas de Elliott se habían opuesto rotundamente a que tuviera una relación con una mujer divorciada, ella había visto la excusa perfecta para salir corriendo.

Pero gracias a Dios, él no se lo había permitido y, sorprendentemente, el amor que surgió entre los dos le dio suficiente confianza en sí misma como para enfrentarse a su madre, ganársela y hacer que se convirtiera, si bien no en una amiga, en una aliada.

Tendida ahora en la cama con él, aún sintiendo su calor después de haber hecho el amor, podía notar su mirada puesta en ella.

—¿En qué estás pensando, cariño? —le preguntó con la mano apoyada en su cadera y mirándola fijamente; era una caricia cálida y posesiva a la vez.

—En cómo hemos llegado hasta aquí. ¿Cómo sabías que debíamos estar juntos?

Él sonrió ante la pregunta.

—La primera vez que te vi, me robaste el corazón y me calaste muy hondo.

—¿Y por qué yo no lo vi en ese momento? —siempre la había inquietado que él hubiera estado tan seguro mientras que a ella la había asustado tanto tener una relación.

—Sí que lo viste.

—Claro que no.

La sonrisa de Elliott aumentó.

—La gente solo sale huyendo cuando tiene miedo, cariño, y solo tiene miedo de los sentimientos que son tan fuertes que no puede controlarlos.

Ella lo miró fijamente y riéndose.

—Estás siendo un engreído.

—No, solo estoy siendo listo y diciendo la verdad —bromeó—. Admítelo. Como poco, me deseabas desde aquel primer día en el gimnasio. No querías, pero así fue.

Aún riéndose, Karen asintió.

—De acuerdo, a lo mejor sí que te deseaba un poco, como todas. Pero para ti fue algo más y sigo sin saber por qué. ¿Qué viste en mí? Por esa época estaba hecha una pena.

—Pero no te parecías a ninguna mujer que hubiera conocido antes. Eras preciosa y vulnerable y quería ayudarte a que volvieras a ser fuerte.

Ella alzó un brazo, flexionó el bíceps y suspiró.
—Sigo sin estar muy fuerte.
Él le dio una palmadita en el pecho.
—Es tu corazón el que ha vuelto a ser fuerte.
—¿Y eso lo dices después de cómo me he puesto hoy?
Elliott sonrió.
—Me has plantado cara, ¿no? Has dicho lo que tenías que decir y has pedido respuestas. No te has echado atrás.
—No, hasta que me has metido en la cama.
—No estamos aquí solo porque quisiera desviarte del tema. Si tienes más preguntas, te las responderé hasta que quedes satisfecha.
Ella sonrió.
—Las preguntas pueden esperar. Preferiría que volvieras a satisfacerme como lo has hecho hace un momento.
Al instante, la mirada de Elliott se oscureció.
—Con mucho gusto —murmuró—. Siempre con mucho gusto.

Capítulo 3

Frances no podía recordar dónde había dejado las llaves de su piso. No estaban en el gancho junto a la puerta de la cocina, donde solía dejarlas, ni sobre la encimera. Si llegaba tarde al centro de mayores, Flo y Liz se preocuparían. Siempre había sido la más puntual de todas sus amigas.

Buscó por todas partes, en el fondo del bolso, debajo de los cojines del sofá, miró en el baño y en el aparador. Al final las encontró... en el congelador. Debió de dejarlas ahí cuando estaba sacando la lasaña para cenar. Con las llaves heladas en la mano, frunció el ceño. ¿No decían que uno de los primeros síntomas del Alzheimer era dejarse las cosas en sitios raros? Solo pensarlo fue suficiente para asustarse.

—¡Déjalo ya! —se dijo con brusquedad—. No hagas una montaña de un grano de arena. No es que estas cosas te pasen todos los días.

Intentó sacarse el incidente de la cabeza, aunque más tarde, mientras jugaba la partida de cartas, se lo mencionó a Flo y a Liz sin poder hacer más que reírse de su despiste. Pero, para su asombro, ninguna de las dos pareció compartir la diversión. Es más, se miraron con gesto de preocupación.

Liz, que solo era unos años más joven, le agarró la mano.

—Frances, no quiero alarmarte, pero tal vez deberías ir a consultarlo.

Frances enfureció.

—¿Cuántas veces habéis olvidado dónde habéis dejado las llaves?

—Muchas —admitió Liz—, pero nunca las he encontrado ni en un congelador ni en ningún lugar particularmente raro.

Frances miró a su mejor amiga con consternación.

—¿Qué intentas decirme? No es solo por las llaves, ¿verdad?

—No. Últimamente has dicho y hecho algunas cosas que no tenían mucho sentido. Me he fijado y Flo también.

Flo asintió.

—¿Y habéis estado hablándolo a mis espaldas? —preguntó sabiendo que su indignación no venía a cuento. Eran sus amigas y, por supuesto, estarían preocupadas. Por supuesto habrían intercambiado impresiones antes de arriesgarse a ofenderla mencionando algún incidente que tal vez no significara nada.

—Ninguna estábamos segura de que fuera lo suficientemente importante como para decírtelo —dijo Liz con delicadeza—. Así que decidimos vigilarte de cerca. Ahora que tú misma has notado que algo no va bien, bueno... tal vez lo mejor sería ir a ver a un médico.

Frances se sintió cómo si se le hubiera hundido el mundo. ¿Alzheimer? Ninguna había mencionado la palabra, pero estaba claro. Era la enfermedad más cruel en muchos sentidos. Había visto cómo le había robado sus recuerdos a muchos amigos y, peor aún, cómo los había apartado de sus familias mucho antes de que se hubieran marchado físicamente. Siempre le había resultado desgarrador.

—No te asustes —dijo Flo agarrando con fuerza la mano de Frances—. Iremos contigo al médico y he estado informándome sobre el Alzheimer en Internet. Hay nuevos medicamentos que pueden ayudar. Eso, suponiendo que lo tengas. No nos adelantemos a los acontecimientos. Todas nos estamos volviendo olvidadizas a cada día que pasa. A lo mejor solo es eso.

—Claro que sí —apuntó Liz mirando a Frances con compasión—. Sea lo que sea, nosotras estaremos a tu lado, no estás sola en esto.

—¿Me prometéis que, sea cual sea el diagnóstico, no le diréis ni una palabra a mi familia? —les suplicó Frances—. Yo decidiré cuándo es el momento de decirlo. No quiero que se preocupen sin necesidad o que vengan corriendo a Serenity para encerrarme en una residencia de ancianos.

Ninguna de sus amigas asintió de inmediato.

—¿Qué pasa? ¿Es que ya habéis hablado con Jennifer o con Jeff?

—Claro que no —respondió Liz—, pero si considero que ha llegado el momento de que lo sepan y veo que aún no se lo has dicho, no puedo prometerte que no vaya a hacerlo. Primero te animaré a hacerlo tú, por supuesto, pero no permitiré que te pase algo terrible por negligencia mía.

Frances se giró hacia Flo.

—¿Y tú?

—Estoy con Liz. Respetaremos tus deseos siempre que estés bien y a salvo. Y no lo digo solo por ti. Tu hija, tu hijo y tus nietos querrían saberlo si hay algún problema. Querrán pasar contigo todo el tiempo posible.

Frances suspiró. Tenían razón, como de costumbre.

—Me parece bien —dijo con reticencia—. Pero lo más probable es que nos estemos preocupando por nada. A veces meter las llaves en el congelador es solo una señal de tener demasiadas cosas en la cabeza, no señal de estar perdiéndola —pensó en sus previas conversaciones con Elliott y Karen, en lo muy preocupada que estaba por esa pareja que le importaba tanto como por sus propios hijos y supuso que tal vez eso lo explicaba todo, que había estado más pendiente de sus problemas que de ella misma.

—Por supuesto —dijo Liz mientras Flo asentía.

—Creo que me voy a casa —dijo Frances de pronto más agotada de lo que se había sentido en años.

—Te llevo en el coche —se ofreció Flo de inmediato.

—Aún puedo caminar unas cuantas manzanas —le contestó Frances irritada—. No creo que vaya a perderme en un pueblo donde llevo viviendo toda mi vida.

Liz le lanzó una mirada de reprensión.

—A mí también va a llevarme a casa y la tuya nos pilla de camino.

Frances miró a Flo con gesto de disculpa.

—Siento haber reaccionado de forma tan exagerada.

—Lo entiendo —respondió Flo—. Cualquiera de nosotras nos asustaríamos solo de pensar que algo así pudiera pasarnos.

Y Frances sabía que era verdad. Según habían ido envejeciendo, sus amigas y ella habían hablado de todas las enfermedades posibles en algún que otro momento, pero siempre parecía que esa era la que más temían.

Sin embargo, aunque agradecía su empatía, había una cosa que nunca podrían comprender porque le estaba pasando a ella, no a ellas. Y hablar en teoría era muy distinto del miedo ciego que la había invadido esa noche.

Ya era por la mañana cuando, finalmente, Elliott decidió reservar el tiempo suficiente para detallarle a Karen los planes para el gimnasio, ya que la noche anterior se habían desviado del tema por completo.

Había llamado a sus dos primeros clientes para cancelar sus citas y estaba en la cocina haciendo el desayuno cuando ella entró ataviada únicamente con una de sus viejas camisetas. Se le secó la boca al verla y se preguntó si Karen siempre había tenido el poder de arrebatarle el aliento.

Ella lo rodeó por detrás.

—¿Sabes lo sexy que te pones cuando estás cocinando? —le preguntó apoyando la mejilla en su espalda.

—Te sentirías atraída por cualquiera que te preparara una comida después de pasarte todo el tiempo en la cocina de Sullivan's —bromeó.

—No, es por ti. Eres un tío bueno que parece un modelo de portada con esos abdominales de acero y aquí estás, con el torso desnudo y uno de mis delantales. No se puede estar más sexy —sonrió—. Hay que ser muy hombre para atreverse con los volantes.

Él se rio.

—Uno de estos días tengo que comprarme un delantal de esos para barbacoa que son más masculinos. Si nuestros amigos me pillan así algún día, no me van a dejar en paz con las bromitas. Por cierto, hay zumo de naranja recién hecho en la nevera.

—Me consientes demasiado —le dijo ella soltándolo. Sirvió dos vasos y los puso sobre la mesa—. ¿Cuándo fue la última vez que desayunamos los dos solos tranquilamente?

—Creo que antes de que nos casáramos. Desde entonces todo ha sido un poco locura.

—¿Cómo es que esta mañana vas más tarde a trabajar? Normalmente a estas horas ya te has ido –le preguntó Karen.

—He cambiado la cita con un par de clientes.

—¿Se han enfadado?

—No, y me ha servido como lección. Ahora sé que puedo sacar más tiempo para los dos si me lo propongo.

—Yo también. Tenemos que hacer esto más a menudo. Es bueno para el espíritu —se sirvió una taza de café, dio un sorbo y puso una mueca de disgusto.

—¿Demasiado fuerte?

Ella se rio.

—No lo puedes evitar. Creo que llevas en los genes que

el café no es bueno a menos que te ponga los pelos de punta. Le echaré medio cartón de leche, de ese modo, ya estará bien.

Cuando Elliott terminó de servir sus platos de tortilla de verduras, clara de huevo y tostadas integrales, se sentó frente a ella.

—Bueno, de esto trata lo del gimnasio. Será una división de The Corner Spa. En total seremos seis socios a partes iguales.

—¿Quiénes?

—Cal, Ronnie y Erik, además de Travis, Tom McDonald y yo.

—¿Cuánto dinero tenéis que poner?

—Aún estamos concretando todo eso, pero yo solo haré una inversión mínima en comparación con ellos. Yo contribuiré, básicamente, con trabajo. Creo que así es como lo hicieron cuando Maddie se asoció con Dana Sue y Helen en el spa. Yo llevaré el día a día del negocio bajo la supervisión de Maddie, al menos al principio, y seguiré atendiendo a mis clientes como entrenador personal.

Karen parecía sorprendida.

—¿Vas a dejar que Maddie te mande?

Elliott se rio.

—¿Y qué crees que hace ahora?

—No es lo mismo. Eres un trabajador autónomo, no un empleado del spa. Si te fastidiara mucho, podrías llevarte tus clientes a Dexter's. Y hablando de esos clientes, ¿vas a abandonarlos?

—No, claro que no. Seguiré dando las clases para mayores y veré a mis clientes habituales. Solo tendré que aligerar un poco las horas que paso allí para poder pasar la mayor parte del tiempo en el gimnasio. Y están hablando de contratar a alguien para que esté cuando no esté yo y puedan tener abierto más horas. Aquí salimos ganando todos, Karen. Podremos prosperar económicamente con parte de los beneficios y yo además podré tener más clientes porque allí puedo trabajar con hombres y seguir manteniendo las clases para mujeres que tengo en el spa.

—Entonces no existe ningún riesgo económico —concluyó ella aparentemente aliviada.

Elliott sabía que podía permitirle pensar eso, aunque después de lo que ya había pasado, sabía que no podía dejar pasar el comentario.

—Pero sí que tengo que aportar algo de dinero —le recordó—. Una inversión inicial a corto plazo para poner las cosas en marcha.

Ella frunció el ceño.

—¿Entonces sí que hay riesgo?

—Venga, ya sabes que ninguno estaríamos haciendo esto si pensáramos que es un riesgo, pero claro, cualquier negocio puede tener dificultades inesperadas.

—¿Cuánto dinero, Elliott?

—Aún estamos estudiándolo.

Lo miró fijamente.

—¿Cuánto? —repitió al captar que Elliott estaba siendo evasivo deliberadamente.

—Diez mil, tal vez quince —acabó diciendo justo antes de ver su expresión de alarma.

—¿Nuestros ahorros para el bebé? —le preguntó con voz temblorosa—. ¿Todo?

—Sé que te parece mucho.

—Es que es mucho. Es todo lo que tenemos.

—Pero la recompensa... —comenzó a decir aunque ella lo interrumpió.

—Si es que la hay. ¿Y si no la hay?

A Elliott se le empezaron a crispar los nervios.

—¿Es que no tienes fe en mí? Eres mi esposa. ¿No deberías creer en mí como hacen las esposas de Cal, Ronnie, Erik y los demás?

—No es cuestión de no creer en ti —insistió—. Son

nuestros ahorros, Elliott. ¿Qué pasa con lo de tener un bebé? Creía que te importaba.

—Y tendremos un bebé y más dinero para mantenerlo.

—Eso contando con que esto salga como lo habéis previsto —le contestó casi al borde de las lágrimas.

—Va a funcionar —insistió—. Ten un poco de fe.

—Eso quiero —le respondió con amargura.

—Piensa en ello —le suplicó—. Habla con Maddie o con Dana Sue. Pregúntale a Erik. Confías en él, ¿verdad? Todos tienen confianza en esto.

—Supongo que podría hacerlo —admitió aun con renuencia y sin dejar de darle vueltas a la cabeza—. ¿Y si todo se va al traste, Elliott? ¿Estáis protegidos en ese caso?

—Tendré que hablarlo con Helen, pero creo que sí.

—Asegúrate, Elliott. ¿Y si os surge alguna demanda o algo?

—Tendremos un seguro de responsabilidad. Deja de preocuparte. Helen nos protegerá. Puedes estar segura.

—Sabes que le confiaría hasta mi vida. Después de todo, acogió a mis hijos cuando yo no pude hacerme cargo de ellos hace unos años. No hay nadie en quien confíe más.

—Pues entonces discute todo esto con ella. Y si no te quedas convencida de que todo irá bien, seguiremos hablando del tema hasta que lo estés. No quiero que te asustes, Karen, pero tienes que entender que es nuestra gran oportunidad de avanzar.

—Lo entiendo —respondió sonando resignada aunque no convencida del todo.

—Tú y yo, ¿estamos bien? —le preguntó Elliott buscándole la mirada.

—Estamos bien —le respondió muy despacio y mirándolo fijamente.

—No pareces muy convencida. ¿A qué viene eso?

—El problema va más allá del gimnasio, Elliott. No nos hemos estado comunicando, no como deberían hacerlo las parejas de verdad. Y sé que lo intentas, pero no creo que entiendas del todo lo mucho que me asusta el tema del dinero.

—¿No acabo de decir que lo entiendo? —le preguntó frustrado.

—Pero después lo ignoras. Prométeme que cuando se trate de cosas importantes, nos comunicaremos mejor.

—Nos hemos estado comunicando muy bien casi toda la noche —le dijo intentando despertarle una sonrisa.

—No me refiero a eso, y lo sabes. En ningún momento me has dicho que estabas dándole clase a Frances y sabes lo mucho que me importa esa mujer. Eso me hace preguntarme cuántas otras cosas me has ocultado. Tu padre...

—¡Mi padre no tiene nada que ver en esto! —le contestó con brusquedad ante la injusta comparación—. Y eso de que te oculto cosas es una exageración, ¿no crees? Apenas pasamos tiempo juntos y a veces pasan días sin que hayamos mantenido una verdadera conversación, así que para entonces ya he olvidado las cosas que pretendía contarte. No hagas una montaña de esto.

Ella se mostró tan dolida por su desdeñoso tono que él se aplacó al instante y, en el fondo, la entendió.

—Intentaré hacerlo mejor —prometió—. Sé que para ti la comunicación es un tema casi tan peliagudo como el de la economía. No debería haberte ocultado lo del gimnasio, ni siquiera para evitar que te preocuparas. Y, créeme, entiendo lo del dinero. Puede que no haya pasado por una situación tan brutal como la tuya, pero vi con mis propios ojos lo que supuso para ti.

—Gracias. Y, como te dije anoche, Frances ha prometido ayudarnos a tener más tiempo para los dos. Si, además, podemos tener estos desayunos de vez en cuando, puede que las cosas mejoren.

—Claro que mejorarán —y él se aseguraría de que así fuera porque nunca nadie le había importado tanto como esa mujer que conoció cuando pasaba por una época terrible y que ahora se había transformado en una compañera, amante y esposa formidable. Era su gran amor y haría todo lo que hiciera falta para que siempre lo supiera. Ojalá pudiera estar seguro de que con eso bastaría.

Cuando Karen llegó a Sullivan's encontró a Dana Sue frenética.
—¿Qué pasa? ¿Dónde está Erik?
—Sara Beth está enferma y Helen está en el juzgado, así que tiene que quedarse en casa con Sara —le respondió desde la cámara frigorífica—. He intentado contactar con Tina para preguntarle si podía venir antes porque ya le ha enseñado casi todos los postres, pero no puede venir hasta esta tarde.
Salió a la cocina con las mejillas rojas por el frío de la cámara.
—¿Te puedes creer que no quede ni una sola tarta? Creo que vamos a tener que poner helado en la carta, aunque sea para el almuerzo.
—¿Y brownies? —preguntó Karen—. Son bastante fáciles. Los hacías siempre hasta que Erik se ocupó de los postres. Si puedes hacerlos, yo puedo ponerme con el plato del día. Lo haremos sencillo para el almuerzo. ¿Qué te parecen esos panini de jamón y queso que Annie te convenció para meter en la carta? Llamarlos «sándwiches de queso glorificados» fue una auténtica genialidad. ¿Y qué me dices de la ensalada de pollo con nuez y arándanos? Ayer hice la cacerola de estofado de judías, así que no hay problema.
Dana Sue suspiró claramente aliviada.
—Gracias por devolverme a la tierra. No sé por qué me ha entrado este ataque de pánico.
—Porque eres adicta a esa planificación que tienes col-

gada en la pared de tu despacho —bromeó Karen—. Y en cuanto hay que desviarse del plan te vuelves un poco loca.

—¿Estás sugiriendo que soy una maniática del control? —le preguntó con un divertido brillo en los ojos.

—Sé que lo eres —respondió Karen justo cuando Ronnie entró en la cocina.

—He oído que tenemos una crisis —dijo deteniéndose a darle a su mujer un intenso beso—. No estás tan histérica como parecías por teléfono. ¿Han mejorado ahora las cosas?

—Totalmente —respondió Dana Sue—, pero ha sido Karen, y no tú, la que me ha devuelto la cordura.

—¿Entonces ya no necesitas que eche una mano? —preguntó aliviado.

Dana Sue sonrió.

—Dado que no servimos tortitas en Sullivan's más que los domingos por la mañana y que son tu única especialidad, no tengo ni idea de por qué te he llamado.

—Porque solo verme ya te calma.

Dana Sue se rio.

—Sí, seguro que es por eso.

—Si necesitas aquí a Erik, puedo ir a quedarme con Sara Beth —se ofreció él—. Tengo ayuda en la ferretería hasta media tarde.

—No, nos apañaremos. A Karen se le ha ocurrido un plan.

—Pues entonces me voy para encargarme de mi propio negocio —dijo guiñándole uno ojo a Karen—. Llama si ves que empieza a ponerse histérica otra vez.

Una vez se hubo marchado, Karen miró a Dana Sue con envidia.

—Me encanta que haya estado dispuesto a dejarlo todo por venir a rescatarte.

—Elliott haría lo mismo por ti —insistió Dana Sue mientras empezaba a reunir los ingredientes para los brownies—.

Por cierto, ¿qué tal fueron las cosas anoche? ¿Arreglasteis vuestras diferencias sobre el tema del gimnasio?

—No estoy del todo segura de que no vayamos a afrontar más responsabilidades económicas de las que nos podemos permitir. No estamos en la misma posición que todos vosotros, así que para mí la inversión inicial que tiene que aportar es enorme. Pero cuando se lo he dicho, se ha puesto a la defensiva y ha dado por hecho que no tengo fe en él —miró a Dana con frustración—. Y no es eso en absoluto.

—No, aquí el problema es tu experiencia previa. Seguro que lo entiende.

—Dice que sí —respondió y, encogiéndose de hombros, añadió—: Ya veremos. Aunque sigue sin hacerme mucha gracia que no me hubiera hablado del tema. Pero lo sabe, así que supongo que tendremos que ver si vuelve a dejarme al margen.

—Dudo que lo haya hecho intencionadamente. Los hombres no piensan como nosotras. Les gusta fijarse en todos los detalles, considerar todas las posibilidades, anticiparse a nuestras objeciones y después ofrecernos lo que ellos creen que es un hecho consumado infalible.

—¿Y eso te parece bien?

Dana Sue se rio.

—No mucho. Soy una maniática del control, ¿lo recuerdas? Solo Helen me supera en eso. Y puede que también Maddie.

—Pero Ronnie y tú habéis encontrado un modo de solucionarlo, ¿no?

—Ronnie y yo llevamos muchos años juntos, separándonos y volviendo a juntarnos. No ha sido una balsa de aceite, Karen. Lo sabes.

Se detuvo mientras removía la masa del brownie con expresión triste.

—Cuando me enteré de que me engañaba, por mucho que me juró que solo había sido una vez y en un momento de estupidez, lo odié. No confiaba en él ni un ápice. Quería que se fuera y Helen se aseguró de que lo hiciera. Mirando atrás, puede que no fuera lo mejor, y menos para Annie.

Se encogió de hombros.

—Pero al final nos encontramos otra vez. Desde que éramos niños supe que era el hombre perfecto para mí e incluso cuando estuve enfadadísima, una parte de mí no podía dejar de amarlo. Supongo que a eso es a lo que se refiere la gente cuando habla de almas gemelas. Nada las separa de verdad, al menos, no durante mucho tiempo.

Karen asintió.

—¿Es posible encontrar a tu alma gemela a la segunda? Porque seguro que yo no la encontré en Ray.

—Creo que todos vimos algo especial entre Elliott y tú desde el principio. Así que, sí, diría que es tu alma gemela, lo cual no significa que sea perfecto —la miró fijamente—. O que tú lo seas.

Karen se rio.

—Créeme, lo entiendo. ¿Pero sabes qué es lo más asombroso? Que Elliott se piensa que lo soy.

—¡Oh, vamos! —exclamó Dana Sue riéndose—. Entonces está claro que tienes que conservar a este hombre. Dale un respiro, ¿me oyes?

Y Karen oyó lo que le dijo. Y hasta supo que, probablemente, tenía razón. Pero también sabía que si Elliott seguía dejándola al margen de decisiones importantes, sobre todo si había consecuencias económicas de por medio, no podría dejarlo pasar bajo ningún concepto.

Elliott terminó la clase con su última clienta del día a media tarde. Estaba deseoso de ir a recoger a los niños a casa de su madre, adonde habían vuelto tras el colegio, llevarlos a casa, darles la cena y después relajarse un poco y, tal vez, tomarse una copa con su mujer. Ya estaba al tanto de la crisis que se había producido en Sullivan's, sabía que llegaría tarde y que necesitaría algo con lo que desconectar. Después de la noche anterior y de la charla que habían mantenido esa mañana, había decidido que, en lugar de echarse a dormir como de costumbre, estaría esperándola después de un largo día de trabajo. Era un intento más para solucionar las cosas entre los dos.

Pero cuando llegó a casa de su madre, encontró a su hermana mayor sentada en el porche delantero con gesto de abatimiento mientras veía a los niños correr por el jardín.

—¿Va todo bien? —le preguntó a Adelia intentando tantear qué le pasaba.

—Muy bien.

—¿Dónde está mamá?

—Ha salido, gracias a Dios. Estaba haciéndome demasiadas preguntas —dijo mirándolo fijamente y como lanzándole una indirecta.

—Ah, ¿entonces debería hacer como si no viera que tienes muy mala cara?

—Exacto.

—Pues entonces tal vez te iría mejor si lograras sonreír un poco.

—Que te den —le respondió—. Ahora que estás aquí, me marcho con mis hijos.

Frunciendo el ceño, él le agarró la mano.

—Adelia, ¿qué pasa? Te lo pregunto en serio.

—Todo —le contestó con amargura—. En serio.

Pero antes de que él pudiera proseguir, su hermana llamó a sus hijos, los metió en el coche y se marchó. Elliott se quedó mirando. No era propio de Adelia hablarle así. Tal vez sus otras hermanas sí que tenían mal genio de vez en cuando, y hasta podían resultar insoportables, pero Adelia siempre había parecido feliz. Se había casado con Ernesto Hernández muy enamorada y había tenido a su primer hijo siete meses después. Los otros tres habían llegado con una diferencia de diez meses. Se había esperado que su hermana estuviera agotada, pero la maternidad la había hecho resplandecer, al menos hasta hacía poco. Ahora estaba empezando a aparentar cada uno de los cuarenta y dos años que tenía.

—¿Nos vamos a casa ya? —preguntó Mack sentándose a su lado e interrumpiendo sus pensamientos.

—Sí —respondió Elliott levantándose y agarrando al niño de siete años para lanzarlo al aire hasta hacerlo reír.

—A mí también —le pidió Daisy mirándolo con los ojos como platos y recordándole tanto a su madre que él no pudo evitar sonreír.

—A las señoritas no se las lanza por el aire. Son tranquilas y sosegadas.

—Yo no —respondió la niña con descaro—. Voy a ser como Selena.

La referencia a su sobrina mayor lo hizo estremecerse un poco. Selena, de doce años, no era solo un chicazo al borde de la adolescencia, sino que ya empezaba a mostrar una vena rebelde que les traería muchos quebraderos de cabeza a Adelia y Ernesto.

—No. Tú vas a ser Daisy, una personita única y especial. No necesitas imitar a nadie.

—Pero Selena es guay —protestó Daisy—. Y ya le han comprado su primer sujetador.

Tal vez Elliott podía manejar y controlar a las solteras senior del spa con sus comentarios carentes de pudor, pero estaba seguro de que la franqueza de Daisy iba a matarlo.

—Jovencita, aún quedan unos años para que empieces a pensar en sujetadores.

—Pero Selena dice que a los chicos solo les gustan las chicas con tetas grandes —dijo y después lo miró con gesto de perplejidad—. ¿Qué significa eso, Elliott? ¿Crees que tiene razón?

—Significa que Selena tiene que establecer sus prioridades —respondió decidido a comentárselo a su hermana. Como poco, su sobrina tenía que ser más discreta cuando hablara con Daisy, que solo tenía nueve años, ¡por favor! Tenía que estar pensando en muñecas, no en sujetadores y chicos. Sin embargo, tenía la sensación de que, por desgracia, no era así.

—¿Podemos ir al McDonald's esta noche otra vez? —le suplicó Mack siempre ansioso por ir al restaurante de comida rápida que habían abierto en el pueblo de al lado hacía unos años.

Elliott se estremeció. Había tomado la fea costumbre de llevarlos allí porque era más sencillo que prepararles la cena, por mucho que sabía que Karen odiaba que comieran comida rápida. Iba en contra de su propio código también, pero a veces las mejores intenciones se perdían en pro de lo más práctico.

—Esta noche no, colega. Vamos a cenar spaghetti y ensalada.

—¡Pero odio la ensalada! —gritó Mack.

—Y los spaghetti engordan —añadió Daisy—. Me lo ha dicho Selena.

—Selena no sabe lo que dice. Y a ti te gustará esta ensalada, Mack. La ha hecho mamá.

Mack se quedó como si nada, pero al menos no discutió. Y una vez en casa, se comió la ensalada y los spaghetti como si se estuviera muriendo de hambre. Daisy picoteó un poco de cada cosa.

—¿Puedo levantarme? —preguntó la niña al cabo de un rato—. Tengo que hacer deberes.

—Podrás cuando te hayas terminado la cena —le respondió Elliott con firmeza.

—Pero...

—Ya conoces las reglas. Mack, ¿tú tienes deberes?

—Solo ortografía y mates. Pero los he hecho en casa de la abuela Cruz.

Elliott tenía sus dudas.

—¿Puedo verlos, por favor?

Para su sorpresa, los problemas de matemáticas estaban hechos y bien. Repasó la ortografía con Mack y el niño acertó todas las palabras.

—Eran fáciles —dijo Daisy con tono malicioso.

—No lo eran —respondió Mack dispuesto a pelear.

—Ya vale —interpuso Elliott—. Mack, ve a darte una ducha y luego puedes ver una hora de tele antes de irte a la cama —miró el plato de Daisy y asintió—. Buen trabajo. Termina los deberes y después puedes ir a ducharte y a dormir.

—Quiero esperar a mamá —protestó.

—Ya veremos. Ahora, venga, corre.

Solo después de que los dos niños se hubieran marchado, respiró aliviado. Había adorado a Daisy y a Mack desde que había iniciado su relación con Karen, pero ser su padrastro seguía siendo un desafío. Sus personalidades ya estaban bien formadas cuando había entrado en sus vidas, y aún fluctuaba entre imponerles una disciplina férrea y ser una especie de extraño para ellos.

En un principio se había ofrecido a adoptarlos, pero Karen se había mostrado algo reacia a la idea y por eso lo había dejado pasar. Suponía que no tenía tanta importancia siempre que los niños supieran que los quería como si fueran sus propios hijos. Además, después de alguna vacilación inicial, su madre los había acogido como a sus propios nietos, los colmaba de abrazos y los alimentaba con infinitas raciones de galletas de chocolate. A veces le parecía que era el único que se sentía inseguro con el papel que desempeñaba en sus vidas.

Justo cuando estaba empezando a ponerse nervioso con el tema otra vez, Daisy salió de su habitación, entró en la cocina y lo abrazó con un gesto impulsivo que se estaba volviendo cada vez menos frecuente a medida que se hacía mayor.

—Te quiero —susurró contra su pecho—. Ojalá fueras mi padre.

Abrazándola fuerte, Elliott sintió cómo los ojos se le llenaban de lágrimas.

—Soy tu padre en todos los sentidos, pequeña. Siempre puedes contar conmigo.

Ella lo miró con esos ojazos que tenía.

—¿Me acompañarás al baile de padres e hijas del cole? No iba a ir porque ni siquiera sé dónde está mi padre, pero si me acompañaras, estaría muy bien.

Vio esa sorprendente expresión de temor en su mirada y supo que la niña pensaba si estaría pidiéndole demasiado, una muestra más de que a pesar de todo el tiempo que había pasado, sus roles no estaban tan definidos.

—Sería un honor —le aseguró profundamente conmovido por la invitación.

—¿Crees que a mamá le parecerá bien?

La pregunta lo hizo detenerse. Suponía que Karen no pondría pegas porque seguro que no querría que Daisy se sintiera inferior al resto de niñas en una ocasión tan especial.

—Lo hablaré con ella —le prometió—. ¿Cuándo es ese baile?

—El viernes que viene. Tengo que sacar la entrada mañana.

—¿Cuánto necesitas?

—Solo diez dólares.

Elliott le dio el dinero y le dijo:

—Hablaré con tu madre esta noche. ¿Por eso querías esperarla despierta? ¿Querías hablarlo con ella primero?

La niña asintió.

—A veces se pone triste cuando le pregunto cosas así, como si se sintiera mal porque me ha decepcionado —lo miró con expresión muy seria—. Pero no es verdad. No es culpa suya que papá se fuera. Y, además, te encontró a ti.

—¿Y soy la mejor alternativa, no? —le dijo con un tono irónico que, probablemente, la niña no captó.

—No, eres el mejor en general y punto —le contestó con rotundidad.

Y con eso, Daisy le arrebató un pedacito más de su corazón para siempre.

Capítulo 4

A pesar de sus mejores intenciones, Elliott se durmió en el sofá antes de que Karen volviera a casa del trabajo. A la mañana siguiente se habían quedado dormidos y, con las prisas de levantar a los niños para llevarlos al colegio, no llegó a tener oportunidad de hablar con ella sobre el baile de Daisy. Después, se le había pasado.

Dos días más tarde, de nuevo durante un desayuno muy acelerado, fue Daisy la que se lo mencionó a su madre.

—Voy a necesitar un vestido nuevo para el baile, mamá.

Karen la miró perpleja.

—¿Qué baile?

—El baile de padres e hijas del viernes que viene —respondió Daisy lanzándole a Elliott una mirada acusadora—. ¿No se lo has dicho?

—Lo siento. Se me ha olvidado —admitió disgustado—. Lo hablaré con tu madre luego, después de dejaros en el colegio, ¿vale?

Daisy lo miró asustada.

—¿Pero vamos a ir, no? Lo prometiste. Ya he comprado la entrada.

—Vamos a ir —le aseguró evitando la mirada de Karen.

En cuanto dejó a los niños en el colegio, volvió a casa y se encontró a Karen esperándolo en la mesa de la cocina con una taza de café en la mano y gesto serio. Quedaba claro que... una vez más... estaba enfadada.

—Por favor, no hagas un mundo de esto. Daisy me dijo lo del baile hace un par de noches. Tenía miedo de no poder ir, pero le dije que yo la llevaría. Los dos queríamos hablarlo primero contigo, pero me quedé dormido. No me despertaste cuando volviste y se me olvidó.

Ella suspiró.

—Ya veo.

Era evidente que estaba muy molesta, aunque él no sabía muy bien por qué. ¿Era por el hecho de que no hubiera hablado el tema con ella o porque estaba pasándose de la raya al acceder a ir? Últimamente tenían demasiadas conversaciones que parecían ser campos de minas que no sabía cómo esquivar.

—A ver, Karen, ya veo que no te hace mucha gracia esto. ¿Te molesta que haya accedido a ir con Daisy a un baile de padres e hijas? ¿Me he pasado de la raya al hacerlo?

Ella sacudió la cabeza.

—Por supuesto que no. Lo que me molesta, otra vez, es que ni me lo hayas mencionado.

—Acabo de explicarte lo que pasó.

—Y entiendo que es fácil que cosas así se nos escapen —admitió—. De verdad que sí. No sé por qué dejo que me moleste tanto. Es un baile, ¡por el amor de Dios! Y veo las ganas que tiene de ir. Elliott, siento haber sacado las cosas de quicio. De verdad que sí.

Él la observó fijamente y, a pesar de que había elegido las palabras cuidadosamente, se dio cuenta de que había algo más detrás... Y acabó cayendo en la cuenta de qué era.

—Este baile supone que compremos un vestido nuevo. Un vestido que no entra en nuestro presupuesto.

Karen asintió.

—Es parte del problema. Sé que el tema del dinero me

preocupa demasiado, Elliott. No te pareces a Ray en nada, e incluso hemos podido ahorrar para un futuro bebé, pero ¿el vestido además de lo del gimnasio? Es como la gota que colma el vaso. Supongo que esto no es más que una reacción instintiva, pero no sé de qué otro modo actuar cuando surgen estos gastos imprevistos. Me sube el pánico por la garganta y no puedo evitarlo.

Aunque en su familia no había sobrado el dinero, Elliott y sus hermanas nunca habían carecido de nada. Tal vez por eso le había costado un poco entender por lo que había pasado Karen, sobre todo después de que Ray los hubiera abandonado. Había estado en peligro de que la echaran del piso en más de una ocasión, en peligro de que la despidieran de Sullivan's porque había tenido que marcharse del trabajo con frecuencia dados los problemas que habían surgido con los niños, de los que pasó a ocuparse ella sola. Dada la deuda que Ray le había dejado, se había visto al borde de la bancarrota y evitarlo había consumido toda su energía y sus recursos emocionales.

Cuando se habían casado, ella había insistido en que planificaran un presupuesto conjunto y estricto y se había obsesionado con los gastos que se salían de sus estimaciones. Entendía que necesitara tenerlo todo bajo control, pero también entendía que los niños necesitaban algo de flexibilidad para cosas como ese baile.

—Tenemos un fondo para imprevistos —le recordó.

—Para emergencias, no para un vestido.

—Para Daisy esto es una emergencia. Le importa mucho ir a ese baile. No se trata de una fiesta, se trata de tener un padre.

Karen lo miró con desazón.

—Sé que tienes razón.

Lo dejó estupefacto que hubiera transigido.

—¿Por qué no le pregunto a Adelia si Selena tiene algún vestido de fiesta que le quede pequeño? —propuso—.

Esa niña tiene el armario de una princesa. Y ya que Daisy la idolatra, puede que no se sienta como si fuera de prestado. ¿Qué te parece?

Inmediatamente, a Karen se le iluminó la cara.

—Es una idea perfecta.

—¿No crees que Daisy se decepcionará si no va de compras contigo?

—Puede que un poco —admitió—. Y yo también, pero así son las cosas. Habla con Adelia a ver qué te dice.

—Eso haré —prometió dándole un beso en la frente—. Otra crisis esquivada.

—¿Crees que llegará el día en que no tengamos ninguna? —le preguntó apesadumbrada.

—Con dos niños y a la espera de tener más, no es muy probable —le respondió sinceramente—. Pero la vida es impredecible. Es lo que hace que sea interesante.

Ella se rio.

—A veces me gustaría que las cosas fueran un poco menos interesantes.

—¿Por qué no hablamos de eso mañana mientras cenamos? Algo sencillo que no nos deje sin blanca —sugirió de manera impulsiva—. Puedo llamar a Frances para ver si está libre. ¿Y tú qué? ¿Estás disponible?

Ella asintió.

—Sí, que yo sepa.

—Pues entonces hecho. Te quiero.

Karen le sonrió cuando la besó.

—Yo también te quiero.

Elliott contaba con que ese amor los ayudara a superar esos baches. Ya fueran grandes o pequeños, no importaba porque eran pruebas y él estaba dispuesto a asegurarse de superarlas todas. No hacerlo era inaceptable.

Frances se había quedado encantada cuando Elliott la

había llamado para que cuidara de Daisy y de Mack. En ese momento toda distracción era bien recibida. No había podido sacarse de la cabeza la conversación que había mantenido con Liz y Flo, aunque sí que había logrado evitar llamar al médico. Cada vez que alguna de las dos le había recordado la promesa que les había hecho, las había ignorado. Ahora se encontraba bien y no se habían producido más incidentes inquietantes. Estaba convencida de que se habían preocupado por nada.

Sin embargo, sí que le pidió a Elliott que fuera a recogerla.

—Ya no me gusta conducir de noche —le había confesado.

Sobraba decir que la nueva urbanización a las afueras de Serenity donde la pareja se había comprado la casa le resultaba de lo más confusa con todas sus calles sin salida. Ya era difícil andar por allí a plena luz del día, así que por la noche era imposible para alguien que no conociera la zona.

Estaba preparada con una caja de galletas recién hechas cuando Elliott llegó. El joven sonrió al verlas.

—¿Sabes que su madre es chef, verdad? —bromeó.

—¿Y cuándo fue la última vez que tuvo tiempo para hacer galletas en casa? Además, a Daisy y a Mack les encantan mis galletas de avena y pasas.

—A mí también —le dijo Elliott guiñándole un ojo—. La última vez que nos hiciste, engordé un kilo.

La mujer le lanzó una mirada cargada de ironía.

—¿Un kilo? Yo engordo casi tres si no me controlo.

—Los niños están deseando verte, y Karen y yo estamos súper agradecidos de que estés dispuesta a quedarte con ellos un par de horas.

—Un placer. Los echo de menos. Pero aseguraos de informarme de todas las normas para no dejar que se salgan con la suya. No he olvidado lo astutos que pueden ser los niños a esa edad. Suelen traer locos a los profesores sustitutos y a las niñeras intentando sobrepasar los límites.

—¡Como que tú ibas a dejarles! Conozco tu reputación. Puede que seas más estricta que nosotros.

—Eso fue hace mucho. Ahora me he ablandado, sobre todo con esos dos niños —suspiró—. Se están haciendo muy mayores. Recuerdo cuando Karen se mudó al piso de enfrente. Apenas eran unos bebés. Qué momentos más duros vivieron.

—Y tú fuiste un regalo caído del cielo. No sé cómo habría podido salir adelante sin ti. Y creo que ahora vuelves al rescate con nosotros.

Frances lo miró con curiosidad.

—¿Aún no se han solucionado las cosas entonces?

—Básicamente todo está bien. Nos estamos adaptando, eso es todo.

—Sois conscientes de que eso es algo que conlleva el matrimonio, ¿verdad? Tenéis que estar adaptándoos constantemente según vuestra familia va creciendo y las prioridades cambian. Ser muy inflexible puede ser letal.

—Ojalá Karen lo entendiera. Comprendo por qué siente la necesidad de ser tan estricta con los gastos y todas esas cosas, y hasta estoy de acuerdo, pero es que la veo preocupándose todo el tiempo y no sé cómo convencerla de que estamos bien. Ve los extractos bancarios y firma los cheques igual que yo, así que tiene que saberlo.

—Saberlo y tener el bagaje emocional que ha tenido ella son dos cosas muy distintas —le recordó Frances—. Dale un respiro. Cada mes que pase y hayáis pagado vuestras facturas y sigáis bien alimentados y felices, se sentirá más segura. El hecho de que entiendas por qué se preocupa ayudará a mantener esto en perspectiva. Sería una pena que su pasado os causara problemas ahora.

—No permitiré que eso pase —juró Elliott al acceder al camino de entrada.

Frances le tocó el brazo.

—Confío en que la hagas feliz, Elliott. Dio un gran salto de fe al permitirse enamorarse de ti.

Él asintió.

—Lo sé, y pretendo hacer todo lo que pueda para no defraudaros nunca a las dos.

—Precisamente por eso, me aseguraré de que los niños os dejen algunas de estas galletas —le prometió.

Karen estaba en la puerta momentos antes de que Elliott y ella fueran a salir; tenía la mirada puesta en Frances, que estaba en el sofá con Daisy y Mack a cada lado. Mientras engullían galletas, los niños le contaban cómo les iba todo mientras la anciana no dejaba de reír.

—Mira cuánto la adoran —le susurró a Elliott—. Tienen mucha suerte de tenerla en sus vidas.

—Creo que es ella la que se considera afortunada. Es una pena que sus nietos no vengan a visitarla a menudo. Está hecha para estar rodeada de niños. Sus alumnos llenaban ese vacío, pero ya lleva jubilada mucho tiempo.

De camino al centro del pueblo para una cena informal en Rosalina's, Karen expresó la preocupación que llevaba un tiempo guardándose.

—¿Cuánto tiempo crees que la tendremos a nuestro lado?

—No hay forma de predecir algo así. Lo único que podemos hacer es dar gracias por cada minuto que tenemos.

—Pero creo que está apagándose. No me había fijado antes, y esta noche la he visto un poco vacilante.

Elliott frunció el ceño.

—¿Vacilante?

—No sé si puedo explicarlo. Aunque ya había estado en

casa antes, parecía un poco insegura, como si no supiera dónde están las cosas. ¿No te has fijado? Y que te haya dicho que la recogieras es una novedad. Normalmente conduce a todas partes.

—Me ha dicho que ya no le gusta conducir cuando ha oscurecido. Hay mucha gente de su edad que tiene problemas de visión por la noche. Las farolas y los faros los deslumbran, y hay que admitir que nuestro vecindario no es de los más sencillos de recorrer.

—Supongo que será eso —dijo Karen antes de mirarlo con una sonrisa—. Ya vale de ser agoreros e intentar adelantarnos a lo que está en manos de Dios. Tenemos una cita esta noche, ¿no es genial?

Él la miró de arriba abajo; fue una mirada que hizo que a Karen le hirviera la sangre.

—¿Una cita, eh? ¿Significa eso que podemos montárnoslo en el coche antes de que te lleve a casa?

Ella le sonrió.

—Eso depende de cómo vaya la cita. ¿Aún recuerdas cómo cortejarme?

Elliott le guiñó un ojo.

—Sin duda haré todo lo que pueda, sobre todo con la recompensa que podrías darme —le agarró la mano y se la acercó a los labios sin apartar los ojos de la carretera.

Después de besarla, dejó la mano sobre su muslo y la cubrió con su mano. Ella sintió su involuntaria excitación y el calor de su piel. Ver el efecto que producía en él la hizo sentirse muy femenina y poderosa.

Después de que Elliott entrara en el aparcamiento y apagara el motor, se giró hacia ella con gesto serio y le dijo:

—Recuerda que no debes intentar averiguar los ingredientes secretos ni colarte en la cocina. Esto es una cita, no una oportunidad clandestina de vigilar a la competencia.

Karen se rio.

—Hace años que descubrí todos los ingredientes secretos de Rosalina's. Aquí no hago labores de espionaje, así que puedo relajarme y disfrutar de mi comida.

—Ah, entonces solo tengo que preocuparme de qué estarás haciendo cuando dices que vas al baño en los restaurantes de Charleston y Columbia —bromeó—. De eso, y de si te interesa más la comida que yo.

—A mí siempre me interesarás más que ninguna otra cosa —le aseguró, aunque añadió—: A menos que alguien tenga el suflé de chocolate perfecto en su carta. Me encantaría aprender a hacerlo muy bien.

—No dejes que Erik se entere nunca de que el suyo no te parece perfecto —la advirtió—. Se supone que su talento con la repostería es legendario, al menos por Carolina del Sur.

—Tartas, pasteles, cobblers de frutas... Vale, admito que los hace muy bien, pero hacer un suflé es un arte. Y si te paras a pensarlo, en Sullivan's no lo tienen ni en la carta. Eso es porque Erik sabe que el suyo no es perfecto. Me encantaría poder llegar a superar su talento algún día.

—Búscalo en Google —le sugirió Elliott—. Encuentra dónde está el mejor obrador de suflés de chocolate del estado y te llevaré allí.

Ella lo miró asombrada.

—¿Lo harías?

—Haría cualquier cosa que te hiciera feliz. ¿Es que no lo sabes a estas alturas?

Ella sonrió. Sí que lo sabía, pero tampoco estaba mal que se lo recordaran de vez en cuando.

La cita fue un éxito enorme. Karen se sentía llena de ilusión y energía después de toda una noche con su marido sin ninguna crisis de por medio. Los niños le suplicaron que Frances se quedara a pasar la noche, así que le dejó un camisón y la acomodó en la habitación de invitados. La mujer prometió preparar tostadas francesas para desayunar antes de que todos salieran de casa a la mañana siguiente.

Cuando Karen se levantó por la mañana, la encontró en la cocina ya vestida. Había reunido los ingredientes para las tostadas que había hecho habitualmente para los niños cuando habían sido vecinos, pero estaba allí de pie mirándolo todo con expresión de perplejidad.

—¿Frances? —le preguntó con voz suave e intentando no sobresaltarla—. ¿Va todo bien?

Frances dio un respingo con gesto de consternación.

—Oh, Dios mío, querida, me has asustado. No te he oído entrar.

Karen la abrazó.

—Te veo un poco distraída.

—Supongo que me he quedado un poco dispersa, pero estoy genial.

Aunque sus palabras eran reconfortantes, Karen no se quedó muy convencida. Intentando actuar con naturalidad, empezó a preparar el café y le preguntó:

—¿Te parece bien que te eche una mano? Podría batir los huevos con la canela y la leche.

Su propuesta pareció despertar una inesperada reacción en Frances.

—¡Rotundamente no! —respondió con brusquedad—. Llevo años haciendo tostadas francesas. Puedo apañarme sola.

Pero a pesar de sus palabras, pareció vacilar al ponerse a trabajar, como si se estuviera pensando mucho cada cosa que hacía.

Al final, las tostadas quedaron perfectas y los niños las engulleron con ruidoso entusiasmo. Elliott, que normalmente se limitaba a unas saludables claras de huevo o a cereales con alto contenido en fibra, también se comió su ración.

En cuanto los platos estuvieron en el lavavajillas, él se ofreció a llevar a los niños al colegio.

—Frances, ¿por qué no te llevo a ti también?

—Ya la llevo yo —dijo Karen al querer pasar algo más de tiempo con ella para ver por qué había notado algo extraño durante esa visita—. Necesito tener mi ración de Frances antes de que la dejemos volver a su rutina —miró a su amiga—. ¿Te parece bien? ¿Tienes prisa? Estaré lista en media hora.

—La verdad es que creo que mejor me iré con Elliott —le respondió evitándole la mirada—. Tengo cosas que hacer.

Karen captó la mentira; era una excusa para esquivar sus preguntas.

—Claro, si te viene mejor así... A lo mejor la próxima vez podrías quedarte a pasar el fin de semana. Nos encantaría a todos, ¿verdad, niños?

La entusiasta respuesta a coro de Daisy y Mack le arrancó una sonrisa a Frances.

—Pues entonces eso haremos. Mack, podrías enseñarme a jugar con ese vídeo juego del que me has hablado. Y Daisy, querré que me lo cuentes todo sobre ese baile para padres e hijas al que irás con Elliott.

Elliott los llevó a todos hacia la puerta y le lanzó a Karen una mirada cargada de curiosidad.

—¿Va todo bien? —murmuró.

—La verdad es que no estoy segura —le respondió sin molestarse en ocultar su frustración—. Pero será mejor que te vayas. Ya hablaremos luego.

Él la besó y, murmurando contra su boca, dijo con una pícara mirada:

—Una cita genial.

—Aunque llegar a casa fue mejor —respondió ella pensando en la ternura con que le había hecho el amor antes de que se durmieran el uno en brazos del otro.

Elliott sonrió.

—Sí, es verdad —le agarró suavemente la barbilla y la

miró fijamente—. Hoy llamaré a Adelia para preguntarle lo de los vestidos, ¿o prefieres hacerlo tú?

Ella le lanzó una mirada irónica.

—¿Que le pida un favor a tu hermana? Aún no hemos llegado a ese nivel. Todavía me odia.

—No te odia —protestó él—. Es que es demasiada protectora conmigo. La llamaré yo.

Justo en ese momento, alguien desde dentro del coche tocó el claxon para meterle prisa. Elliott se rio.

—Será mejor que me vaya antes de que alguno de los niños se piense que ya es mayor para darse una vuelta en coche.

—No te preocupes, Frances jamás les dejaría hacerlo —dijo Karen aunque, a la vez que pronunció esas palabras, se preguntó si sería verdad. Había visto señales de que Frances estaba cambiando y, aunque no sabía qué podían significar, sospechaba que no debía de ser nada bueno.

Elliott llamó a su hermana mayor a media mañana durante un descanso entre la clase de spinning y la de danza aeróbica. Adelia respondió al teléfono con el mismo tono impaciente que había mostrado en casa de su madre hacía unos días.

—Parece que en la casa de los Hernández las cosas no están muy animadas esta mañana. ¿Qué pasa, Adelia?

—Nada —respondió con voz entrecortada—. ¿Por qué llamas?

—La verdad es que necesito un favor para Daisy.

—Claro —dijo de inmediato porque, aunque no había recibido muy bien a Karen en la familia, sí que les había abierto su corazón a los niños—. ¿Qué necesita?

—¿Sabes lo del baile para padres e hijas del colegio?

—Selena no habla de otra cosa. Dice que es un rollo, pero no deja de suplicarle a su padre que la lleve. A Ernesto no le hace mucha gracia, pero ha accedido. Ahora depende de mí que no se eche atrás en el último momento y la decepcione. ¿Vas a llevar a Daisy?

—Me lo ha pedido.

—¡Cuánto me alegro! Me temía que fuera a sentirse apartada.

—La cuestión es que necesita un vestido de fiesta y nuestro presupuesto está muy ajustado últimamente.

—Además, Selena tiene un armario lleno de vestidos —dijo Adelia, al comprenderlo de inmediato—. ¿Qué te parece si elijo unos cuantos y te los llevo al spa? Puede probárselos en casa esta noche.

—Si te resulta más fácil, puedes llevarlos a casa de mamá —le propuso.

—¿Y que Selena se dé cuenta y haga algún comentario inapropiado sobre el hecho de que Daisy se ponga su ropa usada? Mala idea.

—Claro —dijo Elliott deseando no haber olvidado la posibilidad de que hirieran los sentimientos de la niña—. Estaré aquí el resto del día. Pásate cuando quieras y, ya de paso, puedes aprovechar y dar una clase de gimnasia.

El silencio fue la respuesta a su ofrecimiento.

—¿Qué quiere decir eso? ¿Estás sugiriendo que he engordado?

Elliott tuvo la sensación de haberse colado en otro de esos campos de minas que existían entre las mujeres de su vida.

—Yo jamás sugeriría algo así. ¿Es que Ernesto te ha dicho algo? Porque, si lo ha hecho, va a tener una pequeña charla con su cuñado sobre cómo mostrarle algo de respeto a su mujer. ¿Qué pasa porque te hayan quedado unos kilos de más por haber tenido unos embarazos tan seguidos? Eran sus hijos los que llevabas dentro.

—Parece que, últimamente, Ernesto tiene muchas opiniones que dar —dijo Adelia con una nada habitual amargura—. Ya he dejado de escucharlo.

Ahora Elliott sabía que estaba atrapado en mitad del campo de minas. Pisara donde pisara, había peligro.
—¿Quieres hablar de ello? —le preguntó con tacto.
—No —respondió ella secamente—. Me pasaré luego con algunos vestidos.
Aprovechando, él dejó pasar el asunto.
—Gracias.
Adelia vaciló antes de añadir:
—Es muy dulce lo que estás haciendo por Daisy.
—No es dulce. Es que no quiero que se pierda cosas por no tener a su padre.
—Y eso es dulce —insistió Adelia—. ¿Cuándo vais a tener un bebé Karen y tú?
Era una pregunta que su madre y sus hermanas no habían dejado de hacerle de manera habitual desde que se habían casado.
—Cuando llegue el momento adecuado —le dijo como decía siempre. Decirle que se metiera en sus asuntos no servía de nada.
Al menos esa respuesta pareció hacerla callar, aunque no por mucho tiempo.
—¿Y cuándo será eso?
—Adelia, como mi hermana mayor, estarás entre los primeros en saberlo —le aseguró—. Te enterarás justo después de mamá.
—Quiero ser la primera —bromeó—. ¿Quién te enseñó todo lo que sabes sobre las mujeres? ¿Quién te protegió de los abusones del colegio?
—Tú no, eso seguro —respondió él riéndose—. Tú no hacías más que hablar y casi me metiste en más problemas de los que podía gestionar con esa bocaza descarada que tienes.
Su hermana se rio; fue el primer sonido verdaderamente alegre que había oído desde que había comenzado la conversación.

—Pero te hizo fuerte, ¿verdad? Y tenías mucho éxito entre las chicas porque te conté lo que nos gusta a las mujeres.
—Supongo que es una forma de verlo. Hasta luego.
—Te quiero, hermano —le dijo en español.
—Yo también te quiero.
Aunque sus hermanas tenían la capacidad de volverlo loco, no podía imaginarse la vida sin ellas. Quería que Karen se beneficiara de todo ese amor también, pero hasta el momento el proceso había sido muy lento. Aunque la abierta hostilidad de sus hermanas se había disipado, aún la miraban con cierto recelo. Un día de estos tendría que encontrar el modo de acercar posiciones entre todas.
Karen tenía muchas amigas y podía apoyarse en ellas como si fueran familia, pero sabía que el amor y la familia hacían más llevaderos los problemas que surgían en la vida.

Capítulo 5

Elliott entró en el gimnasio del colegio con Daisy del brazo. Karen le había recogido su melena castaño clara en forma de ondas, y el vestido que habían elegido era de un satén rosa pastel que parecía resaltar el tono de sus mejillas y le iluminaba los ojos. Aunque tal vez ese brillo era fruto de la emoción por asistir a su primer baile de verdad.

Se quedó en la puerta y miró a su alrededor con gesto de asombro; las macetas estaban decoradas con diminutas lucecitas blancas, la bola de discoteca colgaba del techo despidiendo color al girar, y los banderines de tonos vivos convertían ese enorme lugar en algo muy especial.

—Es precioso —dijo la niña con voz suave y girándose hacia él con un encantador brillo en la mirada.

—Tú sí que estás preciosa —le respondió Elliott sinceramente—. Pareces toda una jovencita. Creo que eres la niña más bonita de la sala.

—¡Qué va! —le contestó aunque se mostró encantada con el comentario—. ¿Ya han llegado Selena y Ernesto?

—No los veo —respondió Elliott buscando con la mirada por el gimnasio abarrotado de niñas con sus padres. El nivel de entusiasmo estaba tan alto como el de ruido.

Cuando al momento el pinchadiscos puso una canción lenta, Elliott miró a Daisy.

—¿Quieres bailar conmigo?
—¿De verdad? —preguntó con la voz entrecortada.
—Para eso hemos venido, ¿no? Creo que aún puedo moverme por la pista sin darte ningún pisotón.

Le mostró dónde colocar las manos y después fue contando los pasos mientras ella, con cierta torpeza, intentaba seguir su ritmo. Al final de la canción, Daisy respiró hondo.

—Me alegro de que seas tú y no un chico —dijo llena de frustración—. Esto no se me da bien. Nunca tendré una cita.

—Ya le pillarás el tranquillo antes de que seas lo suficientemente mayor como para tener una cita —le prometió justo cuando vio a Ernesto y a Selena yendo hacia ellos. Su cuñado parecía estar de mal humor, y eso era raro.

—¿Cómo te ha convencido Daisy para venir? —le preguntó Ernesto con tono áspero—. A mí no me verías por aquí si no fuera porque Adelia se ha puesto hecha una furia.

Elliott captó la sombra que recorrió el gesto de Selena ante las desconsideradas palabras de su padre. Sin embargo, la niña, en lugar de responderle, se dirigió a Daisy.

—¡Ese es mi vestido! —dijo lo suficientemente alto como para que unas cuantas chicas se rieran—. Mamá ha debido de sacarlo de mi bolsa de ropa para tirar.

Elliott miró a su sobrina con mala cara.

—¡Selena, ya basta! —le gritó con brusquedad dado que Ernesto no parecía tener intención de corregir a su hija—. Estás intentando avergonzar a tu prima a propósito.

—No es mi prima —contestó con tono desagradable—. Y tú no eres su verdadero padre.

Ante las crueles palabras de Selena, Daisy se quedó aturdida, se echó a llorar y salió corriendo del gimnasio. Elliott le lanzó a Selena una mirada cargada de decepción.

—Creía que tu madre te había educado para que fueras un poco más amable —después miró a su cuñado fijamente—. ¿Y tú no tienes nada que decir sobre esta clase de comportamiento?

Ernesto se limitó a encogerse de hombros.

—¿Qué puedo decir? Es igualita que su madre.

Elliott sacudió la cabeza preguntándose, no por primera vez, qué demonios le estaba pasando al matrimonio de su hermana.

—Ya hablaré con vosotros dos luego.

Y se marchó para buscar a Daisy. La encontró al final del pasillo empujando inútilmente una puerta cerrada con llave.

—Niña —dijo en español y voz baja—. Pequeña, lo siento.

—Quiero irme a casa —le suplicó girando hacia él su cara surcada de lágrimas.

—Y yo te llevaré, si eso es lo que quieres de verdad. Pero a veces cuando la gente se porta tan mal como Selena ahí dentro, lo mejor que se puede hacer es levantar la barbilla bien alto y demostrar que tú estás por encima de todo eso.

—Pero todo el mundo se está riendo de mí —le dijo con más lágrimas en los ojos y mirándolo desconcertada—. Creía que éramos amigas. ¿Por qué ha sido tan mala?

Elliott se preguntaba lo mismo.

—No lo sé —respondió con sinceridad—. Pero creo que, tal vez, esta noche no está muy feliz.

Daisy se mostró intrigada por la respuesta.

—¿Y eso?

—No estoy seguro —dijo al no querer sugerir que Ernesto la había decepcionado—. Pero creo que ha descargado su tristeza contigo. Ha estado muy mal, pero a lo mejor tú puedes ser mejor persona e intentar entenderlo y perdonarla.

Daisy pareció reflexionar sobre sus palabras un largo momento antes de mirarlo a los ojos y preguntarle con un sollozo:
—¿Tengo que hacerlo?
Elliott tuvo que girarse para ocultar la sonrisa.
—No, pequeña, no tienes que hacerlo, pero espero que lo hagas. A pesar de lo que ha pasado aquí esta noche, seguimos siendo una familia.
La niña suspiró exageradamente.
—De acuerdo, me lo pensaré —lo miró—. Pero sigo sin querer volver a entrar. Por favor, ¿podemos irnos?
—¿Por qué no vamos a Wharton's a tomarnos un helado? ¿Qué te parece?
Ella le dirigió una temblorosa sonrisa.
—Un helado estaría bien.
De camino a Wharton's, se secó las últimas lágrimas y se volvió hacia él.
—Antes de que Selena dijera todo eso, me lo estaba pasando bien, Elliott. Gracias por llevarme.
—De nada —le aseguró—. Y yo también me lo he pasado bien. El año que viene el baile de padres e hijas será mejor. Te lo prometo.
Y a la mañana siguiente lo primero que haría sería averiguar por qué su sobrina se había comportado de ese modo. Tal vez su cuñado se había quedado tan tranquilo ignorando el asunto, pero él no.

—¿Que Selena le ha dicho qué a Daisy? —preguntó Karen atónita cuando Elliott le describió la espantosa escena en el baile—. ¿Y por qué ha hecho algo así? Daisy la adora. Se debe de haber quedado hecha polvo.
—Al principio, sí, pero un helado cubierto de chocolate caliente la ha hecho sentirse mucho mejor.
—Al menos eso explica por qué se ha ido directa a su

habitación cuando habéis llegado y no me ha respondido cuando le he preguntado por el baile.

—Se ha sentido humillada, eso está claro —admitió con desazón—. Que mi sobrina haya hecho algo así... —sacudió la cabeza—. Aunque, sinceramente, ahora mismo me preocupa más Selena. Esta noche le pasaba algo y también me ha dado la sensación de que Ernesto no tenía ninguna gana de estar allí y que se lo había hecho saber. Tal vez su falta de sensibilidad explica por qué ha sido tan desagradable con Daisy.

—Eso no es una excusa —dijo Karen.

—Claro que no —asintió Elliott sin ponerse del lado de su familia por primera vez—. Creo que pasa algo más. Adelia tampoco ha estado siendo ella misma últimamente. Mañana llegaré al fondo del asunto y ten por seguro que Selena se disculpará.

—Una disculpa forzada no significará mucho —dijo Karen.

—Pero es necesaria de todos modos —respondió con convicción—. La gente de esta familia no se comporta así. Siento mucho que le haya arruinado la noche a Daisy. Esperaba que fuera especial para ella, un recuerdo que guardara para siempre.

Karen vio lo disgustado que estaba por el hecho de que un miembro de su familia le hubiera causado tanta angustia.

—Como has dicho, el helado ha mejorado bastante las cosas. Seguro que se le pasará.

Él vaciló y dijo:

—Hay una cosa que ha dicho Selena que creo que deberíamos hablar, algo que podríamos corregir.

Karen lo miró extrañada.

—¿Por qué está en nuestras manos corregir algo que haya dicho Selena?

—Porque podemos —respondió sencillamente—. Ha

dicho que Daisy no era su prima y que yo tampoco era su verdadero padre. Ya hemos hablado de la posibilidad de que adopte a los chicos, pero no hemos tomado ninguna decisión. Puede que ya sea hora de hacerlo.

Karen asintió distraídamente. El tema de la adopción ya había surgido de vez en cuando y lo había dejado pasar aunque no estaba segura del todo de por qué. Sin embargo, esa noche no podía tratar un tema tan importante.

—Ya hablaremos del tema, pero ahora no. Tengo que ir a ver cómo está Daisy.

Elliott suspiró mostrando su exasperación, pero ella lo ignoró. Esa noche Daisy era lo primero y ella aún estaba a punto de explotar de impotencia por lo que había pasado. Al menos en esa ocasión, Elliott no había corrido a ponerse del lado de su sobrina. A veces parecía como si estuviera ciego cuando se trataba de su familia. En ocasiones, Adelia, sus otras hermanas e incluso su madre también habían sido igual de desconsiderados con ella aunque, por suerte, casi todo eso ya formaba parte del pasado.

Después de levantarse para ir a ver a su hija, se agachó y lo besó.

—Gracias por cuidar tan bien de ella.

—Es mi trabajo —dijo sin más.

Karen encontró a Daisy en su habitación tapada con la manta hasta las orejas. El vestido que había sido la causa del incidente de esa noche estaba tirado en el suelo.

—Deberías haberlo colgado —le dijo con delicadeza al recogerlo y colocarlo sobre una percha.

—¿Por qué? No me lo voy a volver a poner nunca. No quiero que esté aquí. Devuélveselo a la tonta de Selena si tanto le importa. Y ya no quiero ir a casa de la abuela Cruz después del colegio, no si Selena va también.

Karen suspiró ante el testarudo tono de Daisy. Se sentó en el borde de la cama aún con el vestido en la mano y miró a su hija a los ojos.

—Ya discutiremos en otro momento adónde irás después del colegio. Ahora preferiría centrarme en lo de esta noche. A lo mejor puedo ayudarte a entenderlo.
—Selena es una egoísta y ya está.
Karen sacudió la cabeza.
—Lo dices, pero no lo piensas de verdad.
—Sí que lo pienso.
—Seguro que sabes que lo que Selena te ha dicho no ha sido por el vestido.
—¿Entonces por qué?
—Elliott cree que a su padre no le hacía mucha gracia llevarla al baile, al contrario que él, que estaba feliz de ir contigo. Sospecho que Selena estaba celosa.
Daisy se incorporó con los ojos como platos. Que su ídolo pudiera tener celos de ella era algo que le llamó mucho la atención.
—¿De mí?
Karen asintió.
—Sabes que Elliott te adora y le hizo sentirse genial que le pidieras que te llevara al baile. Para Ernesto fue como una obligación de la que no se podía librar y seguro que eso hirió los sentimientos de Selena. ¿Lo entiendes?
Daisy se quedó pensativa. Era mucho pedir que una niña de nueve años intentara comprender el impacto de los actos hirientes de un adulto.
—Supongo —dijo al momento.
—Entonces a lo mejor podrías centrarte en lo afortunada que eres de tener a Elliott como padrastro y plantearte perdonarla —le sugirió.
—A lo mejor —contestó Daisy a regañadientes.
Karen se agachó para abrazarla.
—Piensa en ello. Buenas noches, cielo. Siento que tu primer baile no haya sido todo lo que te esperabas.
—Ha empezado muy bien —admitió—. Elliott ha estado enseñándome a bailar.

—Tiene unos pasos muy buenos en la pista de baile —dijo Karen sonriendo al recordar cómo bailaron en su boda.
—Las demás niñas estaban mirándolo. Creo que todas querían bailar con él.
—Seguro que el lunes por la mañana tendrán muchas preguntas que hacerte, aunque tendrás que decirles que ya está pillado, que pertenece a tu mami.
Daisy se rio.
—¡Mamá!
—Bueno, es la verdad.
—Creo que es el mejor padrastro del mundo.
—Yo también lo creo —contestó Karen en voz baja. El mejor.
Y cuando sopesó eso contra las tontas riñas que habían tenido últimamente, lo tuvo claro. El día que había encontrado a Elliott había sido el más afortunado de su vida. Así que cuando las cosas fueran mal, y no habría duda de que volvería a pasar, tendría que recordarlo.

Elliott normalmente no podía sacar ni media hora para almorzar los sábados, pero esa semana le pasó su cita de las once a otro entrenador del gimnasio y se fue directo a casa de su hermana, decidido a llegar al fondo del asunto de lo que estaba pasando allí.
Cuando llegó a la enorme casa que Ernesto había construido en cuatro mil metros cuadrados de tierra boscosa a las afueras de Serenity, oyó a los niños jugando en el estanque. Por norma general habría ido a saludarlos, pero ese día su único objetivo era quedarse a solas con Adelia para mantener una charla sincera.
Justo cuando estaba a punto de llamar al timbre, la puerta delantera se abrió y Ernesto pasó por delante de él con mal gesto. Desde dentro oyó a Adelia gritándole que no se molestara en volver a casa.

Elliott cerró los ojos, rezó por saber cómo actuar, y entró. Encontró a su hermana sola en la cocina metiendo a golpes los platos en el lavavajillas con el rostro lleno de lágrimas. Se acercó por detrás y la abrazó.

—Cuéntamelo.

Ella se volvió impactada y, secándose las lágrimas inútilmente, intentó forzar una sonrisa.

—No sabía que estabas aquí. ¿Cómo has entrado?

—Tu marido, muy amable, ha dejado la puerta abierta al salir —dijo con ironía—. Lo he oído, Adelia. He oído cómo le decías que no se molestara en volver a casa.

Ella le quitó importancia al comentario.

—La gente dice cosas así todo el tiempo. No lo decía en serio.

—Pues a mí me ha parecido que sí.

—¿Y tú qué sabes? Tú aún estás en la fase de la luna de miel. ¿Qué sabes tú de discusiones maritales?

Él sonrió.

—Karen y yo hemos tenido bastantes.

—Y las habéis superado y olvidado —dijo con tono enérgico—. Ernesto y yo también lo haremos. Deja que te sirva una taza de café y unas galletas de mamá —al instante frunció el ceño y añadió—: ¿Por qué no estás en el gimnasio? Creía que el sábado era uno de tus días más ajetreados.

—Así es, pero he pensado que tenía que hablar contigo sobre lo que pasó anoche.

Ella puso gesto de extrañeza; estaba verdaderamente desconcertada.

—¿Anoche? ¿Es que pasó algo en el baile? Selena no me ha dicho nada, y tampoco Ernesto.

—No me sorprende. No quedarían muy bien ninguno de los dos —le describió la escena—. Selena humilló a Daisy deliberadamente delante de todas sus compañeras de clase.

—Lo siento mucho —dijo Adelia con gesto apenado—. Me ocuparé ahora mismo. El comportamiento de Selena fue completamente inaceptable. Pobre Daisy. Se me parte el corazón solo de pensarlo.

Estaba a punto de decirle a Selena que saliera del estanque y entrara, pero Elliott la detuvo.

—Creo que la pregunta más importante podría ser por qué estaba tan disgustada como para hacer lo que hizo.

Al ver que ella no respondía inmediatamente, él insistió:
—¿Adelia?

Su hermana suspiró profundamente.

—Sospecho que puedes culpar a su padre. Ernesto no quería ir y, como me había temido, se inventó la excusa de una reunión de negocios muy importante para intentar escaquearse en el último momento. Insistí en que no podía decepcionar a su hija de ese modo y me temo que Selena escuchó nuestra discusión. Sabía que su padre había estado a punto de elegir el negocio antes que a ella, que no le habría importado decepcionarla.

—¿Y eso ha estado pasando mucho últimamente? —le preguntó mirándola fijamente—. Me refiero a las discusiones.

Ella miró a otro lado.

—Lo solucionaremos. Siempre lo hacemos —dijo como si se supiera esas palabras de memoria. Sonó como si hubiera estado usándolas durante un tiempo para intentar autoconvencerse.

—¿Has hablado con mamá sobre lo que está pasando?

Adelia le lanzó una mirada incrédula.

—¿Estás loco? ¿Y tener que escuchar sus sermones sobre que yo tengo toda la culpa de que mi matrimonio no sea un camino de rosas? Ya sabes cómo es mamá. Se cree que a todos los maridos hay que tratarlos como a reyes, por mucho que estén actuando como unos cretinos.

Elliott sonrió.

—Es verdad. Estaba totalmente entregada a nuestro padre, por muy poco razonable que fuera él.

—Hazme caso, papá era un baluarte de sensatez y calma comparado con Ernesto.

En su voz notó una desolación que le resultó preocupante.

—Adelia, ¿está intimidándote? ¿Te maltrata?

Ella cerró los ojos y se ruborizó.

—No, nada de eso. Jamás se lo permitiría. A pesar de mi debilidad, sí que tengo suficiente orgullo como para no tolerar semejante falta de respeto.

—Eso espero —respondió aún preocupado—. Porque lo pondría bien firme si llegara a levantarte la mano.

Adelia casi sonrió ante su comentario.

—Sé que lo harías y por eso te quiero.

—¿Quieres que me quede y hable con Selena?

Ella sacudió la cabeza.

—No. Ya me ocupo yo. No hay necesidad de que presencies cómo monta en cólera cuando le diga que está castigada un mes.

Elliott se quedó sorprendido ante la severidad del castigo.

—¿Un mes?

Adelia se encogió de hombros.

—Menos de eso no serviría de nada. Créeme, un mes es lo único que despertará su atención.

—A lo mejor lo que necesita, más que un castigo, es saber con certeza que sus padres van a esforzarse en superar sus diferencias —propuso Elliott.

Adelia lo miró con tristeza.

—Siempre intento no hacer promesas si no estoy segura de poder mantenerlas —dijo al acompañarlo a la puerta.

Elliott quería quedarse, quería borrar el dolor que veía en la mirada de su hermana, pero no era él el que tenía el poder de hacerlo. Y cada vez quedaba más claro que al hombre que estaba en posición de hacerlo no le importaba nada.

—¿Por casualidad va a quedarse Frances mañana por la noche con los niños? —le preguntó Dana Sue a Karen el lunes.

Karen se quedó mirando a su jefa sorprendida.

—No lo tenía pensado. Mañana tengo libre, ¿recuerdas? Estaré en casa con los niños.

—Deja que te lo pregunte de otro modo —dijo Dana Sue pareciéndose a Helen cuando estaba interrogando a un testigo reacio a colaborar—. ¿Puede Frances cuidar de los niños mañana por la noche?

Estupefacta, Karen se encogió de hombros.

—Tendría que preguntárselo, pero probablemente. ¿A qué viene esto? ¿Necesitas que venga a trabajar?

—No. Los chicos, menos Erik que se quedará aquí, van a quedar para ver el baloncesto y hablar más del gimnasio, así que las mujeres hemos decidido que nos merecemos una noche de margaritas. Hace siglos que no celebramos una y queremos que vengas.

—Creía que las noches de margaritas eran una especie de ritual sagrado para las Dulces Magnolias —a ella nunca la habían invitado.

—Y creemos que deberías ser oficialmente una de nosotras —le contestó Dana Sue con una sonrisa—. Si Elliott va a ser socio de algunas de nosotras y de nuestros maridos, entonces tú deberías estar incluida cuando las chicas nos reunamos.

—¿De verdad? —preguntó, sorprendida por la tristeza que se había colado en su voz. Siempre se había preguntado cómo serían esas misteriosas noches que Dana Sue, Maddie, Helen y sus amigas pasaban juntas. Los margaritas eran lo que menos le importaba, pero el fuerte vínculo de su amistad era algo que envidiaba desesperadamente. En alguna que otra ocasión había recibido su ayuda y su apoyo y comprendía el valor que eso tenía.

—De verdad —le aseguró Dana Sue—. Y antes de que te pongas nerviosa y empieces a pensar cosas raras, tienes que saber que no tenemos ni rituales secretos ni juramentos; nuestra única premisa es que lo que pasa en las noches de margaritas se queda en las noches de margaritas.

Karen sonrió.

—Eso lo puedo cumplir.

—Entonces mañana a las siete en mi casa.

—¿Qué puedo llevar?

—Nada. Yo preparo el guacamole, Helen los margaritas y, ya que creen que ahora necesitamos más comida para contrarrestar el alcohol, Maddie, Jeanette, Annie, Raylene y Sarah se van turnando para traer la comida. Créeme, Maddie se encargará de que te llegue el turno. Le va a encantar sumar un chef más a la lista. Aparte de mí, Raylene es la única con auténtica creatividad en la cocina.

Karen pensó en los progresos que Raylene había hecho venciendo su agorafobia. Hacía no mucho tiempo todas las noches de margaritas tenían que celebrarse en su casa para que no tuviera que enfrentarse al terror que le generaba salir de la seguridad de su hogar.

—Raylene está mucho mejor ahora, ¿verdad? Cuesta creer que sea la misma persona. Ahora la veo en su tienda de moda y saliendo por ahí con Carter y sus hermanas.

Dana Sue sonrió.

—Es uno de los muchos milagros con los que nos ha bendecido este pueblo.

Karen continuó trabajando con las ensaladas del almuerzo, aunque al final la curiosidad la superó. Miró a su amiga y preguntó:

—¿Por qué ahora, Dana Sue? ¿Es solo porque no quieres que me sienta apartada?

Dana Sue, que siempre hablaba con sinceridad, respondió:

—Eso por un lado, está claro. Pero durante mucho tiempo tu vida era muy complicada. Helen tuvo que cuidar de tus hijos para que no te los quitaran y tu futuro trabajando aquí era muy inseguro, así que no creíamos que fuera buena idea sobrepasar más los límites —sonrió—. Igual que ha pasado con Raylene, tú no eres la misma persona que eras hace unos años. Todas te apreciamos. Siempre ha sido así. Pero ahora creemos que todas tenemos una vida más consolidada.

—Quieres decir que ya somos todas iguales.

Dana Sue se rio.

—Eso suena terriblemente estirado e intolerante, pero en cierto modo, sí. Lo siento si he herido tus sentimientos.

Karen negó con la cabeza.

—Todo lo contrario. En realidad me hace sentir orgullosa saber lo lejos que he llegado recomponiendo mi vida. Hace unos años estaba hundida y, a pesar de no ser una Dulce Magnolia oficial, todas me ayudasteis. Siempre os estaré agradecida por ello.

—Y ahora tendremos que descubrir si puedes resistir el tequila mejor que las demás.

Karen pensó en lo poco que bebía porque no le gustaba ni el modo en que te hacía perder el control ni el gasto de dinero que suponía.

—Algo me dice que en ese terreno no voy a haceros la competencia. En el campo de las margaritas soy una debilucha. ¿Supondrá algún problema?

—No —le aseguró Dana Sue—. Hará que las demás tengamos más. Pero si rechazas mi riquísimo guacamole, puede que tengamos que reconsiderar tu unión al grupo.

—Eso no pasará nunca —dijo Karen riéndose.

En el tiempo que llevaba casada con Elliott ya había aprendido a asimilar el picante.

Capítulo 6

Frances estaba encantada de ir a pasar la noche con Daisy y Mack; era menos estresante que estar esquivando las preguntas de Flo y Liz sobre si ya había pedido cita con el médico. ¡Estaban empezando a cansarla!

Aunque estaba donde quería estar, lejos de las fisgonas miradas de sus amigas, por otro lado agradecía que los niños estuvieran ocupados con sus deberes. Por la razón que fuera, últimamente le resultaba agotador guardar las apariencias. Por eso era un alivio poder sentarse sin más a hojear unas revistas o a ver la tele.

Se sobresaltó al alzar la mirada y encontrarse delante a Mack, con un gesto que tenía una mezcla de consternación y vergüenza. Ya había visto esa mirada demasiadas veces en su clase como para saber que se trataba de problemas con los deberes.

—¿Va todo bien, Mack?

El niño se encogió de hombros y Frances tuvo que contener la sonrisa. Incluso con siete años, los niños ya tenían su orgullo.

—¿Qué tal llevas los deberes? ¿Los has terminado todos?

Mack sacudió la cabeza y sus mejillas se sonrojaron aún más.

—No entiendo los problemas de matemáticas —le dijo con mirada suplicante—. ¿Podrías ayudarme? Restar es muy difícil.

Aunque le encantaba que le hubiera pedido ayuda, dudaba si podría dársela.

—Puedo intentarlo. Y si no puedo, imagino que Jenny sí.

—¿Jenny? ¿Quién es? —le preguntó el niño perplejo.

Frances se quedó mirándolo sorprendida, después sacudió la cabeza y con una risa avergonzada dijo:

—¿He dicho Jenny? Quería decir Daisy. Jenny es mi nieta. Vive en Charleston —Jenny se llamaba como su madre, Jennifer, la hija de Frances.

A Mack se le iluminó la cara.

—La recuerdo. Antes venía de visita y a veces se quedaba a pasar el fin de semana.

—Así es —le confirmó Frances—. ¡Menuda memoria tienes! —en ese momento lo envidió.

—Pero era más mayor que Daisy —añadió el niño, de nuevo perplejo—. ¿Cuántos años tiene?

Frances se sintió como si se estuviera abriendo paso con dificultad entre sus recuerdos sin conseguir nada.

—Ahora debe de tener quince —¿o tenía más? ¿Se había marchado ya a la universidad? ¿O esa era Marilou? ¿Y por qué no podía distinguirlas? Había tres chicas, eso lo recordaba. Jennifer quería tener un niño en ese último embarazo, pero había sido otra niña. Y con los salarios como maestros que tenían su marido y ella, decidieron que no podrían mantener a un cuarto.

¡Maldita sea! Si podía recordar todo eso, ¿por qué no podía aclararse con los nombres y las edades?

La respuesta, por supuesto, era obvia. Se trataba de otro de esos alarmantes lapsus mentales. Menos mal que Flo y Liz no estaban allí para presenciarlo porque entonces le habrían suplicado a gritos que pidiera la cita con el médico.

—Siéntate a mi lado y enséñame esos problemas de matemáticas —le dijo prefiriendo no darle demasiadas vueltas a su desliz.

Por fin, seguro de que no lo iban a juzgar, Mack se subió al sofá con entusiasmo y le enseñó la hoja. Por suerte, los problemas eran sumas muy básicas, algo que al menos no había olvidado.

Cuando hubo terminado con las matemáticas y, después de enseñarle a Frances los otros deberes, Mack corrió a buscar a Daisy para tomar la leche con galletas que ella les había prometido antes de que se fueran a la cama.

—¿Has terminado tus deberes, Jenny? —preguntó mientras les servía la leche.

—Querrás decir Daisy —dijo la niña mirándola con gesto curioso—. Jenny es otra persona.

—Su nieta —añadió Mack.

—Lo siento —se disculpó Frances—. No sé dónde tengo la cabeza esta noche.

Mack le regaló una amplia sonrisa.

—A lo mejor yo y Daisy podríamos buscártela.

—Se dice «Daisy y yo» —le corrigió automáticamente y añadió—: Y ojalá lo hicierais. Avisadme si la encontráis.

Porque cada vez le era más difícil fingir que todo iba bien.

Karen miró a su alrededor y observó al grupo de mujeres reunidas en el salón de Dana Sue. Las conocía a todas, pero verlas así, relajadas y bromeando sobre su vida, sus maridos y sus trabajos, la llenó de una calidez que nunca antes había sentido. Tenía la sensación de que compartían los más íntimos detalles de sus vidas sin ningún miedo a ser juzgadas.

—¿Te hemos asustado ya? —le preguntó Maddie sentándose a su lado en el sofá—. No hay ningún tema de conversación sagrado cuando las Dulces Magnolias se reúnen.

Karen se rio.

—Ya lo veo. ¿Es por los margaritas o es que os sentís tan cómodas las unas con las otras que os dejáis llevar y os lo contáis todo?

—Un poco las dos cosas, sospecho —respondió Maddie—. Ya sabes que Helen, Dana Sue y yo nos hicimos amigas en el colegio hace como un millón de años. Hay muy pocos secretos que nos hayamos dejado sin contar. Jeanette empezó a reunirse con nosotras después de que empezara a trabajar en The Corner Spa. Annie, Sarah y Raylene eran todas amigas del instituto, pero de una generación distinta. Helen y yo prácticamente ayudamos a criar a Annie porque siempre estaba con mis hijos. Y ahora, por supuesto, está casada con mi hijo.

—Creo que eso es lo que más me gusta —admitió Karen—, ver dos generaciones, sobre todo a una madre y una hija, llevándose así de bien, como dos grandes amigas. Ojalá yo hubiera tenido una oportunidad así con mi madre.

—¿Ha fallecido? —preguntó Maddie con gesto comprensivo.

—No exactamente. Hace mucho tiempo acepté que nunca tendríamos una buena relación —respondió Karen sin poder evitar la amargura que tiñó su voz.

—Los vínculos entre madre e hija pueden ser complicados en las mejores condiciones. No hay duda de que Helen y Flo tienen sus momentos —dijo con un centelleo en la mirada—. Y mi madre...

—Es la famosa artista local Paula Vreeland, ¿verdad? —le preguntó Karen al acordarse.

—Lo es, y hemos tenido nuestros más y nuestros menos a lo largo de los años —admitió Maddie—. Pero Raylene es la que de verdad tuvo una relación difícil con su madre. Deberías hablar con ella algún día sobre lo mucho que le ha

costado asumir eso. Las circunstancias eran distintas, pero está claro que a las dos os ha afectado lo que os ha pasado.
—Puede que lo haga —dijo Karen.
La expresión de Maddie se tornó más seria.
—¿Habéis solucionado Elliott y tú los problemas por lo del nuevo gimnasio? Siento mucho que hayamos creado tensión entre los dos sin darnos cuenta.
—No es culpa vuestra —respondió Karen de inmediato. Y como no se sentía preparada del todo para expresar y confesar lo aterrorizada que estaba ante el compromiso económico en que se había metido su marido, forzó una sonrisa—. Ya lo solucionaremos.
—Seguro que sí —dijo Maddie—. Te adora, ya lo sabes.
Karen sonrió.
—Eso he oído.
Maddie frunció el ceño ante su elección de palabras.
—¿Es que no lo crees?
—Claro que sí —respondió tal vez demasiado deprisa—. Todos los matrimonios pasan por sus baches, ¿no? Y los primeros años son los más complicados.
—De eso no hay duda —confirmó Maddie—. Para que lo sepas, todas nos alegramos mucho de que estés aquí esta noche. Si alguna vez necesitas hablar, a todas se nos da muy bien escuchar. Y a veces hasta podemos guardarnos nuestros consejos, si es lo que prefieres.
Karen miró a su alrededor y oyó a todas las demás aportar sus opiniones sobre si ya era hora de que Sarah y Travis se tomaran en serio lo de tener un bebé. Se giró hacia Maddie.
—¿De verdad podéis? —preguntó con escepticismo.
Maddie se rio.
—Lo prometo. Puede que nos mate contenernos, pero podemos hacerlo.
Justo en ese momento le sonó el móvil. Miró la pantalla y vio que era de casa.

—Tengo que contestar —le dijo a Maddie.
Salió de la habitación y respondió.
—Daisy, ¿va todo bien?
—No estoy segura, mamá. ¿Puedes venir a casa?
—Claro que puedo, pero ¿qué está pasando?
—Es Frances. Lleva toda la noche muy rara. Como si estuviera confundida.
—¿Confundida en qué sentido?
—He tenido que decirle dónde está el baño y no deja de llamarme Jenny, pero esa es su nieta.

Saltaron todas las alarmas, a pesar de que lo del nombre podría haber sido una inocente equivocación. Por sí solo no habría significado nada, pero no recordar dónde estaba el baño en una casa que había visitado hacía poco, sin duda era preocupante. Además, Karen había visto señales de que algo le pasaba a Frances en su última visita. No había duda de que los últimos incidentes juntos resultaban inquietantes.

Además, si Daisy estaba preocupada, tenía que irse a casa ya.

—Ahora mismo voy —prometió—. Seguro que todo va bien, pero me alegro de que hayas llamado.
—Date prisa, mamá. Mack y yo nos estamos asustando un poco.

Karen estaba a punto de ofrecer sus disculpas y marcharse cuando de pronto se dio cuenta de que no tenía forma de llegar a casa. Elliott la había dejado allí y había quedado en recogerla cuando volviera de salir con los chicos. Una mirada al reloj le indicó que al menos tardaría una hora.

Al entrar en el salón, Dana Sue la miró preocupada.
—¿Va todo bien?
—Puede que haya un problema en casa. Tengo que contactar con Elliott para que venga a buscarme.
—No le molestes —dijo Raylene al instante y ya de

pie—. Esta noche me ha tocado ser la conductora sobria, así que yo te llevo a casa.

—¿Estás segura? Te lo agradecería mucho.

—No hay problema —dijo Raylene y, dirigiéndose a las demás, añadió—: Que nadie se mueva ni diga nada escandaloso hasta que vuelva, ¿de acuerdo?

—Ni una palabra —bromeó Sarah—. Solo hablaremos de ti.

Raylene hizo un gesto indicando la poca gracia que le había hecho la broma.

Una vez dentro del coche, Karen apenas podía pensar en otra cosa que la voz de miedo de Daisy.

—¿Quieres hablar de lo que está pasando? —le preguntó Raylene con delicadeza.

Karen sacudió la cabeza.

—Seguro que no es nada, ya sabes la imaginación que tienen los niños. Daisy estaba un poco preocupada de que pueda estar pasándole algo a la niñera.

Raylene se quedó impresionada.

—¿Frances?

Por un momento, Karen había olvidado que todo el mundo en Serenity lo sabía todo de todos, o al menos bastante. Asintió.

—¿Está enferma?

—Daisy cree que le ha pasado algo esta noche. Y creo que si mi hija de nueve años está preocupada, yo también debería estarlo.

—Estoy de acuerdo —dijo Raylene al girar hacia la calle donde vivía Karen—. ¿Quieres que pase por si es algo grave?

Aunque Karen quería decir que sí solo por tener algo de apoyo moral, sabía que eso humillaría a Frances si finalmente no estaba pasando nada. Negó con la cabeza.

—Estaré bien. Si hay algún problema, llamaré a Elliott. Podrá llegar en unos minutos. Pero gracias por el ofrecimiento.

—De nada. La gente fue increíble conmigo cuando estuve teniendo todos mis problemas con un ex loco y padeciendo agorafobia. Estoy encantada de devolver ese favor en todo lo que pueda.

—Gracias —Karen vaciló, pero entonces pensó en lo que había dicho Maddie sobre que Raylene y ella tenían cosas en común—. A lo mejor podríamos tomar un café algún día por la mañana antes de que abras tu boutique. Erik hace el mejor del pueblo, y puedo colarte en la cocina del Sullivan's. Es un secreto a voces que Annie y otros se cuelan dentro antes de abrir solo por su café.

Raylene sonrió.

—Eso he oído. Cuenta conmigo. Intentaré pasarme una mañana a final de semana.

—Diles a todas que lo he pasado genial esta noche. Siento haber tenido que salir corriendo tan pronto —añadió al salir del coche.

Raylene se despidió con la mano mientras Karen corría hacia la casa y, aunque le había dicho que podía encargarse sola de lo que se encontrara allí, esperó en la puerta. Ese simple gesto de apoyo le mostró a Karen una vez más el valor de tener las amistades sólidas que se había perdido todo ese tiempo.

Apenas había entrado en casa cuando Daisy apareció delante. Su gesto de preocupación se disipó al ver a su madre, que le dio un abrazo.

—¿Va todo bien?

Daisy asintió y miró furtivamente hacia el salón.

—Ahora parece que está bien. A lo mejor no debería haberte molestado.

—No, has hecho lo correcto. Y ya deberías estar en la cama, así que venga. Me quedaré un rato con Frances para asegurarme de que está bien. Intenta no preocuparte.

A pesar de las reconfortantes palabras de su madre, Daisy aún parecía preocupada.

—Siempre ha sido como nuestra abuela postiza y no quiero que le pase nada malo.

—Yo tampoco. Intentaremos asegurarnos de que eso no pase. Y ahora venga, cariño. Iré a arroparte en cuanto haya hablado con Frances.

En el salón, la televisión estaba encendida y el volumen bajo. Frances tenía los ojos cerrados. Karen apagó la tele y se sentó en una silla frente a ella. En silencio observó el rostro de la mujer que había sido como una madre para ella o, dada su edad, más bien como una abuela. Su propia madre tal vez había sido un desastre como tal, pero Frances había sido una roca inquebrantable que le había dado todo su apoyo incluso cuando había pensado que iba a derrumbarse y a perderlo todo, su matrimonio, su casa, su trabajo y, en especial, a sus hijos.

Frances parecía estar durmiendo plácidamente. Tenía buen color de piel y Karen intentó convencerse de que unos cuantos deslices podían no significar nada. Podría haber una explicación razonable para estar algo confundida con su entorno, también. Por otro lado, sabía que todo podía ser sintomático, un microinfarto, tal vez, o mucho peor, Alzheimer. Eso encajaría con lo que había observado cuando Frances había intentado preparar las tostadas en su última visita.

«Por favor, que no sea eso», suplicó en silencio. Ver cómo esa fuerte y maravillosa mujer iba marchitándose le partiría el corazón.

Justo en ese momento, Frances abrió los ojos y, aunque por un momento pareció aturdida, esbozó una ligera sonrisa.

—Debo de haberme quedado dormida en el trabajo. Lo siento mucho.

—No lo sientas. No pasa nada.

—¿Cuánto hace que has llegado a casa?
—Hace solo unos minutos.
Frances miró el reloj.
—Es temprano y he oído que esas noches de margaritas suelen prolongarse horas.
—A lo mejor es que todas nos estamos haciendo demasiado viejas para estar por ahí hasta tarde entre semana —dijo Karen sin querer admitir la verdad—. ¿Qué tal ha ido todo por aquí?
—Muy bien. He ayudado a Mack con los deberes de matemáticas, después hemos tomado leche con galletas y luego se han ido a la cama.
—Deberías haberte ido a la habitación de invitados y haberte dormido también —le dijo Karen aún observándola con preocupación—. Espero que no te hayan cansado mucho.
—¡No, por Dios! Aún estoy en forma para resolver algunos problemas de matemáticas, al menos los de segundo grado. No estoy segura de si lo estaré cuando empiecen a estudiar álgebra. Ni siquiera se me daba bien cuando estaba en la flor de la vida.
—A mí tampoco —contestó Karen con una carcajada—. Espero que a Elliott se le dé mejor.
—¿Ya ha llegado a casa? Debería irme.
—No estoy segura de cuándo volverá. A mí me ha traído Raylene. ¿Por qué no te quedas esta noche? Te he vuelto a sacar un camisón limpio y hay toallas en el cuarto de invitados.
Frances vaciló y finalmente asintió.
—Puede que sea lo mejor. Y si no te importa, creo que me iré directa a la cama.
—Claro. Buenas noches, Frances, y gracias por quedarte con los niños esta noche.
Mientras se marchaba, Karen se la quedó mirando. En su conversación no había habido nada extraño, ni rastro de

confusión y, aun así, no podía dejar de pensar que la preocupación de Daisy estaba justificada. Por segunda vez, se dijo que vigilaría a Frances. Si le pasaba algo más, por difícil que fuera, tendría que tener una charla con ella.

Elliott se quedó aliviado cuando encontró a Karen ya dormida al llegar a casa. Después de que le hubiera enviado un mensaje diciéndole que Raylene la había acercado, se había quedado un rato más en casa de Cal para poder repasar las cuentas del gimnasio. Aunque había sido él el que les había proporcionado los precios del equipo que necesitaban, no pudo evitar quedarse impactado por lo caro que sería iniciar el negocio.

Ronnie había sido el primero en darse cuenta de su reacción.

—Elliott, ¿te estás arrepintiendo?

Él había negado con la cabeza, aunque esa respuesta había quedado claramente desmentida por su expresión.

—Ya sabes que los demás podemos poner la diferencia entre el proyecto original y estas cifras —había dicho Travis McDonald.

—Eso es —había añadido su primo Tom—. Es una inversión sólida, Elliott. Todos vamos a recuperar nuestro dinero y después vendrá más. No hay más que ver lo rentable que ha sido The Corner Spa.

—Pero eso es porque llenó un vacío entre el público femenino —dijo Elliott haciendo de abogado del diablo—. Dexter's no era competencia y los servicios que ofrecía no podían compararse con ninguno fuera de Charleston o Columbia, y allí eran más caros. ¿De verdad creéis que los hombres van a dejar el Dexter's, por muy cutre que sea, solo porque nuestro local estará más limpio y las instalaciones más nuevas?

—Totalmente —dijo Cal al instante.

—¿Aunque tengamos que cobrar más cara la matrícula? —insistió Elliott—. La economía anda mal, chicos. Las mujeres siempre pueden exprimir un poco el presupuesto para darse ese capricho, pero los tíos consideramos que podemos conformarnos saliendo a correr. La pista del instituto y el camino que bordea el lago son gratis.

—Odio decirlo, pero tiene razón —dijo Ronnie—. A lo mejor somos los únicos hombres del pueblo desesperados por tener esto.

Cal sacudió la cabeza.

—Hice una encuesta informal como parte del plan de negocio, ¿lo recordáis? Hablé con los padres de todos los niños que entreno y el ochenta por ciento me dijo que utilizarían un local si estaba bien y las matrículas tenían un precio razonable. Vamos, Elliott. ¿Por qué te estás poniendo tan nervioso ahora? Sabes que funcionará.

—Quiero creerlo —admitió—, pero entonces recuerdo la expresión de Karen cuando se enteró de que iba a invertir los ahorros del bebé para hacer esto.

Sus amigos se quedaron visiblemente impactados.

—¿Los ahorros para el bebé? —repitió Ronnie.

Elliott asintió.

—Hemos estado ahorrando para asegurarnos de que podíamos permitirnos tener un niño juntos. Karen insistía en que teníamos que estar económicamente preparados para todos los gastos que trae un bebé, y ya entiendo a qué se refiere.

—¡Vaya, tío! —murmuró Tom—. Yo también lo entiendo. No tenía ni idea de toda la parafernalia que puede necesitar una personita tan diminuta hasta que Jeanette empezó a preparar la habitación del bebé.

Los demás asintieron.

—Entonces nosotros nos haremos cargo —dijo Travis—. Tengo parte de mi sueldo invertido en acciones, pero últimamente no funcionan muy bien. Podría invertir ese dinero en algo en lo que creo.

—Yo también puedo aportar más —ofreció Tom.

—Agradezco los ofrecimientos, chicos, de verdad que sí, pero rotundamente no. Si vamos a seguir adelante yo debo cargar con mi propio peso económico. De lo contrario, nunca me sentiré como si formara parte del negocio.

—Pero estás hablando de sacar dinero de los ahorros para vuestro hijo —protestó Travis—. Eso no está bien.

—Pospondré las cosas un poco más —insistió Elliott sabiendo que Karen no lo vería así. Se pondría furiosa, pero ¿qué podía hacer? No podía ser un socio por caridad. Su orgullo no se lo permitiría. Encontraría el modo de hacerla entrar en razón.

Por desgracia, ahora mismo, incluso después de haber estado dándole vueltas durante todo el camino a casa, seguía sin saber qué argumento podría ofrecerle que evitara sacarla de sus casillas.

Adelia había visto su deseo concedido: hacía cuatro días que Ernesto no pasaba por casa. Desde que se había marchado el sábado bajo su advertencia de que no volviera por allí, se había mantenido alejado. Los niños lo estaban pasando mal y ella no sabía qué explicaciones darles. La única que tenía era una que no quería compartir con sus hijos: su padre había ido a refugiarse a casa de la amante que tenía desde hacía meses. Humillada, había conducido hasta allí el domingo y había visto el coche aparcado en la puerta de la casa. Y el coche había seguido allí el lunes por la noche y el martes.

No podían seguir así. En el fondo de su corazón sabía que la cosa no mejoraría. Su matrimonio llevaba desintegrándose desde antes de que él hubiera iniciado su relación con esa última mujer, la cuarta, o tal vez incluso la quinta, en una cadena de amantes que no se había molestado en ocultarle.

Estaba harta de sentirse avergonzada, harta de buscar excusas para sus ausencias, harta de ignorar el aroma a perfume en su ropa.

Y, aun así, la habían educado para pensar que el hombre era el rey de la casa. Si había problemas en un matrimonio, lo más probable era que se debiera a algún fallo por parte de la mujer. ¿Cuántas veces le había grabado su madre ese mensaje en la cabeza? Si a eso le sumaba lo mucho que se oponía al divorcio, ¿en qué posición se encontraba exactamente?

Era irónico. Dentro de la familia había sido de las primeras en juzgar a Karen cuando Elliott la había metido en sus vidas y, al igual que su madre, había expresado lo muy inapropiado que veía que estuviera con una divorciada. Con el tiempo, Karen se había ganado a su madre, primero con su inconfundible amor hacia Elliott y después con su buena disposición para enfrentarse al proceso de la nulidad eclesiástica de su matrimonio.

Adelia había sido un hueso más duro de roer y aún mantenía las distancias, probablemente porque la aterraba no ser tan fuerte como lo fue ella para salir del desastre en que se había convertido su matrimonio. Ahora, cuando su vida estaba llegando a un punto crítico, podía ver lo mal que había juzgado la desgracia de Karen.

Estaba sentada en la mesa de su cocina reflexionando sobre el tema cuando oyó a alguien llamar tímidamente a su puerta. La abrió y allí se encontró a su cuñada.

—¿Qué haces aquí? —soltó antes de poder contenerse.

Karen esbozó una pequeña sonrisa.

—Tan hospitalaria como siempre por lo que veo.

Estremeciéndose de vergüenza, Adelia respiró hondo.

—Lo siento. Estoy de un humor pésimo y eres la primera persona que se ha cruzado en mi camino. Por favor, pasa. Puede que me venga bien tener algo de compañía civilizada para recordar mis modales.

Karen, algo intimidada a diferencia de cómo se había mostrado en el pasado, entró y le dio el vestido de fiesta de Selena.

—He pensado que debía devolvértelo.

Adelia la miró con pesar.

—Deberías haberlo hecho jirones. No me puedo creer que mi hija se comportara tan mal. ¿Está bien Daisy? No he dejado que Selena fuera a casa de mamá después del colegio. No quería dar pie a que las dos se enzarzaran otra vez —se encogió de hombros—. Además, Selena está castigada un mes y ahí van incluidas las chucherías y los bollitos de mamá para cuando salen del cole.

Karen sonrió.

—Te agradezco que te preocupes por Daisy —su expresión se volvió seria—. ¿Cómo está Selena? Elliott también ha estado preocupado por ella.

Ahora sí que se había complicado la cosa, pensó Adelia. Como poco, el estado emocional de Selena era más precario aún con la ausencia de Ernesto.

—Se pondrá bien —terminó diciendo.

—¿Y tú? —le preguntó Karen vacilante.

Adelia frunció el ceño.

—¿Por qué preguntas por mí? ¿Qué te ha cotilleado mi hermano?

—No hemos cotilleado —respondió Karen algo seria—. Está preocupado por ti, eso es todo.

—Bueno, pues no tiene nada de qué preocuparse —insistió Adelia—. Ernesto y yo siempre tendremos nuestros altibajos. Es un hombre volátil y, como imagino que habrás notado, yo también tengo mi carácter.

Karen asintió.

—Sé que no somos exactamente amigas, Adelia, aunque me gustaría que estuviéramos más unidas por el bien de Elliott. Además, se me da bien escuchar y, gracias a lo que pasé con mi primer marido, tengo cierta experiencia en matrimonios problemáticos. Al menos podría ser alguien a quien contarle tus cosas, si lo necesitas.

—Tengo hermanas y una madre —le respondió y, al instante, se encogió de vergüenza ante lo desdeñosas que habían sonado esas palabras, como si Karen no estuviera a la altura para escuchar sus problemas—. Lo siento. No quería expresarme así. De verdad que te agradezco el ofrecimiento.

Karen se encogió de hombros.

—Lo tienes para cuando quieras —la miró fijamente y añadió—: Y puede que quieras recordar que tal vez yo tenga una perspectiva que ellas no tienen dada su tendencia a hacer juicios de valor apresurados.

Impactada por la perspicacia de Karen, Adelia se rio.

—Lo has notado, ¿verdad?

—He sido víctima de eso —le recordó—. Créeme, lo noto.

—Lo tendré en cuenta —dijo Adelia con franqueza. Sentía que uno de estos días necesitaría un oído objetivo al que contarle todos los problemas de su matrimonio y Karen podría ser la persona ideal para escuchar sus quejas. La miró a los ojos—. Creo que tal vez te he juzgado mal —añadió en voz baja—. Lo siento.

—Y tal vez yo he estado a la defensiva contigo demasiado tiempo —contestó Karen apretándole la mano con cariño—. Las dos queremos a Elliott y él ve algo especial en las dos. Eso debería valernos como punto de partida, ¿no crees?

Adelia sonrió.

—La verdad es que sí.

Karen parecía complacida.

—Bueno, será mejor que me vaya. Me esperan en Sullivan's. Hoy me toca el último turno. Llama a Elliott. A lo mejor podríais llevar a los niños a cenar a un territorio neutral, como el McDonald's. Se cree que no sé que lleva a Daisy y a Mack, pero estoy enterada de todo. Nunca le confíes un secreto a un niño de siete años.

Por primera vez en lo que parecía una eternidad, Adelia se rio.

—¡Qué me vas a contar!

De hecho, eso era lo que la asustaba de la situación actual, que sus hijos le fueran contando a todo el mundo que su papá se había ido de casa. Y cuando las noticias se filtraban en su familia, podía desatarse un infierno.

Capítulo 7

Que Elliott le propusiera que volvieran a cenar en Rosalina's el sábado después de la noche de margaritas la pilló por sorpresa.

—Ya está todo listo —le aseguró—. Mi madre se llevará a los niños a dormir y los llevará a la iglesia el domingo por la mañana.

—Pero los sábados sueles estar agotado —le respondió Karen—. Y yo tengo que trabajar por el día, así que seguro que también estaré cansadísima. ¿Seguro que quieres salir? Tal vez deberíamos pasar la noche con los niños.

—Les encanta quedarse a dormir en casa de mamá, y yo quiero algo de intimidad con mi mujer —le había dicho—. Los dos hemos tenido una semana muy ajetreada y prometimos sacar tiempo para estar juntos, ¿verdad? Estoy decidido a ceñirme a nuestro plan.

Ella había accedido porque estaba claro que para él era importante mantener su palabra sobre la promesa de hacer que esas llamadas «citas» fueran más frecuentes.

Sin embargo, ahora que estaban en Rosalina's, se estaba preguntando si había sido lo más inteligente ir allí un sábado.

Hacía tanto que no salía un sábado por la noche que había olvidado cómo podía ser. El agradable establecimiento estaba lleno de familias y parejas de adolescentes y el nivel de ruido era una locura. Miró a su marido.

—Si contabas con una cena tranquila y romántica, no creo que este sea el lugar.

—Cualquier sitio donde esté contigo es romántico, cariño. Aquí estaremos bien.

Sorprendida de que quisiera quedarse, se encogió de hombros y lo siguió hasta una mesa libre. Cuando Elliott se sentó a su lado, y no enfrente, se rio.

—Creo que empiezo a captar tu estrategia. Si hay demasiado ruido, así tienes la excusa perfecta para sentarte prácticamente encima de mí y susurrarme al oído.

Él se rio a carcajadas.

—Me has pillado —respondió sin arrepentirse lo más mínimo.

Pidieron una ensalada, pizza y jarras de cerveza heladas y se acomodaron en el banco. Elliott le echó un brazo sobre los hombros y ella lo miró de reojo.

—A ver, señor, ¿qué está pasando?

Él intentó adoptar su mirada más inocente, pero no lo logró y al final, bajo el implacable examen de su mujer, se dio por vencido.

—Tenemos que hablar del gimnasio —confesó.

Karen se quedó paralizada ante su sombrío tono de voz.

—No me has contado mucho desde que os reunisteis la otra noche. ¿Hay algún problema?

Una parte de Karen esperaba sinceramente que lo hubiera.

Tal vez si los demás se echaban atrás, Elliott y ella podrían seguir adelante con sus planes de aumentar la familia. Sin embargo, a la vez que lo pensaba se dio cuenta de que estaba siendo muy egoísta. Estaba claro que esa aventura empresarial significaba mucho para él y que la veía como una gran oportunidad para el futuro de su familia.

Elliott dio un trago de cerveza y asintió.

—Yo no lo veo como un gran problema, pero puede que tú sí.

A Karen no le pareció que eso sonara muy bien, aunque intentó mantenerse neutral hasta oír el resto de lo que le tenía que contar.

—Dime.

—Ya están cerradas las cifras iniciales y son algo más elevadas de lo que habíamos calculado en un principio.

—¿Cuánto más elevadas? —le preguntó secamente, viendo ya que la conversación se deterioraría enseguida—. ¿Y qué supone eso para ti? Ya has estado hablando de usar casi todo lo que tenemos ahorrado, Elliott.

—Tenemos un poco más —le dijo mirándola fijamente—. Y tenemos las escrituras de la casa.

A ella se le paró el corazón.

—¡No puedes estar hablando en serio! —contestó con incredulidad—. ¿Quieres usar todos nuestros ahorros y, además, hipotecar la casa? De eso nada, Elliott. Lo digo en serio. Es nuestro hogar. No te permitiré que lo pongas en peligro.

—Solo serán unos cuantos miles de dólares. Y será a corto plazo. Devolveremos el dinero en unos pocos meses como mucho.

Ella seguía mirándolo incrédula.

—No se trata solo de unos miles de dólares. ¡Es nuestra casa! ¡Nuestra red de seguridad! Después de lo que hizo Ray, ¿cómo puedes plantearte seriamente hacer algo así? Ya sabes cuántas veces he estado a punto de que me echen de casa y de verme tirada en la calle con dos niños. Ya sabes que estuve a punto de declararme en bancarrota. ¿Qué te hace pensar que aceptaría algo que podría volver a poner a mi familia en esa situación?

—Escúchame —le suplicó.

—No —contestó intentando apartarlo para poder levantarse y marcharse. Por desgracia, él era como un bloque de granito y casi imposible de mover. Ya que no podía irse, se conformó con recordarle—: Mi nombre está en las escrituras de la casa junto con el tuyo. El banco nunca te concederá un préstamo sin mi consentimiento y no te lo daré. Te prometo que no lo haré, Elliott.

Apenas era capaz de mirar esos ojos cargados de dolor porque tenía que aferrarse a toda la rabia que la recorría, ya que uno de los dos debía ser sensato, y estaba claro que ese papel le tocaba asumirlo a ella.

—Karen, sé razonable. Decidimos que hablaríamos sobre esta clase de decisiones, pero eso no significa que tú tengas que tomarlas unilateralmente.

—Ni tú tampoco.

Él suspiró.

—Cierto, pero si me escucharas, verías que todo este negocio es muy sólido. Cal ha hecho algunos estudios de mercado.

Ella enarcó una ceja.

—Me imagino que habrá hablado con algunos padres del colegio.

Elliott hizo una mueca de vergüenza que demostró que había acertado.

—Lo que quiero decir es que hay demanda para este gimnasio. Lo que vamos a invertir en él es una miseria comparado con los beneficios.

—Los beneficios potenciales —lo corrigió—. No hay nada seguro cuando se trata de negocios, Elliott. Serenity no es un pueblo grande. La economía sigue floja y la gente no tiene mucha liquidez.

—Seguro que a Dana Sue le dijeron lo mismo cuando quería abrir Sullivan's en un pueblo donde a las hamburguesas de Wharton's se las consideraba el equivalente de la alta cocina —respondió Elliott—. Y mira lo que ha hecho Ronnie con su ferretería a pesar de que la última que hubo fracasó. Tenía una visión única del local y la hizo funcionar.

Karen no podía discutirle los ejemplos, pero eso no le hacía cambiar de idea.

—¿Sigue sin convencerte? Entonces fíjate en The Corner Spa. Maddie, Helen y Dana Sue no tenían ninguna experiencia, pero ahora su reputación se ha extendido por todo el estado. Este gimnasio tendrá la mía. Llevo años en el negocio del fitness. Conozco a mucha gente. Se me conoce por saber lo que hago.

Como sabía que no la dejaría escapar hasta que le hubiera dejado las cosas claras, Karen intentó relajarse.

—Elliott, no estoy cuestionando tu valía como entrenador personal. Al fin y al cabo, he visto por mí misma los resultados que puedes obtener, pero esto no se trata de creer o no en ti.

Él la agarró suavemente de la barbilla y la forzó a mirarlo.

—Sí que lo es. Las oportunidades así no surgen todos los días, Karen. ¿No puedes dar este salto de fe por mí? ¿Por los dos?

Ella oyó la súplica en su voz y quiso desesperadamente ofrecerle todo su apoyo, pero ¿cómo iba a hacerlo? ¿Y si se arruinaban? No estaba segura de que pudiera volver a pasar por lo mismo.

—Quiero esto para ti —le dijo intentando hacer que lo comprendiera—. Si tuviera una bola de cristal y pudiera ver el futuro y saber que va a ser un éxito enorme, o incluso un negocio estable y sólido, te apoyaría al cien por cien. Pero la vida no funciona así.

—Estás dejando que el miedo pueda con el sentido común —la acusó.

—Probablemente sí —admitió sinceramente—. Porque no veo otra opción. Podría soportar que utilizaras nuestros últimos ahorros, pero no que volvieras a hipotecar la casa. Creo que con eso se rompe nuestro acuerdo. Si los demás tienen tanta fe en esto, deja que carguen ellos con todo el peso. Como has dicho, la mayoría tienen negocios prósperos. Su situación económica es mucho más estable que la nuestra.

—Se han ofrecido a hacerlo.

—Bueno, ahí lo tienes —dijo sintiendo un inmenso alivio—. Hay una solución. No estoy destruyendo tu sueño.

—No, solo destruyes mi orgullo —se levantó—. Tengo que ir a dar un paseo. Volveré antes de que nos traigan la comida.

—¡Elliott! —le gritó, pero o no la escuchó o, más probablemente, la ignoró.

Se quedó sentada aturdida, deseando poder marcharse, pero sabiendo que no era la solución. Por muy difícil que había sido la conversación, había sido necesaria. Y, por increíble que pareciera, había aprendido algo sobre sí misma, algo que casi le despertó una sonrisa. Se había mantenido firme y eso por sí solo ya era un motivo de celebración.

Ahora solo esperaba no perder a su marido por eso.

Elliott paseó de un lado a otro del abarrotado aparcamiento de Rosalina's durante diez minutos, deteniéndose solo para darle algún que otro puñetazo al capó de su coche con la esperanza de que eso lo aplacara.

Karen tenía razón. Sabía que la tenía, al menos desde su punto de vista. Él había gestionado la situación muy mal desde el principio. Tal vez si se lo hubiera contado en un primer momento, cuando Erik y los demás le habían propuesto la idea, se habría mostrado más entusiasta.

¿Qué tenía que hacer ahora? No quería renunciar. Cada vez que se reunía con los chicos se ilusionaba más con la idea y, a pesar de haber ejercido de abogado del diablo la otra noche, estaba convencido de que el gimnasio sería un éxito siempre que gestionaran su inversión y sus gastos con prudencia.

Pero por muy decidido que estaba, también sabía que no se atrevía a hacerlo a espaldas de Karen e hipotecar su casa. Hasta él podía ver que eso no solo destruiría la confianza que tenía en él, sino que probablemente sería una tontería desde el punto de vista económico.

—Pareces un hombre que acaba de tener una conversación no muy agradable con su mujer —dijo Cal acercándose.

Elliott suspiró.

—Ni te imaginas.

Cal se rio, aunque la situación no tenía nada de graciosa.

—Creo que sí. Maddie y yo acabábamos de sentarnos al otro lado del restaurante cuando os hemos visto. He notado que algo no iba bien y me he imaginado por qué —ahora le hablaba con expresión más seria—. Elliott, si este proyecto va a perjudicar tu matrimonio, tal vez tengas que replanteártelo.

—No. Quiero hacerlo. Creo que es mi oportunidad de hacer algo más importante que dar clases. Me encanta trabajar con la gente, pero tener un negocio, algo donde participe personalmente, podría darnos a Karen y a mí la estabilidad económica que tanto quiere para los dos. Es irónico que le dé tanto miedo el riesgo a corto plazo como para no ver el potencial a largo plazo.

—¿Y puedes culparla? —le preguntó Cal con toda razón.

—Por supuesto que no la culpo —respondió frustrado—. Sé muy bien por lo que ha pasado. Ray la hundió —y de pronto recordó que Cal le había dicho algo sobre Maddie, aunque no la había visto ahí fuera—. Por cierto, ¿dónde está Maddie?

—La he dejado hablando con Karen. A lo mejor ya ha tenido tiempo de ver qué le pasa. ¿Quieres volver a comprobarlo? No sé tú, pero yo me muero de hambre y dudo que alguna de ellas vaya a traernos la comida al aparcamiento.

Elliott lo miró sorprendido.

—¿Maddie también está cabreada?

—Cree que somos una panda de idiotas que hemos llevado mal el asunto desde el principio, así que está ahí dentro solidarizándose con Karen.

Elliott sonrió.

—Está claro que yo soy un idiota, pero no creo que tú te merezcas llevarte la culpa.

Cal le echó un brazo sobre los hombros con gesto afectivo.

—Ya te he dicho que las Dulces Magnolias siempre permanecen unidas. Puede que nos quieran a rabiar de manera individual, pero colectivamente, pueden volverse contra nosotros si creen que alguno nos hemos pasado de la raya. Tú, amigo mío, nos has puesto las cosas feas a todos. Una vez se corra la voz sobre lo de esta noche, y créeme que pasará, la mayoría de las mujeres no hablarán a sus maridos para solidarizarse con Karen.

—Y aun así estás hablando conmigo.

—Porque ya he pasado por eso —le dijo comprensivamente—. Y también todos los demás. Hemos aprendido muy bien a compadecernos los unos de los otros. Esto va a funcionar, Elliott. Encontraremos el modo de que así sea.

—Pues a menos que encontremos el modo de pulsar un botón para borrarle a Karen el recuerdo de su primer matrimonio, no sé cómo —respondió con tono sombrío.

—Deja que las mujeres pongan en marcha su astucia —sugirió Cal—. Después de todo, a ellas también les gusta la idea. Puede que tengamos que esperar un poco, pero creo que al final entrarán en razón.

—Eres un hombre optimista —dijo Elliott sacudiendo la cabeza con incredulidad.

—Conseguí a Maddie en contra de todos los pronósticos, ¿no? No quería casarse conmigo. El sistema escolar al completo se oponía a nuestra relación porque era la madre de uno de los niños que entrenaba y, encima, diez años mayor que yo. El pueblo entero se escandalizó —sonrió—. Y míranos ahora, casados y padres de dos niños propios más los tres suyos. ¿Cómo no iba a ser optimista con cosas que están destinadas a suceder?

«Ojalá ese optimismo fuera contagioso», pensó Elliott. En cambio, entró en el local abatido y preguntándose si le hablaría alguien.

Karen se había sorprendido cuando Maddie se había sentado frente a ella justo después de que Elliott se hubiera marchado. Y se había quedado más sorprendida aún con sus primeras palabras.

—Qué insensibles pueden ser los hombres, ¿verdad? —le había preguntado su amiga.

La miró asombrada.

—¿Nos has oído?

Maddie negó con la cabeza inmediatamente.

—Las palabras no, pero he podido imaginarme el contenido. Cal me ha contado que el presupuesto proyectado es más elevado de lo esperado. Imagino que Elliott te ha traído aquí esta noche para contártelo esperando que no lo mataras en un lugar público.

A pesar de estar de mal humor, no pudo evitar reírse.

—Imagino que esa era su estrategia.

—Pues parecía estar de una pieza cuando ha salido de aquí —comentó Maddie.

—Probablemente porque estaba demasiado impactada como para pensar en qué arma utilizar para meterle algo de sentido común en esa cabeza dura que tiene.

—Qué pena que en los restaurantes ya no se pueda fumar. Los ceniceros suelen ser bastante gruesos para utilizarlos con ese fin.

—¿Por qué no me había fijado nunca en que tienes una vena algo sanguinaria?

Por extraño que pudiera parecer, Maddie se mostró complacida con el comentario.

—Lo sé, ¿no es genial? Creo que es una reacción a todos los años en que me mostré tan pasiva durante mi primer matrimonio. Cal parece fomentar el lado más pendenciero de mi naturaleza.

—Elliott suele hacer lo mismo conmigo —le confió Karen—. Creo que está arrepintiéndose de lo de esta noche. No le hace ninguna gracia que me haya negado a que ponga en peligro nuestra casa para conseguir más dinero e invertirlo en el gimnasio —le lanzó a Maddie una mirada lastimera—. No estoy siendo poco razonable, ¿verdad?

—No lo creo, pero no es ni mi matrimonio ni mi casa.

—¿Tú habrías accedido?

—¿Has visto ese enorme mausoleo en el que vivo? Era la casa Townsend que con mucho gusto recibí como préstamo en el acuerdo de divorcio. Si pudiera poner ese lugar en peligro, lo haría sin dudarlo, pero eso es una venganza, no estoy hablando en sentido práctico. A mi exmarido lo volvería un poco loco ver la joya familiar subastada. Yo estaría mucho más feliz en una de esas urbanizaciones donde vives tú, un lugar donde todo es nuevo y no se rompe con mirarlo.

—Podrías venderla y mudarte —le sugirió Karen.

—No sin el visto bueno de mi ex. Básicamente la tengo en préstamo hasta que nuestros hijos crezcan y eso se lo tengo que agradecer a Helen. Es una gran negociadora cuando está luchando por una amiga —suspiró—. Solo quedan un par de años hasta que Katie, la pequeña de mis hijos del primer matrimonio, se marche a la universidad y después la casa Townsend y yo nos separaremos para siempre. Tanto Cal como yo nos alegraremos de no volver a verla, pero por otro lado ha sido positivo que Ty, Kyle y Katie hayan podido vivir ahí, sobre todo cuando estaban destrozados por el divorcio. Seguir en la casa que habían conocido desde siempre les dio estabilidad.

La pizza que Karen y Elliott habían pedido llegó en ese momento y Maddie y ella se pusieron manos a la obra. Para cuando Cal volvió seguido de Elliott, ya solo quedaba una porción. Elliott miró el plato casi vacío.

—¿Y la cena?

—Estaba deliciosa —respondió Maddie—. No sé por qué nunca se me había ocurrido ponerle jalapeños.

Elliott sacudió la cabeza y miró a Cal.

—Creo que han pasado de nosotros —y mirando a Karen con cautela, añadió—: ¿Al menos podemos sentarnos con vosotras?

—Claro —contestó ella más calmada ahora que había tenido una conversación con alguien sensato que no intentaba convencerla para ir en contra de sus convicciones.

Pero justo cuando los dos hombres estaban a punto de sentarse, Maddie alzó una mano.

—Por ahora esta es una zona libre de asuntos del gimnasio. ¿De acuerdo?

Cal y Elliott se miraron y asintieron.

—Bien —dijo Maddie—. Porque la indigestión no aparece en la carta. Los jalapeños son lo más extremo que puede soportar mi cuerpo. Además, las citas deberían ser divertidas y relajantes.

Karen la miró sorprendida.

—¿Tenéis citas?

—Claro —respondió Cal—. Si no, nunca vería a mi mujer.

—¿Y cuántas veces a la semana? —preguntó Elliott mirando a Karen.

—Yo intento que sean siete —dijo Cal sonriendo—.

Con tantas, imagino que tendré que tener suerte al final de la noche al menos una vez.

Maddie le dio un codazo.

—Anda, calla. Intentamos que sean dos, pero damos gracias si logramos que sea una.

—Nosotros acabamos de empezar a intentar incorporarlas a nuestra rutina —admitió Karen—. Tuvimos la primera hace unas semanas. Esta noche es la segunda.

—Y aquí estamos nosotros molestando —dijo Maddie como si se hubieran plantando en la mesa sin ser invitados y hubieran interrumpido un momento íntimo, más que intervenir en lo que, claramente, había sido una discusión.

—Necesitábamos unos árbitros amables —dijo Elliott—. Agradezco que estuvierais por aquí.

—Yo también —dijo Karen mirando a su marido. No había duda de que estaba preocupado por su desacuerdo, aunque si era porque habían discutido o porque ella no le había dado la razón, era algo que no podía saber.

Ya en la cama, Elliott vio cómo Karen se desvestía y se ponía un camisón de seda que, de ser por él, no tendría puesto dentro de quince minutos.

De camino a casa había estado muy callada, pero tenía esperanzas de que pudieran cumplir la tregua sobre la que Maddie había insistido.

Cuando había terminado en el baño y se había metido en la cama con él, Elliott se había acercado.

—Tenemos que hablar —había protestado Karen apartándose.

—Esta noche no —respondió con firmeza—. Los dos hemos dicho muchas cosas antes. Ahora lo mejor sería olvidarnos y volver a hablar por la mañana cuando tengamos las ideas más claras.

—Las tengo muy claras ahora mismo y no he cambiado

de opinión —le dio la espalda y se acercó todo lo que pudo al borde de la cama para estar lo más alejados posible.

Él suspiró. Estaba claro que lo de hacer las paces haciendo el amor no entraba en los planes. Se quedó mirando al techo e intentó pensar qué hacer ahora. ¿Cómo podía hacerle entender lo importante que era ese gimnasio para formar su identidad como hombre y para el futuro de ambos?

—¿Elliott?

El susurro sonó medio adormilado y, si oía bien, un poco asustado.

—¿Qué, cariño?

—No sacarás el dinero a mis espaldas, ¿verdad?

Odió que tuviera esa opinión de él.

—No. Jamás haría nada a tus espaldas. Deberías conocerme mejor que eso.

—Pero sí que es lo que habría hecho tu padre, ¿verdad?

Elliott pensó en ello un minuto y lo cierto era que no podía negarlo.

—Es más que probable.

—¿Y qué habría hecho tu madre?

—Habría aceptado su decisión como cabeza de familia.

En ese momento ella se giró hacia él y, bajo la luz de luna que se colaba en la habitación, Elliott pudo ver el rastro de unas lágrimas en sus mejillas.

—Yo creo que no podría hacerlo.

Aunque una parte de él deseaba que las cosas fueran más fáciles entre los dos, que su palabra fuera a misa, sabía que no podía esperar que eso sucediera. Él no era su padre y ella, gracias a Dios, no se parecía en nada a su madre.

—Y yo jamás esperaría que lo hicieras —le aseguró—. Somos compañeros, Karen, y lo solucionaremos juntos.

—Pero no sé cómo. Tú tienes tus necesidades y yo las mías. No son las mismas.

—Tenemos una necesidad primordial que es la misma para los dos. Nos queremos y creemos en este matrimonio, así que haremos lo que haga falta para que funcione —la observó con preocupación—. Tengo razón, ¿no? Este desacuerdo no ha hecho que se tambalee la fe que tienes en los dos, ¿verdad?

—Me ha asustado —admitió—. No sé cómo podemos obtener lo que tanto deseamos cada uno.

En ese momento, Elliott tampoco sabía cómo, pero lo lograrían. Lo harían como fuera porque hacer menos era inaceptable.

Solo unos días después de su confrontación con Karen, Elliott volvió a reunirse con los chicos para tratar algunos detalles. Todos estaban decididos a seguir adelante y las ofertas de sus amigos para cargar con el peso económico seguían en pie. Sin embargo, hasta el momento, él había insistido en que encontraría el modo de pagar su parte.

El partido de baloncesto de esa noche había dado paso a una reunión de negocios en casa de Ronnie, donde podrían intercambiar información y trazar un plan de negocio definitivo. Elliott debía de haber estado muy callado porque Ronnie se dirigió a él diciendo:

—¿Sigue Karen reacia a que formes parte de esto?

—No con el concepto —respondió Elliott avergonzado de haber admitido eso.

—Es por el dinero, ¿verdad? —apuntó Travis—. No dejes que eso se convierta en un problema, porque no tiene por qué serlo. Si dividimos la inversión entre el resto de nosotros a mí me parecería bien. Estoy dispuesto. ¿Qué me decís el resto?

Todos asintieron de inmediato.

—No —repitió Elliott—. No seré socio por caridad.

—Ya sabes que Maddie te arrancaría el corazón si te oyera referirte a ti mismo de ese modo —dijo Cal—. No olvides que en The Corner Spa ella participa con su trabajo, no con dinero. Cada centavo del dinero inicial salió de Helen y de Dana Sue.

—No es lo mismo —dijo Elliott testarudamente.

—Porque eres un hombre y además latino —aportó Ronnie con ironía—. No te molestes, pero ¿vas a dejar que el orgullo te impida tener un negocio para el que estás más cualificado que cualquiera de nosotros? Contamos con que conviertas este lugar en un gran éxito. Sin ti, tenemos una idea, pero no un gimnasio ni experiencia. Diría que eso merece que quedes eximido de contribuir económicamente.

—Estoy de acuerdo —dijo Travis.

Y los demás mostraron su conformidad.

Elliott quería aprovechar la oportunidad que estaban brindándole, pero no le parecía bien.

—Dadme unos días, tal vez una semana, para ver si puedo conseguir algo. Me sentiré mejor si aporto mi parte. De lo contrario, no me parecerá bien participar de los beneficios. Me sentiré como un empleado.

Tom, que llevaba callado todo el rato, habló finalmente con gesto pensativo:

—¿Y si hacemos que sea un préstamo? —propuso—. Puedes devolvernos la inversión con lo que obtengas de los beneficios. Será estrictamente un acuerdo empresarial con un plazo de devolución generoso por si surge algún contratiempo mientras recuperamos la inversión y empezamos a obtener beneficios. No tendrás que dar ninguna fianza como te pasaría con un banco. ¿Lo aceptaría Karen?

Elliott se vio tentado. Era una solución más que justa y ni siquiera tendría que contárselo a Karen, ya que no arriesgaría nada de lo que tenían.

—Dejad que lo piense.

—Y háblalo con tu mujer —le aconsejó Ronnie, al parecer adivinando que estaba planteándose no contarle nada.

Elliott sonrió.

—Y yo que creía que me lo iba a poder ahorrar.

—No lo harás si eres listo —dijo Cal—. Va a preguntarse de dónde has sacado el dinero para seguir adelante con esto y lo que llegue a imaginarse probablemente será mil veces peor que la verdad.

Elliott suspiró.

—Tienes razón. Ya os contaré la próxima vez que nos reunamos.

—Y mientras tanto yo voy a firmar ese contrato de alquiler que Mary Vaughn no deja de restregarme por las narices —dijo Ronnie—. Para que veáis la confianza que tengo puesta en esto.

—Espera un poco —le suplicó Elliott. Porque si Karen se enteraba de que se había firmado ese contrato antes de que tuviera tiempo de hablar con ella, su explosión de ira acabaría con la buena voluntad que había logrado establecer entre los dos.

Capítulo 8

—¿Mamá?

Adelia se giró hacia su hija de doce años esperándose otra rabieta. Selena no había dejado de tener berrinches desde que la había castigado y habían empeorado desde que Ernesto no había vuelto a casa. Aunque entendía por qué estaba tan furiosa, lo de intentar manejar con calma esos arrebatos era otra cuestión.

Observó el rostro de Selena, pero por primera vez lo que vio en él fue miedo más que un gesto desafiante.

—¿Qué pasa, niña?

Selena frunció el ceño.

—No soy tu niña. Ya soy casi una adolescente.

—Serás mi bebé hasta que tenga cien años y tú casi ochenta —le dijo Adelia.

Selena puso cara de espanto.

—Eso es horrible.

—Pero cierto. Así es como funcionamos las madres. Y ahora dime qué te pasa.

La niña miró a todas partes menos a ella.

—¿Os vais a divorciar papá y tú? —acabó preguntando.

Adelia había sabido que era solo cuestión de tiempo que uno de sus hijos le lanzara la pregunta. Y también había sabido que lo más probable fuera que se tratara de la precoz y franca Selena. Los niños más pequeños parecían aceptar las cada vez más flojas explicaciones que les daba achacando la ausencia de su padre al trabajo. Ni uno solo había cuestionado por qué eso implicaba que no estuviera en casa por las noches.

—Ya sabes lo que esta familia opina del divorcio —le dijo a Selena con calma—. Somos católicos. No creemos en eso.

Selena no parecía muy convencida.

—Deanna Rogers es católica, pero sus padres están divorciados.

—Unas personas se toman más en serio que otras las doctrinas de la iglesia. El divorcio es una decisión muy personal.

—Querrás decir que la abuela se lo toma muy en serio, porque nosotros no solemos ir a misa los domingos y ella va casi todos los días.

—Con una familia como la nuestra, tiene mucho por lo que rezar —dijo Adelia sonriendo—. Espera salvarnos a todos.

Selena sonrió.

—¿Crees que ha rezado por lo que le hice a Daisy?

—Oh, seguro que sí. Hasta yo he rezado por eso.

Por primera vez desde el incidente, en el rostro de su hija se registró lo que parecía ser una expresión de verdadera culpabilidad.

—Lo siento —dijo sin apenas voz—. Lo siento mucho, mucho. No sé por qué fui tan mala.

—¿Quieres oír mi teoría? —le preguntó Adelia aliviada de ver que su hija le había abierto una puerta y que la escucharía.

Selena asintió y se sentó en la mesa de la cocina donde habían mantenido tantas conversaciones después del colegio a lo largo de los años.

—Creo que a lo mejor estabas celosa.
—¿De Daisy? —preguntó Selena incrédula—. ¡Pero si sigue siendo prácticamente un bebé!

Adelia sonrió.

—Pero esa noche tenía algo que tú querías con todas tus fuerzas. Tenía a alguien en el baile con ella que de verdad quería estar ahí, tenía a tu tío Elliott. Creo que la actitud de tu padre, su reticencia a acompañarte, hirió tus sentimientos y lo pagaste con Daisy.

Selena suspiró profundamente mientras las palabras de Adelia quedaban pendiendo del aire.

—Podrías tener razón —admitió—. Supongo que me daba miedo gritar a papá cuando imaginé que no quería estar allí conmigo, así que lo pagué con Daisy.

—Entonces tal vez, la próxima vez que te disculpes con ella, podrías sonar un poco más sincera —le sugirió con delicadeza—. Lo que dijiste esa noche fue muy cruel y a propósito. Ya sabes lo mucho que te idolatra tu prima —la miró fijamente al añadir—: Y es tu prima, ¿entendido?

Selena se sonrojó de vergüenza ante ese juicio tan claro y el crudo recordatorio de su tan hiriente comentario.

—Seguro que ahora me odia y el tío Elliott también.

—Tal vez ella sí, pero sois familia y te adoraba hace no mucho tiempo. Creo que si cree que lo lamentas de verdad, te dará otra oportunidad. En cuanto a tu tío, está decepcionado contigo, pero él jamás podría odiarte.

—¿La llamo ahora? Seguro que está en casa de la abuela. Sé que tengo prohibido el teléfono, pero a lo mejor esto podría ser una excepción —dijo esperanzada.

—Creo que podría serlo. Pero diez minutos, nada más. Y no pienso levantarte el castigo.

—Ya me lo imaginaba —contestó Selena resignada.

Estaba a punto de salir de la cocina cuando Adelia sacudió la cabeza.

—Usa el teléfono aquí dentro —le ordenó.

—¿No te fías de que haga la llamada y diga lo que te he prometido?

—Lo siento, niña. Vas a tener que volver a ganarte mi confianza.

—Imagino que es parecido a lo de papá —dijo sonando de pronto como una chica mayor—. Él también estaría castigado si eso funcionara con los mayores.

«Ojalá», pensó Adelia. Pero no estaba segura de que existiera un castigo apropiado para la forma tan humillante en que la había estado tratando su marido. Aunque eso era algo que Selena no tenía por qué saber.

—Haz esa llamada y después puedes volver a tu habitación para terminar los deberes.

—¿Vendrá papá a cenar esta noche?

—Lo dudo.

Selena se puso seria.

—¿Va a volver a casa?

—Volverá —dijo Adelia con una confianza que estaba muy lejos de sentir. Y el problema era que cada vez estaba menos segura de querer tenerlo en casa.

Karen había estado haciendo turnos extra en Sullivan's durante la última semana. Estaba haciéndolo en parte por las horas extraordinarias, pero también porque en cierto modo esperaba evitar más batallas con Elliott por el asunto del dinero del gimnasio. Hacía días que no tenían oportunidad de mantener una conversación privada en casa, y esa mañana durante el desayuno había oído la impaciencia en su voz después de que le hubiera dicho que esa noche volvería a trabajar hasta tarde.

—Pero no tienes que preocuparte por los niños —le había dicho como si ese fuera el problema—. Es sábado por la noche y tienen planeado dormir en casa de sus amigos.

—¿Y no hace eso que sea la noche perfecta para que los

dos tengamos una noche para nosotros solos? —le había preguntado con tono razonable.

Ella no había podido ni mirarlo a los ojos al responder.

—Necesitamos el dinero, Elliott, sobre todo si sigues pensando meterle mano a nuestros ahorros.

—Esa es una de las cosas que tenemos que hablar. He solucionado el asunto. Seguiré necesitando un poco de nuestros ahorros para invertir, pero no habrá necesidad de hipotecar la casa.

Lo había dicho como si, alguna vez, esa hubiera sido una opción viable.

—Me alegra saberlo —le había respondido incapaz de contener la ironía en su voz.

Pareció que Elliott quisiera enzarzarse en otra discusión, pero ella se había marchado diciendo que llegaba tarde al trabajo.

Sin embargo, Karen sabía que no podría evitar el tema para siempre.

Ahora que estaba en Sullivan's, por fin podía relajarse e incluso logró sacarse de la cabeza toda la controversia del gimnasio y la tensión que había en casa mientras preparaba el almuerzo.

Dana Sue los había animado a todos a experimentar con las recetas y a Karen le encantaba hacerlo. Después de haber trabajado en un restaurante country donde la carta había estado limitada básicamente a hamburguesas, batidos y comida frita, disfrutaba probando hierbas distintas y combinaciones atípicas de ingredientes.

Aunque la carta de Sullivan's prometía una cocina sureña, Karen había descubierto todo tipo de modos de actualizar las recetas tradicionales y Dana Sue consideraba que se le daba especialmente bien. Era la primera vez que alguien había impulsado sus habilidades culinarias y disfrutaba de las cálidas y frecuentes alabanzas.

Acababa de terminar una nueva variante de macarrones

con queso, plato que solían emplear como entremés, cuando Dana Sue entró en la cocina.

Ignorando a Erik, que estaba concentrado glaseando una tarta terciopelo rojo para la lista de postres del día, llamó a Karen.

—¿Puedes tomarte un descanso? Me gustaría verte en mi despacho.

A Karen le dio un vuelco el estómago al seguir a su jefa hasta la diminuta habitación que hacía las funciones de su despacho, además de almacén para productos de papel y todo lo que no sabían dónde meter. Logró abrirse paso entre lo que allí había, quitó un montón de carpetas de la única silla de más que tenía, y se sentó.

—¿Algo va mal? —le preguntó a Dana Sue nerviosa. Habían tenido suficientes discusiones en el pasado por sus ausencias y errores como para pensar que Dana Sue iba a soltarle una reprimenda, sobre todo al haber insistido en que la charla fuera privada. Si hubiera sido otra cosa, habría hablado delante de Erik.

—No tiene nada que ver con tu trabajo —le aseguró al instante—. Lo estás haciendo genial. Me encantan algunas de las innovaciones que has probado para la carta. Eres tú por quien estoy preocupada.

—¿Por qué?

—Has hecho turnos extras casi todos los días esta semana.

—Tina necesitaba tiempo libre.

Dana Sue la miró fijamente.

—¿Es por eso? Erik y yo ya hemos cubierto a Tina antes, sobre todo en las noches de diario, que son más flojas.

Karen no podía dejar de preguntarse si la charla se debía a las horas extras.

—No pensaba que pudiera importarte, y me vendría muy bien el dinero.

—No se trata del dinero, y siempre agradecemos otro

par de manos. Esta noche nos vendrás como caída del cielo. Solo me pregunto si te estás escondiendo aquí para evitar ir a casa —levantó una mano—. Sé que es una pregunta personal, y no tienes que responder, pero, sinceramente, me siento un poco responsable de la tensión que hay entre Elliott y tú. No creo que ninguno nos diéramos cuenta de los problemas que podría causar el plan del gimnasio.

Karen soltó el aliento que había estado conteniendo.

—Para serte sincera, sé que estoy exagerando en cierto modo y no puedo verlo desde un punto de vista racional. Sé cuánto desea Elliott hacer esto y cuánto le ha dolido que no haya tenido suficiente fe en el proyecto y en que pueda tener éxito —le lanzó una lastimera mirada—. No sé cómo superarlo. Le estoy haciendo sufrir y apenas hablamos, básicamente, porque... tienes razón, he estado escondiéndome aquí.

—Eso pensaba. Pero eso no solucionará nada. Lo sabes.

—Claro que lo sé. Pero no sé qué más podríamos decir para cambiar algo.

—No lo sabréis hasta que no lo intentéis. Por lo que tengo entendido, los chicos encontraron una solución la otra noche. ¿Te lo ha contado Elliott? No conozco los detalles, pero Ronnie pensó que mitigaría tus preocupaciones.

De pronto, Karen lamentó no haber dejado a Elliott que se lo contara. Le había interrumpido cada vez que lo había intentado, así que en esa ocasión no podía culparlo a él por haberla dejado al margen. Tal vez había llegado el momento de detener eso. Miró a Dana Sue a los ojos; su amiga estaba preocupada.

—Mañana iba a cubrir a Tina, pero me ha dicho que podía cambiar el turno si yo quería tomarme el día libre. ¿Te parecería bien? Creo que tengo que pasar algo de tiempo con mi marido.

Dana Sue sonrió, parecía muy complacida.

—Entonces mi trabajo aquí ya está hecho. Sé que sería como si estuvieras trabajando, pero podrías traer a Elliott a almorzar aquí el domingo para que conviertas esa reunión en una ocasión especial.

Karen asintió lentamente.

—Puede que le apetezca y está claro que necesitamos una comida en algún lugar con más ambiente que Wharton's o Rosalina's. Gracias. Los niños se quedan a dormir en casa de sus amigos esta noche. Veré si pueden quedarse hasta mañana por la tarde y así tendremos privacidad para mantener una conversación adulta de verdad.

—Entonces os reservaré una mesa para dos —le prometió Dana Sue.

—Será mejor que vuelva a ver cómo van mis macarrones con queso y jalapeños —sonrió Karen—. Si me han salido bien, deberían hacer subir la venta de bebidas.

—O hacer que suba nuestra factura del agua —bromeó Dana Sue—. Estoy deseando probarlos.

Cuando Karen salió del despacho, se sentía más llena de esperanza que en las últimas semanas.

—Pero los domingos siempre comemos con mi familia —protestó Elliott cuando Karen le habló de la propuesta de Dana Sue—. Es una tradición ir allí después de misa. Ya sabes que a mi madre le gusta que todos nos reunamos alrededor de su mesa al menos una vez a la semana.

Karen había logrado evitar muchas de esas ocasiones con el pretexto de tener que ir a trabajar. Y ya que el ofrecimiento de comer gratis en Sullivan's era una ocasión especial, había estado segura de que Elliott habría renunciado sin dudarlo a la imposición de su madre por una vez.

—Es solo una vez —le suplicó—. Y lo necesitamos, Elliott. Sabes que sí.

—Llevo toda la semana diciendo que necesitamos hablar. ¿Por qué has elegido el único día de la semana cuando es imposible?

—No es imposible —respondió.

—Vale, tal vez no. Pero es que no quiero decepcionar a mi madre. Y si descubre que tenías el día libre y has preferido ir a comer al restaurante donde trabajas en lugar de reunirte con la familia, se lo tomará como una ofensa y le sentará fatal.

Por desgracia, Karen sabía que así sería exactamente como lo vería su suegra. Suspiró resignada.

—Muy bien. Iremos a casa de tu madre —dijo lamentando ya haber renunciado a hacer el turno en el trabajo.

—Después iremos al lago —le contestó Elliott intentando compensarla—. Así los niños podrán quemar energía y nosotros podremos sentarnos tranquilos a charlar.

—¿Un domingo? ¿Cuando todo el mundo en Serenity tiene esa misma idea? —le preguntó con tono escéptico.

—Intento buscar una solución intermedia —le respondió frustrado.

Ella lo miró a los ojos.

—Lo sé, pero yo también.

Elliott posó un dedo bajo su barbilla para que siguiera mirándolo.

—Mejoraremos —le prometió moviendo la mano para acariciarle la mejilla.

—Debería haber recordado lo difícil que puede ser el matrimonio. Es curioso, pero habría hecho lo que hubiera hecho falta para solucionar las cosas y salvar mi matrimonio con Ray por muy cerdo que fuera. Se largó sin darnos ni una oportunidad de intentar arreglar las cosas.

—¿Significa eso que quieres luchar por nuestro matrimonio incluso cuando sea complicado?

Ella posó la mano sobre la suya, que seguía en su mejilla, y lo miró fijamente a los ojos.

—Con todas mis fuerzas —le aseguró.

—Y yo haré lo mismo, cariño. Te amo —terminó diciendo en español.

—Yo también te quiero —le susurró ella dejándose rodear por sus brazos—. Con toda mi alma.

La única cosa que Elliott no había tenido en cuenta cuando había insistido en que fueran a casa de su madre el domingo era que eso haría que Daisy y Selena se vieran por primera vez desde el baile, ya que Adelia no había dejado que Selena fuera a comer al domingo siguiente ni después del colegio entre semana. Habían cedido a las súplicas de Daisy de no estar juntas. Sabía que las dos niñas habían hablado por teléfono, pero mientras no se vieran, era difícil saber si el problema se había resuelto de verdad o no, sobre todo ya que Daisy no había dicho nada, al menos no a él, después de aquella conversación.

De camino a casa de su madre, miró por el espejo retrovisor. Daisy estaba mirando por la ventanilla con gesto pensativo e ignorando la charla de su hermano.

—¿Estás bien, Daisy? —le preguntó.

—Ajá —murmuró sin mirarlo.

A su lado, Karen frunció el ceño, claramente captando el estado de ánimo de su hija e imaginando el motivo.

—No te preocupa ver a Selena, ¿verdad? —le preguntó con delicadeza—. Creía que las cosas habían mejorado después de que te llamara el otro día.

Daisy se encogió de hombros.

—Supongo.

Elliott no tenía duda de que el asunto no se había resuelto como esperaba. Por desgracia, a pesar de tener hermanas, muy pocas veces entendía cómo funcionaba la mente femenina. Miró a Karen como diciendo «¿y ahora qué?».

Karen se giró.

—Cielito, dinos qué está pasando. Sea lo que sea, te ayudaremos a resolverlo.

Daisy puso cara de extrañeza.

—¿Por qué tengo que resolverlo? Es Selena la que fue mala. Ahora todos en el cole se están burlando de mí y es por culpa suya —su voz se fue alzando al hablar y comenzó a llorar.

Karen se giró hacia Elliott.

—A lo mejor no deberíamos hacer esto —dijo, aunque él ya estaba sacudiendo la cabeza.

—Posponer esto no hará más que retrasar lo inevitable. Son primas. Tienen que resolver el problema y el único modo de hacerlo es viéndose.

—No creo que sea tan simple. No, si los demás niños están utilizando el incidente para decirle a Daisy más cosas hirientes. Tal vez deberíamos hablar con la directora.

—¡No! —protestó Daisy alarmada—. La cosa ya está bastante mal. No quiero ser una acusica y tampoco quiero estar con Selena en casa de la abuela. Todos se pondrán de su parte, igual que pasa en el cole.

—Sabes muy bien que no es así —dijo Elliott intentando reconfortarla—. Yo he estado de tu parte desde el principio, ¿no? Y Adelia ha castigado a Selena.

—¿Y Ernesto? —se quejó—. No dijo nada y estaba allí cuando pasó.

Elliott no estaba muy seguro de cómo responder a eso y, además, se preguntaba si Ernesto estaría allí, aunque lo dudaba. Por lo que había visto y oído últimamente, no se había dejado ver desde que se había marchado de casa hacía un par de sábados en su presencia. Aunque había querido hablar del tema con Adelia, sus hermanas le habían recomendado que se mantuviera al margen. Estaban convencidas de que la pareja acabaría solucionando las cosas porque eso era lo que hacían los miembros de su familia.

Sin embargo, se preguntaba si su madre estaría al tanto

de las tensiones existentes en ese matrimonio. Sabía que Adelia haría todo lo que estuviera en su mano para evitar que se enterara, así que ¿llegaría al extremo de convencer a Ernesto para que fuera a pasar el día y guardar así las apariencias?

—No te preocupes por Ernesto —le dijo a Daisy algo después mientras aparcaban en la calle de su madre—. Hoy habrá mucha gente. Si alguien te molesta, puedes quedarte a mi lado. Yo te protegeré.

Daisy sonrió.

—Eso es lo que me decías cuando me leías historias de miedo antes de irme a dormir cuando era pequeña.

—Lo decía en serio entonces, y lo digo en serio ahora. Siempre puedes contar conmigo —le aseguró.

Por mucho que no fuera su hija biológica, Daisy era su hija en alma y nadie volvería a hacerle daño estando él delante, y menos un miembro de su propia familia, ni siquiera aunque fuera sin querer.

En cuanto entraron en el caos en que se convertía la casa de los Cruz los domingos, Karen se fijó en que Adelia no estaba en la cocina ayudando con la comida como siempre. Se quedó en la puerta el tiempo justo para saludar y ofrecerse a ayudar, algo que se le rechazó automáticamente. Podía ser cocinera del mejor restaurante de la región, pero no estaba a la altura de los Cruz.

Tan pronto como salió, fue a buscar a la única cuñada con la que en los últimos días había desarrollado, al menos, un vacilante vínculo y la encontró sentada en el patio trasero viendo cómo los maridos jugaban al fútbol. Se fijó en que Ernesto no estaba allí.

Karen señaló una silla que había a su lado.

—¿Te parece bien que me siente contigo?

Adelia se encogió de hombros.

—Soy una compañía pésima —la advirtió.
Karen sonrió.
—¿Por eso te han desterrado del lugar que sueles ocupar en la cocina?
Para su sorpresa, Adelia se rio.
—Si te soy sincera, estoy evitando a mi madre.
—¿Porque Ernesto no está aquí y va a querer averiguar por qué?
—Has adivinado a la primera —dijo Adelia alzando una copa de vino a modo de brindis... Y no parecía ser la primera.
—¿Quieres hablar de ello con una tercera parte imparcial?
El último rastro que quedaba de la sonrisa de Adelia se desvaneció.
—No hay nada de qué hablar.
Karen se limitó a asentir y quedarse en silencio. Entendía perfectamente la necesidad de intimidad en una crisis, sobre todo estando entre una familia como esa, que compartía hasta el más mínimo detalle de las vidas de cada uno. Y aunque se ofrecían apoyo emocional, los juicios y fisgoneos podían ser más que abrumadores.
—No me estás presionando para sacarme información —dijo Adelia al cabo de un momento.
—Porque es asunto tuyo. Si decides que quieres hablar, aquí estoy. Si no, me parece bien —la miró a los ojos—. Ya sabes que he pasado por lo que estás pasando tú. Soy la única de la familia que ha vivido lo mismo.
Adelia sacudió la cabeza.
—Por lo que sé de tu matrimonio, por muy terrible que fuera, no se acerca a la burda parodia en que se ha convertido el mío —dijo con amargura y una lágrima resbalándole por la mejilla. Se la secó con impaciencia y se levantó—. No puedo hacer esto. Tengo que salir de aquí.
Antes de que Karen pudiera pensar en qué decir, Adelia

ya se había marchado, y, un momento más tarde, oyó el motor de un coche.

—¿Se acaba de marchar Adelia? —preguntó Elliott de pronto ante ella y con gesto de preocupación.

Karen asintió.

—¿Qué le has dicho?

—No ha sido por nada que haya dicho yo —le contestó a la defensiva—. Ahora mismo es muy infeliz.

—Será mejor que vaya detrás —dijo lanzándole el balón a uno de sus cuñados.

Karen le agarró la mano.

—No lo hagas. Creo que necesita resolverlo sola.

—Lo que necesita es saber que estamos aquí.

Karen sonrió.

—Creo que ahí está parte del problema. No está lista para el rescate en bandada de la familia.

Elliott suspiró y se sentó en la silla que Adelia había dejado libre.

—Puede que tengas razón, pero es que verla así de hundida me hace querer ir a por Ernesto y darle una buena paliza.

—Tengo la corazonada de que Adelia lo agradecería, pero puede que no sea una buena idea. Cuando la gente se posiciona, si después hay una reconciliación, a veces es difícil olvidar todas las palabras desagradables que se han dicho o los puñetazos que se han dado.

Elliott le agarró la mano.

—El matrimonio es mucho más complicado de lo que me imaginaba.

—Eso es porque lo único en lo que pensabas era en tener sexo de modo estable y constante.

Él se quedó impactado por el burlón comentario.

—¡Eso no es verdad! —protestó—. Pensaba en las mil y una cosas que adoraría de pasar mi vida contigo.

Ella lo miró a los ojos y aprovechó la oportunidad para intentar recuperar las emociones que los habían unido.

—Cuéntame más.

—Pensaba en abrazarte por las noches. Pensaba en despertar a tu lado y mirando a tus preciosos ojos. Pensaba en tener un hijo contigo y formar una familia. Pensaba en cuando seamos mayores y estemos en unas mecedoras charlando sobre los recuerdos que hemos creado.

—¿Y nunca se te pasó por la cabeza la posibilidad de que tuviéramos desacuerdos?

Él sonrió.

—No, solo pensaba en hacer el amor para hacer las paces —suspiró dramáticamente—. La verdad es que eso sí que lo estaba deseando.

Ella se rio.

—Y voy yo y te lo niego.

Elliott le guiñó un ojo.

—Pero no pierdo la esperanza, cariño. Puede que pase esta noche si juego bien mis cartas durante el resto del día. ¿Tú qué piensas?

Con el corazón a punto de rebosar por las palabras que le había dirigido antes, asintió.

—Creo que existe una muy buena posibilidad.

Tal vez el sexo no fuera la respuesta a sus problemas, ni mucho menos, pero en sus brazos siempre recordaba lo segura y mimada que podía hacerla sentir. Y a veces con eso bastaba para que fuera más sencillo superar sus baches.

Capítulo 9

Durante la cena, Karen estuvo muy pendiente de Daisy y Selena, pero no vio muestras de que las niñas estuvieran seriamente enfadadas. En todo caso, Selena, que por lo general era muy habladora, parecía más callada de lo habitual. No pudo evitar preguntarse si sería porque su padre no había vuelto y su madre había desaparecido antes de la comida, o por la situación con Daisy.

La abrupta marcha de Adelia sin dar ninguna explicación había desatado las lenguas de la familia y fue el tema estrella durante la degustación de los tamales de la señora Cruz.

—Está pasando algo —especuló la señora Cruz—. Algo le pasa a Adelia para que se haya marchado así, sin decirnos ni una palabra.

—¿Y dónde demonios está Ernesto? —preguntó Laurinda, la otra hermana de Elliott, sin alzar la voz en un flojo intento de evitar que Selena lo oyera. Las niñas estaban en la mesa principal del comedor, mientras que los niños más pequeños estaban comiendo en una mesa de picnic en el patio trasero, lejos de la conversación.

—Eso me gustaría saber a mí —apuntó Carolina—. Hace tiempo que no se presenta los domingos.

—¡Ya basta! —ordenó Elliott en voz baja y mirando a Selena de soslayo para que lo entendieran.

Por desgracia, sus hermanas no captaron la indirecta y las especulaciones continuaron. De pronto, Selena se levantó con la cara muy pálida.

—¡Se ha ido! —gritó—. Dejad de hablar de eso, ¿vale? Mi padre se ha marchado, y no creo que vaya a volver nunca.

Un silencio cargado de impacto fue la respuesta a ese anuncio. Selena salió corriendo del comedor con Daisy detrás. Karen iba a seguirlas, pero Elliott se levantó antes de que pudiera dejar la servilleta sobre la mesa.

—Mirad lo que habéis hecho —les dijo a sus hermanas al salir detrás de las niñas.

En cuanto se hubo marchado, los hombres empezaron a ofrecer sus opiniones, la mayoría de las cuales en apoyo a Ernesto, tal como Karen se había imaginado. Al cabo de unos minutos escuchándolos tachar a Adelia de bruja que había echado a su marido de casa y que tenía lo que se merecía, ya sentía que no podía soportarlo más. Y lo peor era que ninguna de sus hermanas, ni siquiera la señora Cruz, salió en su defensa. Ahí se estaba exponiendo la mentalidad de unos hombres machistas y esas mujeres lo estaban permitiendo.

Con el volumen de la discusión elevado, y aprovechando que nadie estaba pendiente de ella, se levantó de la mesa y fue a buscar a Elliott y a las niñas. Lo encontró sentado en el césped en un extremo del jardín con Selena llorando en sus brazos y Daisy a su lado. Se agachó junto a ellos y posó una reconfortante mano sobre la espalda de la niña que, lentamente, empezó a calmarse.

Elliott le lanzó una mirada de agradecimiento y asintió hacia la casa.

—¿Aún siguen con el tema? —preguntó moviendo solo los labios por encima de la cabeza de Selena.

Ella asintió.

—Selena, cielo, ¿por qué no buscas a tus hermanos y nos vamos a casa? —sugirió.

Selena se sorbió la nariz y lo miró.

—¿Y si mamá tampoco está allí?

—Pues entonces nosotros nos quedaremos allí hasta que vuelva, ¿de acuerdo? Aunque tengo la sensación de que la encontraremos allí.

—Vale —terminó diciendo Selena—. Pero no quiero volver a entrar en casa de la abuela. ¿Puedo esperar en el coche?

—Claro —respondió Elliott de inmediato.

—Me quedaré esperando contigo —se ofreció Daisy.

—Yo también —añadió Karen, que no tenía ninguna gana de volver a entrar y arriesgarse a tener que participar en la conversación, ya que dudaba que quisieran oírla—. Elliott, ve a buscar a los niños y trae mi bolso.

—Controlado —le contestó.

Unos minutos después, la camioneta de Elliott estaba abarrotada de niños. Cuando llegaron a casa de Adelia, al ver el coche de Ernesto en el camino de entrada, los más pequeños salieron del coche y corrieron hacia la casa. Solo Selena se quedó atrás, claramente reticente a enfrentarse a lo que pudiera estar pasando.

Karen lo comprendía por completo. Intercambió una mirada con su marido y murmuró:

—No hay suficiente dinero en el mundo para hacerme entrar ahí. ¿Y tú?

—Yo preferiría comer barro, pero tengo que entrar para asegurarme de que todo marcha bien. Si quieres esperar aquí, créeme que lo entiendo.

—Me quedo con Karen —dijo Selena dirigiéndole una suplicante mirada—. Si te parece bien.

—Claro que sí —le respondió dándole un apretón en la mano.

—Quiero entrar —dijo Mack desde el asiento trasero.

—No —contestó Karen de inmediato—. En cuanto Elliott vuelva, nos marchamos.

Ante sus palabras, Selena se puso recta y de pronto pareció demasiado adulta para su edad.

—Entonces puede que ahora sí que quiera ir con Elliott —dijo con resignación.

Elliott extendió la mano y la agarró.

—Pues vamos.

Daisy se quedó sumida en un extraño silencio cuando la niña se marchó.

—Me sorprende que no quieras ir con Selena. Podrías pasar con ellos solo un segundo y así le darías apoyo moral.

Daisy negó con la cabeza.

—No me cae bien Ernesto. Siento que haya vuelto.

Sorprendida por su reacción, Karen observó a su hija.

—¿Es por lo que pasó en el baile?

—No puedo decirlo —le contestó muy tercamente.

—¿Qué significa eso? —le preguntó Karen frunciendo el ceño—. ¿Es que ha hecho alguna otra cosa? Daisy, si has visto o has oído algo, no pasa nada porque me lo cuentes. Es más, es importante que hables con un adulto si otro adulto hace algo desagradable o inapropiado.

Karen estaba dividida entre llegar al fondo de lo que fuera que Daisy había visto u oído o permitirle mantener la promesa que estaba claro que le había hecho a alguien, probablemente a Selena. Pero al final concluyó que tenía que saber la verdad.

—Cielo, esta no es una de esas situaciones en las que puedes guardar un secreto, por mucho que lo hayas prometido. Tienes que contármelo. ¿Qué te ha dicho Selena? ¿O acaso es que has visto u oído algo?

Daisy se quedó en silencio un rato largo, batallando con su apenas desarrollada moral.

—Selena me lo ha contado —acabó diciendo—. Pero es una cosa que no debería saber, por eso me dijo que guardara el secreto.

—Pero a mí me lo puedes contar —dijo Karen con firmeza.

—Dile a Mack que salga del coche y te lo contaré. Si lo oye, se lo contará a todo el mundo.

—¡No lo diré! —protestó el niño con actitud rebelde—. Y no pienso salir del coche.

—Solo un minuto —le pidió Karen, entendiendo que Daisy quisiera guardarse la información todo lo posible—. Por favor. Si no, no tomaremos helado en el lago cuando vuelva Elliott.

Mack le puso mala cara a su hermana, pero el helado era un capricho demasiado poco habitual como para arriesgarse a perdérselo. Se bajó de su alzador y cerró la puerta de golpe.

Karen se fijó en el gesto abatido de su hija y esperó. Sabía que Daisy seguía sopesando la lealtad contra una orden de su madre. Al final susurró:

—Selena dice que Ernesto tiene una novia y que está en su casa con ella.

Karen tuvo que controlarse para no soltar un grito ahogado, no solo por la noticia, sino por el hecho de que la niña de doce años supiera algo así de su padre. Aunque no dudaba ni por un segundo que pudiera ser verdad, no podía imaginar que Ernesto hubiera tenido tan poca discreción.

—A lo mejor Selena ha malinterpretado algo.

Daisy sacudió la cabeza categóricamente.

—Los ha visto juntos. Se estaban besando.

—¿Dónde?

—Delante de la casa de la novia, supongo. Selena volvía a casa caminando desde la parada de autobús del cole y el coche de Ernesto estaba aparcado en la casa. Estaban fuera, besándose en el coche, y luego entraron en la casa agarrados de la mano. Selena me dijo que aunque estaba castigada, por la noche se escapó y volvió. El coche de su padre seguía allí —la miró con preocupación—. ¿No le vas a contar a Adelia que se escapó, verdad?

Karen tenía un millón de preguntas, pero no pensaba expresárselas a su hija de nueve años. Estaba claro que Daisy no entendía del todo las implicaciones de lo que Selena le había contado, o al menos eso esperaba, pero parecía que Selena sí.

—Gracias por contármelo —le dijo dándole un reconfortante apretón de manos—. Y ahora deja de preocuparte por esto. Los mayores lo arreglarán. Tú solo intenta ser más comprensiva con Selena a partir de ahora, ¿vale? Esta pasando por unos momentos muy difíciles para ella.

Daisy asintió.

—Ahora lo entiendo un poco. Quiero decir, entiendo que Selena esté disgustada a veces. Le da mucho miedo que su madre y su padre se divorcien.

Karen pensó en ello. ¿Podría Adelia ignorar algo así, fingir que no estaba sucediendo? Porque si era cierto que Selena había llegado a esa casa andando, estaba claro que lo estaban haciendo delante de sus narices. Karen sabía que ella misma no podría, pero las mujeres Cruz tenían una visión distinta del matrimonio y diferentes expectativas sobre el comportamiento de sus maridos. ¿Aplicarían eso también a una infidelidad tan descarada?

Aún seguía dándole vueltas al tema cuando Elliott y Mack subieron al coche.

—¿Todo bien? —preguntó ella.

Elliott se encogió de hombros.

—Aparentemente —miró hacia el asiento trasero y con una forzada voz de alegría, preguntó—: ¿Vamos al lago?

—¡Sí! —respondió Mack con entusiasmo.

Hasta Daisy esbozó una sonrisa para Elliott.

—Mamá ha dicho que podemos tomar helado.

Elliott sonrió.

—Pues entonces lo tomaremos —respondió guiñándole

un ojo—. Cuando tu madre hace una promesa, siempre la cumple.

Karen le agarró la mano y la apretó con fuerza. Elliott también mantenía sus promesas y en ese momento estaba más agradecida por ello de lo que él podía llegar a imaginar.

Elliott se sentía completamente exprimido emocionalmente después del revuelo que se había formado en casa de su madre, del arrebato de Selena y, más tarde, de la tensión en casa de los Hernández cuando había ido a dejar a los niños. Incluso aunque los más pequeños habían gritado de alegría al ver que su padre había vuelto a casa, había podido ver la intranquilidad en el rostro de su hermana y cómo Selena se había mantenido apartada con gesto furioso. Cuando Elliott había intentado hablar a solas con Adelia, ella lo había ignorado.

—Vete —había insistido—. No hagas esperar a Karen y los niños.

—Si me necesitas, llámame —le dijo más como una orden que como una petición. Se le hacía imposible dejar de preocuparse tan rápidamente como ella parecía querer.

—Lo prometo —le había dicho, aunque él sabía muy bien que no podía creerla. Tenía claro que últimamente se estaba guardando muchas cosas e intentando solucionarlas ella sola. Así no era como se hacían las cosas en su familia, y lo frustraba pensar que Adelia pudiera necesitar ayuda y fuera demasiado orgullosa para pedirla.

Aun así, se había marchado, ya que no le había dado elección, y para cuando llegó al pequeño lago en el centro de Serenity, lo único que quería era pasar un rato tranquilo sentado al lado de su mujer y dando gracias de que sus problemas, por muy complicados que pudieran ser, no fueran nada comparados con los de su hermana.

—Lo que ha pasado hoy te ha afectado mucho, ¿verdad? —le preguntó Karen mientras se comían el helado en un banco bajo la sombra de un gigantesco roble de los pantanos cubierto de musgo español.

—Me preocupan Adelia y su familia. Pasa algo muy grave y creo que necesita apoyo, pero ha rechazado mi ayuda.

—Ella es así, ¿no? —le recordó con delicadeza—. Sabe que cualquiera de vosotros se volcaría si os lo pidiera. Pero si no lo está pidiendo, alguna razón tendrá.

Hubo algo en su tono de voz que lo alertó.

—¿Sabes algo, verdad?

—No de primera mano —respondió lentamente—. Y Daisy me ha contado en secreto lo que Selena le ha contado. Si te lo digo tienes que prometer que no te vas a subir al coche para ir a por Ernesto.

Elliott se quedó paralizado ante la sombría expresión de su mujer. Si temía que pudiera ir a buscar a su cuñado, entonces tenía que ser algo malo.

—¿Qué? —preguntó nervioso.

—Recuerda que es algo que ha visto Selena —le advirtió—. Podría haberlo malinterpretado.

—Tú cuéntamelo.

—Cree que la está engañando con una mujer que vive cerca de su casa. Los ha visto besándose y se escapó de casa por la noche, fue allí y vio que el coche de su padre seguía aparcado. Cree que ha estado ahí desde que se marchó de casa de Adelia.

Elliott sintió cómo la rabia que bramó en su interior fue aplastando todos sus músculos.

—¿En el mismo vecindario donde vive su familia?

Karen frunció el ceño ante la elección de sus palabras.

—¿Te parece que es lo único malo de la situación?

—No, por supuesto que no. Solo digo que es mucho más grave que haga algo así en las narices de su mujer y sus hijos. ¿Crees que Adelia lo sabe?

Karen asintió.

—No me ha dicho ni una palabra, pero creo que sí. Las mujeres solemos saber estas cosas a menos que elijamos no hacerlo. Eso explicaría por qué ha estado tan tensa.

—Dios mío —murmuró Elliott—. ¡Qué desastre!

Estaba a punto de levantarse cuando Karen lo sujetó del brazo.

—Me has prometido que no irías.

—Se trata de mi hermana. Nadie la trata con tanta falta de respeto.

—Estoy de acuerdo, pero Adelia tiene que pedirte ayuda —le dijo con sensatez—. De lo contrario, lo único que harás será humillarla. No puedes presentarte allí y montar una escena delante de los niños.

Aunque hacer eso iba en contra de su instinto de protección, se quedó donde estaba.

—Odio esto.

—Yo también —contestó Karen agarrándole la mano.

—¿Qué deberíamos hacer? ¿Al menos podría ir a buscar a Ernesto mañana y darle una paliza? —preguntó medio esperándose que Karen le dijera que era algo perfectamente lógico.

Ella sonrió.

—Creo que ya sabes mi respuesta a eso.

—Pero es que no soporto que se salga con la suya.

—Estoy de acuerdo, pero lo mejor que puedes hacer es vigilar a tu hermana y estar ahí cuando todo esto estalle. No creo que lo sepa aún, pero es una mujer fuerte y no va a quedarse sentada y tolerar esto para siempre.

A Elliott le pareció detectar el mensaje que esas palabras llevaban implícito.

—¿Divorcio?

—¿Se te ocurre otra opción?

—Tiene que haberla. El divorcio es inaceptable.

—¿Querrías que siguiera con un hombre que le falta al

respeto con ese descaro? —le preguntó sin poder creer lo que oía—. ¿Es eso lo que habrías querido para mí?

—Claro que no —dijo refiriéndose a la situación de Karen—. Ray te abandonó y tú no podías quedarte en un limbo.

—¿Y Ernesto? ¿Cómo llamarías a lo que está haciendo?

Elliott vaciló. Por primera vez estaba viendo claramente la inmensidad del dilema. La fuerte fe de su familia se enfrentaba contra la realidad de un matrimonio sumiéndose en la desesperación. Cuando el problema golpeaba a los suyos, las respuestas ya no parecían tan claras o tan simples como siempre había creído.

El miércoles, Frances llegó quince minutos tarde a la clase semanal de gimnasia para mayores de The Corner Spa. Al entrar, vio la mirada inquisitiva de Flo, pero por suerte, Elliott encendió el reproductor de CD y dio comienzo a los ejercicios de baile que se habían convertido en la parte favorita de la clase. Con la música a todo volumen, Flo no podía hacer todas las preguntas que, claramente, tenía en la punta de la lengua. Y para cuando hicieron el descanso, todas estaban demasiado agotadas como para hablar.

Cuando la clase terminó, Frances corrió a buscar a Elliott para preguntarle por Karen y los niños, tal y como hacía cada semana. Y, si tenía que ser totalmente sincera, también para eludir a Flo.

—¿Necesitáis que os haga de canguro esta semana? —le preguntó esperanzada. A pesar de algunos momentos desconcertantes, el tiempo que pasaba con los niños era especial para ella porque llenaba el vacío que deberían haber llenado sus propios nietos. Se sentía mejor cuando estaba rodeada de la lozanía y la alegría de la juventud.

—La verdad es que no tengo ni idea de cómo va a ir la semana —respondió Elliott con clara frustración—. Íbamos a hablar el domingo cuando llevamos a los niños al lago, pero al final surgió otra cosa y no pudimos conversar de nada de lo que teníamos pendiente.

—Pues parece que necesitáis otra noche para salir. Tengo la agenda libre, menos esta noche que voy a jugar a las cartas. Llamadme si queréis que vaya o si preferís llevarme a los niños a casa.

Elliott se agachó y la besó en la mejilla, despertando las risas de las mujeres que aún no habían salido de la sala.

—¡Ey, nada de favoritismos! —gritó Garnet Rogers.

—Y si buscas a una mujer mayor, yo soy mejor opción —bromeó Flo.

Frances volteó la mirada.

—Señoras, comportaos, que sois mayorcitas.

—¿Y por qué íbamos a hacer eso? —respondió Garnet—. Cuanto más pueda recuperar la juventud, más disfrutaré.

Elliott volvió a besar a Frances, claramente para echar más leña al fuego, y después les guiñó un ojo antes de salir para dar la siguiente clase.

Cuando Frances se giró para marcharse, Flo le cortó el paso.

—Sé lo que estás haciendo —la acusó—. Intentas evitarme. Y también a Liz.

—Claro que no —dijo con la indignación justa y calculada.

—La semana pasada no fuiste a jugar a las cartas.

—Estaba ocupada.

—Y hoy has llegado tarde a propósito para que no pudiera preguntarte si ya has pedido cita con el doctor. Y esa charlita que has tenido con Elliott también entraba en la estrategia. Hacías tiempo para que yo me fuera.

—Bueno, pues si era una estrategia, no ha funcionado, ¿no?

Flo la miró fijamente.

—No puedes estar esquivándonos para siempre —le dijo con voz calmada—. Y tampoco puedes seguir posponiendo la cita con el médico. No es propio de ti fingir que todo va bien cuando sabes que no es así. ¿No sería mejor saberlo por si pueden darte tratamiento y hacer lo que haya que hacer?

—Creo que todas estamos exagerando —contestó, aunque sabía demasiado bien que había habido un par más de incidentes preocupantes, incluido el embarazoso momento que había vivido mientras hablaba con el sacerdote el domingo después de misa y había perdido un poco el hilo. A mucha gente le pasaba, pero eso no evitó que se asustara.

El problema era que había veces, como ahora después de la clase de gimnasia, en las que se sentía mejor que nunca. Su fortaleza física era asombrosa para una mujer de casi noventa años y todos, incluido el médico que la había visto el año anterior por una gripe, estaba de acuerdo.

—Las dos sabemos que nadie ha exagerado. Y comprendo que puedas estar asustada.

—No estoy asustada —la corrigió—. Aterrorizada.

—¿Pero no es mejor saberlo? —repitió claramente frustrada por la terquedad de su amiga.

Frances miró directamente a los compasivos ojos de Flo.

—¿Has encontrado alguna cura cuando has mirado en el ordenador?

—No, pero...

Frances la interrumpió.

—¿Entonces qué más da que me entere ahora o dentro de unos meses?

—Hay medicamentos que pueden ayudar un tiempo, al menos, y eso te podría ahorrar tiempo para estar con tu familia y, además, puede que ni siquiera tengas Alzheimer. Piensa en el alivio que te supondría ese diagnóstico.

—Las dos sabemos que no es nada probable.

—No lo harás hasta que estés preparada, ¿verdad? —preguntó finalmente Flo con resignación.

Frances asintió.

—Eso es, y yo decidiré cuándo.

A Flo se le llenaron los ojos de lágrimas.

—Lo único que queremos Liz y yo es que estés bien.

—¿Y no creéis que lo sé? —le respondió dándole un impulsivo abrazo—. Sois las dos mejores amigas que podría tener. Sé que os preocupáis por mí, y os lo agradezco de verdad. Si sucede algún incidente más, iré a ver al médico. Lo prometo.

Flo le lanzó una mirada cargada de dudas.

—¿Y tendremos que presenciar ese incidente para que cuente o mantendrás la promesa aunque nosotras no lo hayamos visto?

—Da igual quién lo vea. Mantendré la promesa.

Porque aunque quería pensar que esos lapsus no eran los primeros signos del Alzheimer, no estaba dispuesta a poner a nadie en peligro por ser tan tonta de negarse a aceptar la posibilidad de que su salud se estuviera deteriorando.

Capítulo 10

Desde la primera vez que Elliott había llevado a Karen a su casa para conocer a su familia, había quedado claro que su relación con su fervientemente católica madre iba a ser de lo más escabrosa. María Cruz había mostrado abiertamente su desaprobación al divorcio de Karen y, solo después de que ella le hubiera contado los detalles de su fracasado matrimonio, se había ablandado y había admitido que el divorcio era la única opción en ese caso.

Aun así, ahí estaban los viejos resentimientos y se removían de vez en cuando, sobre todo después de escenas como la que se había producido en casa de los Cruz el domingo. Por eso, más que sorprenderla que su suegra la hubiera llamado insistiendo que se pasara a verla, lo que la había sorprendido era que hubiera tardado tanto en hacerlo.

Sabía que, probablemente, no había logrado ocultar muy bien su desdén hacia sus cuñados aquel día. Había logrado quedarse callada, aunque se había marchado en mitad de la discusión familiar en la que los hombres estaban soltando parte de sus ofensivos comentarios machistas y anticuados.

No iba con ella remover ese asunto e intentar generar un levantamiento feminista entre las mujeres Cruz, pero cuando vio señales del mismo comportamiento en Elliott, se decidió a cortar con el problema de raíz. Allá sus cuñadas si querían manejar sus vidas así.

Ya que la señora Cruz era muy susceptible en lo que concernía a sus hijos, Karen se preguntaba qué clase de charla le esperaría hoy. ¿La advertiría de que no interfiriera en el matrimonio de Adelia? ¿O estaría pensando en otra cosa?

Cuando llegó, dos de las nietas Cruz menores de cinco años estaban jugando en el jardín delantero. Su suegra, que estaba esperando en el porche, dio unas palmadas para llamar a las pequeñas.

—¡Adentro, niñas! —les ordenó y, aunque protestaron, las niñas entraron inmediatamente.

Una vez las tuvo en el salón con una de sus películas favoritas, llevó a Karen a la cocina, el auténtico corazón de la casa. Había preparado una jarra de café, mucho más apetitoso que el que hacía Elliott, y tenía unas pastas de guayaba recién sacadas del horno.

—¿Trabajas hoy? —le preguntó mientras servía el café y colocaba un plato de pastas aún calientes delante de Karen, sin duda esperando que se comiera más de una.

—Tengo que estar allí a las diez. Tenemos poco tiempo.

—Entonces seré clara —dijo y le lanzó una mirada de preocupación—. Mi hijo y tú estáis discutiendo. ¿Puedo preguntarte por qué?

A pesar de conocer la dinámica de Serenity y de la familia Cruz, apenas pudo evitar abrir la boca de par en par. Jamás habría pensado que esa formidable mujer, que estaba totalmente centrada en su familia, decidiera interrogarla sobre algo tan personal. Pero claro, María Cruz se consideraba la matriarca de la familia y veía que su deber era hacer que las cosas marcharan bien, incluso con unos hijos que eran mayores desde hacía mucho tiempo y que ya tenían sus propias familias. Si se metía en los otros matrimonios de la familia, ¿por qué no iba a hacerlo en el de Elliott?

—¿Dónde ha oído eso? —le preguntó Karen, más que nada por curiosidad.

—No importa —respondió la señora Cruz, encogiéndose de hombros con gesto algo desdeñoso—. ¿Es verdad? ¿Por eso me habéis pedido que me quede con los niños varias veces últimamente? ¿Para que no os oigan pelear?

Karen sopesó la mejor respuesta que darle.

—Ha habido cosas que Elliott y yo hemos tenido que discutir, sí, pero más que nada hemos estado intentando encontrar algo de tiempo para estar juntos. Con nuestras agendas, la intimidad es difícil de conseguir. La mayoría de las parejas no inician su vida juntos con dos niños pequeños.

A pesar de asentir como si lo entendiera, la señora Cruz no pareció quedar satisfecha del todo con la respuesta.

—Estas discusiones, como tú las llamas, ¿son sobre asuntos serios? —frunció el ceño y su expresión fue de verdadera preocupación—. ¿Asuntos que podrían llevaros al divorcio?

—¡Por Dios! ¡Espero que no! Queremos tener tiempo para nosotros, para solucionar cosas antes de que se conviertan en problemas de verdad.

Una expresión de alivio recorrió el rostro de la señora Cruz mientras se santiguaba.

—Me rompería el corazón que mi hijo, o cualquiera de mis hijos, se divorciara. Cuando te casaste con Elliott ya conocías nuestras creencias. Espero que hagas todo lo que haga falta para que vuestro matrimonio funcione.

Karen torció el gesto.

—¿Y por qué esa responsabilidad es solo mía? ¿Le ha dicho lo mismo a Elliott? —se vio un poco tentada a añadir también el nombre de Adelia, pero le debía algo de discreción a su cuñada. Su suegra acababa de aludir a los problemas de su hija, pero no había sacado el tema abiertamente, así que ella tampoco lo haría.

—Aún no, pero lo haré. Primero quería hablar contigo.

Siempre es la mujer la que tiene que calmar las aguas, mantener la paz.

—Yo no lo veo así —contestó Karen decidida a defender sus creencias—. Los hombres son tan responsables del estado de una relación como las mujeres —miró a su suegra con gesto curioso—. ¿Cómo le sentaba que el señor Cruz siempre estuviera dándole órdenes o la tratara con condescendencia? Sé que lo hacía, porque sus hijas lo han mencionado. Yo no la veo como una mujer que aceptaría un trato semejante.

Una discreta sonrisa cruzó el rostro de María.

—Tenía mis formas de hacerlo. Diego nunca fue ni violento ni inflexible. Era un buen hombre que había sido educado para creer que los hombres se comportaban de cierta manera. Me gusta pensar que le mostré que podía conseguir mejores resultados de otros modos.

—¿Pero discutían?

La mujer se encogió de hombros.

—Por supuesto. Los dos teníamos genio y opiniones muy fuertes. Pero, por mucho que discutiéramos, siempre terminábamos el día con un beso.

—¿Valoraba la mujer tan fuerte y capaz que es usted?

—A su modo —respondió encogiéndose de hombros, como si no fuera importante—. Pero a diferencia de ti o de mis hijas, yo me sentía satisfecha siendo ama de casa, anteponiendo mi familia a todo. No tenía necesidad de ninguna otra dedicación. Adelia es la única que ha seguido mis pasos, aunque participa en muchas actividades, pero podría tener un empleo si quisiera.

Ya habían mantenido esa conversación antes, así que Karen se negó a sentirse ofendida.

—Hay distintas formas de anteponer a tu familia —dijo pausadamente—. Ser responsable, trabajar para dar a mis hijos la vida que se merecen; esa es una forma. La de usted era otra.

—Estoy de acuerdo —contestó la señora Cruz con una

sonrisa—. ¿Lo ves? He aprendido algo de ti, niña —le dijo pronunciando esa última palabra en español—. Tal vez si me escucharas con atención, también aprenderías algo de mí de vez en cuando.

Karen se rio.

—De eso no tengo duda. Ya solo sus recetas secretas han hecho que tenga a mi marido muy feliz.

—El matrimonio es más que llenar la barriga de un hombre con su comida favorita, pero eso ya lo sabes, ¿verdad?

—Aún tengo muchas lecciones que aprender y siempre escucharé sus consejos con la mente bien abierta. Alguien que haya criado a un hombre tan maravilloso tiene que ser muy sabia.

—Estás halagándome para que te diga cómo hacer esa salsa especial de mole que adora Elliott —bromeó—. Pero creo que me la guardaré de reserva para cuando tenga que pedirte un gran favor.

Karen se rio.

—Elliott me dijo que nunca podría sacarle la receta. Dice que hasta sus hermanas solo saben que contiene una variedad de pimientas y, tal vez, ¿un poco de chocolate? —preguntó esperando que le confirmara al menos eso.

—Un buen intento, muy lista, pero creo que me la guardaré un poco más. Tengo que tener motivos para que mis hijos sigan viniendo a casa.

—No creo que vengan por la salsa mole —le dijo Karen con total sinceridad mientras se despedía de ella con un abrazo—. Vienen por el amor que les da.

La señora Cruz la besó en las mejillas con entusiasmo.

—Y por eso eres mi nuera favorita.

—Soy su única nuera —dijo Karen y, a pesar de la extraña conversación, era un papel en el que cada vez se sentía más cómoda. Deseaba que estar con su suegra le resultara tan sencillo como estar con Frances y tal vez, con el tiempo, acabaría siendo así.

Estaba dirigiéndose a su coche cuando Adelia aparcó delante de la casa. Frunció el ceño al verla, bajó corriendo y cruzó el césped.

—¿Qué haces aquí? ¿Estabas hablando con mi madre sobre Ernesto? —le preguntó alterada.

—Claro que no —respondió Karen con tono tranquilizador—. ¿Por qué iba a hacer eso? Tu matrimonio es algo íntimo, Adelia. No me has contado ni una palabra de lo que está pasando y, aunque lo hubieras hecho, yo jamás se lo habría contado a tu madre.

Adelia se mostró aliviada.

—Lo siento. Tengo los nervios de punta. Me ha llamado mi madre, así que ya estoy a la defensiva.

Karen se rio.

—¿Te parece divertido? —preguntó Adelia torciendo el gesto.

—A mí también me ha llamado. Hoy debe de ser el día que tu madre ha elegido para resolver problemas maritales.

El rostro de Adelia fue relajándose y ella también empezó a reírse.

—¿A ti también?
—Sí.
—¿Y qué tal ha ido?
—Creo que he logrado tranquilizarla.

El efímero buen humor de Adelia desapareció.

—No estoy segura de que sea tan buena actriz como para fingir, pero lo voy a intentar —dijo poniéndose derecha—. Las cosas ya están bastante difíciles sin que mi madre se ponga histérica.

—Buena suerte —le dijo Karen antes de verla entrar en la casa. En ese momento, no la envidiaba.

Adelia habría dado lo que fuera por poder salir corriendo detrás de Karen. Había intentado eludir a su madre diciendo que tenía cosas que hacer, pero la señora Cruz había insistido. Cuando María Cruz hablaba a sus hijos con cierto tono, todos entendían que no había cabida para la discusión.

—Buenos días, mamá —dijo forzando un alegre tono al entrar en la cocina y asegurándose también de lucir una amplia y brillante sonrisa.

—Adelia —contestó su madre con gesto serio—. ¿Te apetece un café?

—Yo me lo pongo —respondió intentando ganar tiempo—. Y las pastas huelen de maravilla. Las de guayaba son mis favoritas, aunque a mí nunca me salen tan bien como a ti.

Su madre se limitó a enarcar una ceja ante el comentario.

—Ya basta de charlas sin importancia —dijo con firmeza—. Tenemos asuntos importantes que discutir. El domingo pasado te fuiste de esta casa sin decir ni una palabra a nadie y eso es inexcusable. Tampoco llamaste para disculparte. No te eduqué para que te comportes así. Y después tu hija nos dijo a todos que Ernesto se había marchado de casa. ¿Qué significa eso?

—Ernesto ha vuelto a casa —se apresuró a decir, esperando que eso bastara para evitar más preguntas.

—¿Y por qué se marchó en un principio? Sabes que tu trabajo es hacer que tu marido se encuentre satisfecho en casa.

Aunque llevaba toda la vida escuchando la misma y manida advertencia, de pronto sintió que estaba harta de oírla.

—Mamá, hacen falta dos personas para hacer que funcione un matrimonio. Yo no puedo solucionar las cosas solas.

—Entonces yo misma hablaré con Ernesto. O le diré a Elliott que hable con él.

—¡Rotundamente no! —contestó Adelia con brusquedad—. No quiero que toda la familia se meta en mi matrimonio. Eso solo empeoraría las cosas.

Pero, para ser sincera, no estaba segura de que pudieran ir peor. Aunque Ernesto estuviera de nuevo viviendo en casa, estaba durmiendo en una de las habitaciones de invitados porque ella se había negado a dejarlo meterse en su cama viniendo directo de la de su amante. Su presencia era solo una forma de guardar las apariencias y no un primer paso hacia la reconciliación. Los dos lo admitían y ella no sabía cuánto tiempo más podrían continuar viviendo esa mentira.

—Sabes que solo quiero ayudar —le dijo su madre con dulzura.

Adelia suspiró.

—Ya lo sé, pero el mejor modo de hacerlo es dejándonos tranquilos, mamá. Les he dicho lo mismo a mis hermanas y a Elliott.

—Te estás aislando de la familia —la acusó su madre.

—Por ahora puede que sea necesario. A veces no puedo soportar estar con tanta gente.

—¿Y qué pasa con tus hijos? ¿Es que no quieres que estemos para ellos tampoco?

—Solo si podéis darles apoyo sin hacerles comentarios sobre su padre o nuestro matrimonio. Ya es bastante confuso para ellos según están las cosas.

—Razón de más para solucionar esto rápidamente y hacer que las cosas vuelvan a como estaban —dijo su madre con decisión—. Se lo debes a tus hijos.

Adelia asintió porque no tenía otra elección. Sin embargo, se preguntó qué se debía a sí misma.

—Pareces aturdida —dijo Erik cuando Karen entró en la cocina de Sullivan's—. ¿Una mañana dura?

—Visita de rigor a María Cruz.

Él sonrió.

—¿Es que has estado tratando mal a su preciado hijo?

Karen enarcó una ceja.

—No es que sea asunto suyo, pero no. Y ha sido una visita encantadora —bueno, más o menos. Al menos había terminado bien.

Miró a su alrededor.

—¿Dónde está Dana Sue? No la he visto en el despacho cuando he entrado.

—Se ha ido con Ronnie a ver el local que estamos pensando comprar para el gimnasio. Maddie también ha ido con ellos.

Karen frunció el ceño.

—¿Habéis decidido comprar un local? Creía que teníais pensado alquilar.

—Las cuentas salen mejor si somos propietarios, según Maddie y Helen.

—¿Elliott ha ido con ellos?

—Seguro que sí. Maddie y él son los que de verdad conocen la clase de local que hace falta.

—¿Está en el pueblo, en Main Street?

Erik sacudió la cabeza.

—Está en el pueblo, pero en Palmetto, no lejos de The Corner Spa, en realidad. A todos nos ha parecido que era otra ventaja, sobre todo para Elliott, ya que tiene que estar trabajando entre los dos sitios.

Karen vaciló un minuto.

—Erik, ¿me necesitas ahora mismo? ¿Podría ir allí? Quince, veinte minutos, no más.

Él puso cara de extrañeza ante la pregunta.

—¿No habré causado otro mal rollo entre los dos, verdad?

Ella sacudió la cabeza y esbozó una débil sonrisa.

—Esta vez no. Es más, estaba pensando en ir allí para darle mi apoyo. Me he mostrado tan negativa que creo que Elliott podría agradecer que ya casi lo haya aceptado.

—¿Casi?

—Aún tengo mis reservas. Eso no lo puedo negar, pero lo estoy intentando, Erik. Quiero apoyar a mi marido al cien por cien. Todavía no he llegado a eso, pero lo estoy intentando.

—Pues ve —dijo de inmediato dándole la dirección—. Pero date prisa, aún hay mucho que preparar del almuerzo.

—Seguro que si me quedo demasiado rato, Dana Sue me traerá a rastras —le respondió quitándose el delantal que se acababa de poner y saliendo sin molestarse en agarrar el bolso.

Vio el precioso Mercedes de Mary Vaughn a una manzana de The Corner Spa y, como no había nadie fuera, supuso que seguían viendo el interior de la propiedad, otra enorme casa victoriana en una calle que se estaba convirtiendo en una mezcla entre residencial y comercial. Exceptuando The Corner Spa, la mayoría de los usos comerciales eran para oficinas de agentes de seguros e inmobiliarias. Helen había trasladado su bufete a una de las casas más pequeñas hacía unos meses también.

Cuando Karen entró en lo que parecía una casa que llevaba mucho tiempo abandonada, Elliott le lanzó una amplia sonrisa que rápidamente se desvaneció y dio paso a una mirada de preocupación.

—¿Va todo bien? —le preguntó apartándose de los otros.

—Erik me ha dicho que estabais viendo el local y se me ha ocurrido venir a verlo.

Él pareció dudar si creer o no sus palabras.

—¿Ah, sí?

—Si este gimnasio se va a hacer realidad, tengo que encontrar un modo de aceptarlo y mostrarte mi apoyo. Aunque tengo preguntas.

Elliott sonrió.

—Claro que las tienes. No serías tú si no tuvieras un millón de preguntas. ¿Y si te las respondo todas esta noche?

Frances se ha ofrecido a cuidar a los niños otra vez. Podríamos ir a Rosalina's.

—En ese caso, tenemos una cita.

Cuando los demás pasaron a otra habitación, él señaló a su alrededor.

—¿Qué te parece?

—Me resulta muy triste —respondió sinceramente—. ¿Tenéis dinero para arreglarlo?

Él asintió.

—Mary Vaughn dice que es un robo y Helen y Ronnie creen que al final, incluso con las mejoras que necesita, esto tiene más sentido económicamente que el alquiler que estábamos mirando en un principio. Ronnie nos proporcionará el material para la reforma y nos ayudará. Cree que muchas cosas las podemos hacer nosotros, aunque tendremos que traer a Mitch Franklin y a sus electricistas y fontaneros, como hicieron en el spa.

—Parece caro.

—Como he dicho, me tengo que fiar de Helen y de Ronnie. Dicen que las cifras están a nuestro favor. Esta noche te lo contaré todo.

Ella le dio un beso en la mejilla.

—Será mejor que vuelva a Sullivan's. He dejado a Erik solo.

—Yo recogeré a Frances de camino a casa. Nos vemos sobre las siete.

Antes de que se marchara, Elliott la tomó en sus brazos y la besó de nuevo.

—Gracias por venir a verme. Significa mucho para mí.

Y, en sus ojos, Karen pudo ver que era cierto.

—Por tu bien, debería haberlo aceptado antes.

—¿Entonces no tienes más dudas? —le preguntó.

Ella suspiró.

—No he dicho eso, pero voy a intentar controlarlas.

—Pues eso es un comienzo —respondió aliviado—. Y

yo intentaré asegurarme de reconfortarte para que no tengas que preocuparte.

Karen asintió. Era uno de los mejores tratos del día.

Helen y Ronnie habían preparado un balance de lo que supondría comprar la casa de Palmetto y alquilar un local en Main Street y Elliott se llevó el documento a la cena con Karen.

Ver a Karen en la visita a la casa le había dado esperanza de que pudieran seguir adelante sin que ello causara desacuerdos en su matrimonio.

Sentado a su lado en un banco de Rosalina's, sin embargo, le estaba costando concentrarse en los números. Estaba más fascinado por su aroma y por el calor que irradiaba su muslo pegado al suyo. Ella, sin embargo, parecía totalmente centrada en las páginas que había extendido sobre la mesa. La oyó emitir un grito ahogado y supo que había llegado a las últimas líneas.

—Elliott, ¡es muchísimo! —dijo impactada.

—No voy a invertirlo todo. Y hay socios, ¿recuerdas?

—Lo sé, pero incluso siendo seis, hay mucho dinero que tardaréis años en recuperar. No empezaréis a obtener beneficios de inmediato, eso nunca pasa en los negocios. ¿Y si tenéis que seguir invirtiendo más y más para poder tener abierto? ¿De dónde saldrá? Nosotros no lo tenemos.

Él volvía a ver el pánico en sus ojos y supo que su determinación de seguir adelante informándola de cada fase probablemente había sido un error. De todos modos, había sabido que no le quedaba otra opción que revelarle todo.

—Habrá capital suficiente para un año desde las inversiones iniciales —le dijo con seguridad.

—¿Y después?

—Todos estamos convencidos de que para entonces ya estaremos sacando beneficios.

—¿Y si no es así?

—Lo será —contestó con impaciencia—. Hemos sido muy prudentes con las estimaciones y tenemos el The Corner Spa en que basarnos.

Ella cerró los ojos intentando claramente controlar el pánico.

—¿Estás seguro?

—Sí. Y lo más importante es que Helen, Maddie y los demás lo están. No nos estamos metiendo en esto a la ligera, Karen. Todos nos jugamos algo en su éxito.

—Pero tú eres el que puede perder más. Los demás tienen negocios de éxito y probablemente tendrán ahorros que los respalden. Nosotros estamos empezando —lo miró a los ojos—. ¿Y qué pasa con el bebé? ¿Cuánto tiempo vas a posponerlo? Creía que era algo que querías de verdad.

—Y lo quiero más que nada —le respondió con sinceridad—. Lo sabes.

—¿Más que esto? —le preguntó retándolo.

—¿Es que tiene que ser o una cosa o la otra?

—De momento, sí.

—Pero aunque te quedaras embarazada mañana, pasarían nueve meses hasta que llegara el bebé.

—¿Te haces idea de lo ingenuo que es eso? —dijo con desaliento—. Hay visitas al médico, vitaminas para el embarazo y otros gastos. ¿Y si las cosas no van bien y tengo que hacer reposo?

—No te pasó ni con Daisy ni con Mack —le recordó decidido a mantener la sensatez frente a la consternación de ella.

—Por entonces era más joven. Todo el mundo sabe que los riesgos pueden aumentar con la edad. ¿Qué pasa entonces, Elliott? No podríamos apañarnos sin mi sueldo, no si tenemos todo lo demás metido en ese negocio.

Él suspiró y se ablandó.

—Vale, tienes razón, pero ya te he dicho que habrá más

ingresos. Y tendré más clientes privados que nunca —por supuesto, lo que aún tenía que explicarle era que parte de ese dinero estaba destinado a devolverle a sus socios su inversión que le habían adelantado.

Aunque su recordatorio pareció hacerla callar, estaba seguro de que no estaba convencida del todo.

—¿Qué? Vamos a poner todas las cartas sobre la mesa.

—Me dijiste que no te ibas a plantear lo de hipotecar la casa.

—Y no lo haré. Ya sé que no estás nada de acuerdo con eso.

—Entonces ¿de dónde viene la inversión adicional, Elliott? Te conozco. Tu orgullo no te permitirá no contribuir con la parte que consideras justa. ¿De dónde lo sacarás? No le habrás pedido un préstamo a tus hermanas o a tu madre, ¿verdad?

Y ahora llegaba el momento en que todo se derrumbaba.

—Claro que no. Los demás socios me harán un préstamo y yo se lo devolveré a medida que el gimnasio dé beneficios.

—Entonces, ¿te has metido en un préstamo, aunque no sea con nuestra casa? Se lo estás pidiendo a nuestros amigos.

—Yo no se lo he pedido, se han ofrecido —respondió a la defensiva—. Y me darán mucha flexibilidad para devolvérselo, Karen.

—¿Pero habrá documentos legales? ¿Les deberás este dinero?

—Claro.

—¿Y si no se lo puedes pagar?

—Hay flexibilidad para la devolución —repitió porque estaba claro que Karen no lo estaba escuchando.

—Seguro que Ray se convenció a sí mismo en muchas ocasiones de eso —contestó con amargura.

Y eso desató la rabia de Elliott.

—No me gusta nada esa comparación.
—No te culpo, ¿pero puedes negar que tenga razón?
Le dolió ver los tristes recuerdos que estaba removiendo en Karen, pero, al mismo tiempo, esa era su oportunidad de darle a su familia la vida que quería para ellos. Tenía que aprovechar la ocasión y tenía que hacerlo a su modo.
—Es la mejor opción y funcionará. Tienes que confiar en que no os defraudaré.
Ella lo miró con lágrimas en los ojos.
—Sé que jamás querrías hacerlo —le susurró.
—No lo haré, cariño —respondió con firmeza—. Jamás.
Era una promesa que mantendría haciendo todo lo que estuviera en su poder.

Capítulo 11

Karen estaba empezando a sentirse extrañamente aislada. A su alrededor toda la conversación giraba en torno al gimnasio nuevo. Con todas sus amigas y los maridos de estas implicados directa o indirectamente en el proyecto y trabajando en ello con entusiasmo, parecía que era la única que tenía sus reservas al respecto. Odiaba ser la única que se resistía a aceptarlo del todo, sobre todo cuando eso demostraba una falta de fe en su propio marido.

Los documentos de la propiedad se habían firmado la tarde anterior y todo el mundo se había reunido esa noche en casa de Maddie y Cal para celebrarlo. A Karen le habría encantado poder poner una excusa, pero ante la mirada de decepción de su marido, había aceptado a ir a regañadientes.

Los niños corrían por el jardín trasero, muy activos por haber comido demasiado dulce. Los hombres estaban entusiasmados con su proyecto y apiñados en torno a los planos de la reforma. Karen estaba sentada sola entre las sombras del patio deseando poder dejarse llevar por la alegría de la celebración aunque solo fuera por Elliott.

—¿Aún no estás convencida? —le preguntó Helen con su habitual franqueza y sentándose a su lado en la chaise longue.

Karen le dirigió una desganada sonrisa.

—Intento estarlo.

—¿Quieres un consejo de alguien que ha visto muchos matrimonios derrumbarse? —le preguntó la mujer que era reconocida como una de las mejores abogadas de divorcios del estado.

Karen no estaba del todo segura de quererlo, pero asintió de todos modos. Conociendo a Helen, sería imposible que se callara si consideraba que era algo que ella tenía que oír.

—Primero, deberías saber que creo en este proyecto —dijo apoyándose en el peso de su experiencia como abogada y empresaria–. He repasado todo y todas las cifras. Tengo la experiencia del The Corner Spa para basarme y comparar y está claro que no hay garantías, pero estoy convencida de que será un éxito.

Le lanzó una mirada de complicidad.

—También sé algo que puede que tú no sepas y que ninguno de los demás sabe tampoco. Hazme caso, es una gran noticia.

Karen la miró sorprendida.

—Si sabes algo que pudiera afectar al modo en qué va a funcionar, ¿por qué no se lo has dicho a los chicos?

—Confidencialidad entre abogado y cliente. Hoy mi cliente me ha dado permiso y me ha dicho que podía contárselo a quien pudiera estar interesado, pero he estado guardándomelo para más tarde —sonrió—. He pensado que podría hacer un gran anuncio y tener mi minuto de gloria.

—¿Me lo puedes decir ahora, sobre todo si crees que es una noticia reconfortante? —le preguntó Karen con cada vez más curiosidad.

—Dexter's va a cerrar —le reveló.

Incluso Karen veía cómo eso podía impactar positivamente en el proyecto del gimnasio.

—¡Vaya! No tenía ni idea.

—Nadie la tenía. Dexter me ha dicho que lleva tiempo queriendo jubilarse, pero que sabía que había hombres en el pueblo que contaban con su cutre gimnasio. No quería marcharse hasta que hubiera una alternativa viable en el horizonte. En cuanto se enteró de esto, vino a mí para que le llevara la documentación necesaria para cerrar su local, ponerlo en venta y modificar su testamento para reflejar que ese negocio ya era historia.

Karen estaba asombrada con la noticia.

—¿De verdad lo va a hacer? ¿No hay duda?

—Ninguna. Está deseando comprarse una casa prefabricada en Florida —le confirmó Helen—. Me ha dicho que su mujer y él quieren pasar el año bajo el sol, jugando al bingo y yendo a las carreras y a los casinos.

Karen se sintió animada por primera vez desde que Elliott le había revelado los detalles de su plan.

—Eso sí que podría cambiar las cosas, ¿verdad?

—Creo que el nuevo local habría tenido éxito de todos modos, pero sí, esto debería garantizarlo.

—Gracias por contármelo. Tengo que ir a buscar a Elliott. Aún sigo asustada por todo esto, ya que se ha comprometido a devolver mucho dinero, pero ahora estoy mucho más tranquila.

Helen la agarró del brazo para detenerla.

—Un consejo más, si me permites. Puede que sea mejor que sepa que crees en él y no que le digas que te has quedado más convencida porque sabes que no tendrá competencia.

Karen asintió, comprendiendo perfectamente el consejo de Helen.

—Tienes razón. Y sí que creo en él. Nunca me ha dado ni una sola razón para no hacerlo.

—Pero imagino que es duro olvidar lo que hizo Ray —sugirió Helen—. Creo que Elliott lo entiende también, aunque tal vez sea hora de que empieces a basar tus decisiones en el hombre con el que estás, en lugar de en el hombre que se marchó.

—Es verdad. Y el hecho de que Elliott no me haya dejado después de todas mis dudas demuestra que es un santo.

Lo encontró dentro, mirando los planos que tenían sobre la mesa de comedor. Se acercó a él que, a pesar de dirigirle una sonrisa ausente, le echó un brazo sobre los hombros y asintió hacia los planos.

—¿Quieres verlos?

Como si por alguna razón entendieran que debían dejarles intimidad, los demás se apartaron uno a uno y los dejaron solos.

Karen escuchó cómo Elliott le describió el lugar y cómo sería una vez estuviera completado, pero ella no dejaba de mirarlo a la cara, en lugar de a los planos extendidos sobre la mesa. El entusiasmo de su marido era más que evidente, tenía fe en lo que estaba a punto de hacer.

—Estás muy emocionado con esto —le dijo, aunque tampoco era ninguna sorpresa. ¿Por qué no había podido aceptar cuánto le importaba? ¿Cómo había permitido que sus miedos le impidieran creer que a ese hombre podía confiarle todo, incluso sus ahorros?

—Es nuestro futuro. Puede que no empezara nuestra vida juntos con un sueño tan grande, pero en cuanto Ronnie y los demás lo propusieron, me pareció que lo tenía al alcance de la mano. Nos cambiará la vida, Karen. Puede que no ahora mismo, pero sí en un par de años; se acabarán las preocupaciones y el estar economizando todo.

Ella sonrió ante su optimismo.

—Siempre tendremos preocupaciones. Con niños y una familia, siempre las hay.

—Pero no serán preocupaciones económicas —insistió.

Ella le apretó la mano.

—Creo que, por fin, estoy empezando a creerlo —lo miró a los ojos incapaz de parar de sonreír—. Tengo una noticia.

Él se rio al ver su expresión.

—¿Y de dónde la has sacado?

—Me lo ha contado Helen. Luego se lo contará a los demás, pero creo que no pasa nada porque te lo diga yo ahora.

Elliott la miró con curiosidad.

—Parece que son buenas noticias, ¿no?

—Tú dirás —contestó añadiendo una dramática floritura—. Dexter se jubila y va a cerrar el gimnasio en cuanto el vuestro esté en marcha. Puede que incluso antes.

Tardó como un minuto en asimilar la noticia, pero al instante se le iluminaron los ojos. La levantó en brazos y le dio vueltas; después la dejó en el suelo y su alegría dio paso a la consternación.

—¿Pero qué va a hacer ahora? Nunca había pensado en echarlo del negocio en el que lleva años. Yo iba allí a hacer ejercicio cuando era el único sitio del pueblo. Era cutre y algo asqueroso, pero él es un buen tipo.

—No te preocupes —le aseguró—. Al parecer, quiere irse a Florida con su mujer y jugar al bingo. Todos le estáis dando esa oportunidad. Es un beneficio no intencionado de vuestros planes.

Elliott se rio.

—Eso sí que me gustaría verlo, Dexter y un puñado de ancianas jugando al bingo.

—Tal vez algún día, cuando el dinero no sea un problema, podríamos hacer las maletas e ir a visitarlo con los niños —propuso, dándose cuenta que era un gran paso para ella mirar al futuro y considerar la posibilidad de irse de vacaciones—. No me importaría ver el océano del Golfo de México.

—¡Y podemos llevar a los niños a Disney World! —añadió él con entusiasmo—. Imagínate cuánto se divertirían.

—No se lo digas aún porque, si no, no pararán hasta que vayamos —le advirtió, aunque no podía dejar de sonreír ante otro sueño que no podría haberse atrevido a imaginar hacía semanas.

Por primera vez en mucho tiempo, vio que, como le había recomendado Helen, estaba mirando al futuro ilusionada en lugar de apoyarse en el pasado con consternación.

De vuelta de la reunión del comité de padres, Adelia no pudo evitar desviarse unas calles para pasar por delante de la casa de la amante de Ernesto. Y, por supuesto, allí estaba su coche. Verlo tiñó de amargura su buen humor.

—Bueno, tú lo has querido, ¿no? —murmuró para sí. ¿Por qué se había torturado así? ¿Es que era masoquista? ¿Se había convencido de algún modo de que esta vez podría ser distinto, que había vuelto a casa para honrar sus votos matrimoniales? Pero estaba claro que él no había hecho ninguna de esas promesas, lo que significaba que siempre había estado engañada.

Conteniendo las lágrimas, entró en casa y fue directa a la cocina para cenar algo. Unos minutos más tarde, Selena la encontró allí rindiéndose a las lágrimas.

—Está allí otra vez, ¿verdad? —le preguntó Selena furiosa—. ¿En casa de esa mujer?

Impactada, Adelia se giró hacia su hija.

—¿Qué sabes de todo eso?

—Lo he visto. Es ahí donde se ha estado quedando. Fui la otra noche y vi su coche —dijo con tono desafiante—. Sé que estaba castigada, pero tenía que saberlo. Si quieres castigarme para siempre, me da igual.

Pero en lugar de eso, Adelia la abrazó con fuerza.

—Oh, mi niña, tú no deberías saber estas cosas. Lo siento mucho.

—Pero las sé, ¡y lo odio!

—Shh. Es tu padre. No lo odias.

No, porque era ella a la que le tocaba lidiar con el odio

y con esa desastrosa situación que él había creado. Gracias a Dios que sus otros hijos eran demasiado pequeños para haber descubierto tanto como la observadora Selena.

—¿Va a venir?

—No lo sé —le respondió Adelia con sinceridad.

—¿Tengo que quedarme a la mesa si viene? —le preguntó la niña con gesto suplicante.

Adelia suspiró, cediendo a su norma de que la familia debía comer junta sin ninguna excepción.

—No. Si tu padre viene esta noche, puedes irte a tu habitación y te llevaré una bandeja.

Y después se pasaría el resto de la noche intentando pensar en la forma de que Ernesto y ella hicieran las cosas bien por sus hijos.

Cuando Frances llegó al centro de mayores del pueblo, que irónicamente antes había sido una funeraria, había mucho revuelo en el salón donde jugaban a las cartas. Los pocos hombres que estaban allí parecían estar arremolinados alrededor de la mesa de aperitivos, mientras que las mujeres estaban en una esquina mirando muy mal a Flo y Liz, que eran las únicas sentadas en la mesa.

Frances ocupó su sitio y asintió hacia los demás.

—¿Por qué está todo el mundo tan histérico?

Liz intentó adoptar una expresión solemne, pero no pudo evitar reírse.

—Jake Cudlow le ha pedido salir a Flo —respondió mientras Flo permanecía en silencio.

—¡Oh, Dios mío! —exclamó Frances entendiendo las implicaciones que eso conllevaba. Desde la muerte de su esposa dos años atrás, a Jake se le había considerado el gran partido del centro de mayores. Todas las viudas estaban prendadas de él, pero hasta el momento, él las había ignorado rotundamente, había acudido solo a las fiestas y había respondido con poco más que una educada gratitud al desfile de comida que las mujeres no dejaban de prepararle y ofrecerle.

—¿Y cómo te sientes siendo la elegida? —le preguntó a Flo conteniendo la risa.

—Como si de pronto me hubiera convertido en la ramera del pueblo —le respondió su amiga con acritud—. Yo no he pedido esto. ¿Acaso he llevado alguna olla de comida a casa de ese hombre? ¿He flirteado con él? No. No me interesa. Nunca me ha interesado. No me interesaba cuando teníamos dieciséis años y no dejaba de pedirme salir en el instituto.

Frances no pudo aguantarse más y se echó a reír con Liz, que ya ni se molestaba en controlar su regocijo.

—Me parece que está protestando demasiado —dijo Frances.

—Eso me parece a mí.

—¿Significa esto que lo has rechazado? —preguntó Frances.

—Sí —y mirando al otro extremo de la habitación añadió—: ¿Pero crees que eso ha cambiado algo para esas viejecillas? Están actuando como si les hubiera robado a ese hombre. Y está claro que me están culpando de que no haya venido esta noche, pero resulta que yo sé que no ha venido porque se ha ido a Charleston con Mavis Johnson, que no es tan exigente como yo a la hora de salir con un hombre.

—Me parece que es otro ejemplo más de que hacerse la dura funciona mejor que flirtear descaradamente —dijo Liz—, y hay quien podría pensar que esa es también tu estrategia.

—Pues no es así —respondió Flo indignada—. Jake no es mi tipo y os aseguro que no le he roto el corazón. Se ha ido con Mavis y ha pasado la noche fuera con ella, ¿no?

—¿Y quién es tu tipo exactamente? —le preguntó Liz conteniendo una sonrisa.

—Siempre he pensado que un hombre que tenga sus propios dientes y pueda caminar sin andador —bromeó Frances.

Flo las miró a las dos y sacudió la cabeza esbozando por fin una sonrisa.

—Tengo el listón un poco más alto que eso. No me importaría mantener una conversación inteligente de vez en cuando o, incluso, darme unas vueltas por una pista de baile.

—Creía que así fue como te rompiste la cadera —comentó Liz.

—Fue en un baile country, pero te entiendo. Puede que mi agilidad esté un poco perjudicada. Debería aceptarlo, pero ya he renunciado a mis tacones y es lo máximo a lo que estoy dispuesta a transigir de momento.

—Vale, pues ya que ni Liz ni yo buscamos un hombre —dijo Frances mirando a Liz y esperando a que asintiera—, entonces no somos competencia. Así que, dinos, ¿quién de Serenity te atrae?

—¿Además de Elliott?

—Ya está reservado y es demasiado joven —contestó Frances—. Prueba de nuevo.

—Me imaginaba que dirías eso —contestó Flo acercándose un poco más a ellas—. Prometedme que no diréis nada a nadie. Si Helen se entera, es probable que mi estirada hija me encierre.

—Ni una palabra —prometió Liz.

Frances se hizo la señal de la cruz sobre el corazón.

Aparentemente satisfecha, Flo dijo:

—He estado viéndome con Don Leighton.

—¿El de la oficina de correos? —preguntó Liz con los ojos como platos—. Debe de ser diez años más joven que tú.

—Doce en realidad —respondió Flo con una sonrisa—. Hemos ido a algunas salas de Columbia. Ese hombre puede bailar country como un jovencito.

—¿Es lo único que habéis estado haciendo? —preguntó Frances con descarada curiosidad. Aunque hacía años que a ella no se le pasaba por la cabeza la idea de tener relaciones sexuales, conocía a Flo lo suficiente como para saber que su amiga seguía interesada en el tema.

Flo se sonrojó.

—Esa es la parte que mataría a Helen del susto. Cuando le mencioné que me había olvidado una caja de preservativos en la mesilla al irme de mi piso en Boca Ratón, por poco le da un infarto. Así que pensar que he estado teniendo relaciones aquí mismo, prácticamente delante de sus narices, la espantaría.

—Me imagino —dijo Liz algo ofendida, pero sonriendo—. ¡Qué suerte tienes!

Frances se giró hacia ella.

—¿Te da envidia?

—Y tanto —respondió Liz suspirando—. Aunque no es nada probable que un hombre vuelva a ver este viejo cuerpo decrépito.

—Estoy contigo —dijo Frances con sentida emoción.

—¡Vamos, apagad las luces y no os preocupéis por nada! —les aconsejó Flo—. ¿Es que os pensáis que los hombres de nuestra edad están mejor que nosotras como Dios los trajo al mundo?

Frances contuvo una carcajada, pero al final fue incapaz de no soltarla. Al momento, Liz y Flo hicieron lo mismo.

—No sé vosotras dos, pero se me han quitado las ganas de jugar a las cartas esta noche —dijo Frances—. Si os interesa, tengo un bote de helado buenísimo en casa.

—Me apunto —dijo Liz de inmediato.

—¡Vamos! —añadió Flo con ganas—. Creo que si nos pasamos por Sullivan's, puedo sacarles unos cuantos brownies para acompañar ese helado. Erik siempre me aparta algunos, que Dios lo bendiga. Es una de las ventajas de que tu yerno sea repostero.

—¿Quién necesita a los hombres cuando tenemos helado y brownies? —dijo Frances y se quedó asombrada cuando sus amigas la miraron con incredulidad.

—No es lo mismo —apuntó Liz.

—Ni por asomo —añadió Flo.

Frances se limitó a sacudir la cabeza. Tal vez parecía una loca, pero últimamente el dulce era el mayor capricho que podía darse al cuerpo.

Sin embargo, lo mejor de esa noche era que ni Flo ni Liz habían dicho una sola palabra de que fuera al médico. Qué alivio, sobre todo con lo mucho que se había temido otra discusión con ellas. Por el contrario, habían compartido risas y, ¿no era esa la mejor medicina?

Elliott llevaba un tiempo evitando a su madre. Bueno, la veía los domingos y cuando recogía a los niños por la tarde, pero con tanta gente alrededor, no había surgido el momento de que lo interrogara para preguntarle por el estado de su matrimonio. Karen le había puesto al tanto de la charla que le había tocado a ella y, como parecía que su mujer se había mantenido firme, no había sentido la necesidad de regañar a su madre por haberse entrometido, y menos aún cuando esa conversación generaría un montón de preguntas que no quería responder.

Se creía que había sido muy listo al evitarla, pero sabía que no había hecho más que posponer lo inevitable cuando un día en el gimnasio alzó la mirada y la vio dirigiéndose hacia él con un brillo de determinación en la mirada. Dudaba que estuviera allí para matricularse en las clases para mayores.

—Perdone —le dijo educadamente a su clienta—. ¿Le importaría que hablara un momento con mi hijo?

Terry Hawthorn puso cara de alivio y dijo:

—Tómese su tiempo. Me vendrá bien recuperar el aliento.

Elliott la miró frunciendo el ceño.
—No si haces otro circuito de pesas mientras tanto.
La mujer suspiró.
—Torturador.
—Entrenador —le contestó él y, a regañadientes, siguió a su madre hasta el jardín trasero—. ¿Te apetece un zumo en la cafetería? ¿O una magdalena?
—No he venido a comer. Has estado evitándome, Elliott Cruz. Vas y vienes, pero nunca estás más de dos segundos en la misma habitación. ¿Por qué? —no esperó a su respuesta y añadió—: Porque no quieres oír lo que tengo que decirte sobre solucionar los problemas que haya en tu matrimonio.
—Porque esos problemas, si es que los hay, son entre mi mujer y yo. Somos nosotros los que tenemos que resolverlos.
—¿Y lo que yo piense no importa?
—Lo que tú pienses siempre me importará, pero no eres tú la que tiene que solucionar mi matrimonio.
—Entonces, sí que hay que solucionar algo —concluyó con tono triunfante.
—Yo no he dicho eso. Mamá, por favor. Para. Soy adulto. Estoy enamorado de mi mujer y, gracias a Dios, parece que ella también me ama. Tendremos altibajos, pero interferencias externas no nos ayudarán a solucionarlos.
—Karen no se mostró tan reacia a escucharme —farfulló.
—Porque quiere complacerte. Te respeta como mi madre, pero créeme, le hace tan poca gracia como a mí que te entrometas.
—Hay quien a eso le llamaría «preocuparse».
Él suspiró.
—Sé que es lo que pretendes, de verdad que sí, pero por favor, mamá, déjanos tranquilos.
—No sé qué está siendo de este mundo cuando los hijos

no valoran la sabiduría de su propia madre. Primero Adelia y ahora tú. Rechazáis mis consejos.

Elliott frunció el ceño.

—¿Has hablado con Adelia?

—Por supuesto. Hasta yo puedo ver que esa situación es una tragedia esperando a suceder. Pero tu hermana me dice que no me meta.

—¿Y la has escuchado?

—Claro que no. Estoy preocupada. Eso es lo que hacemos las madres. Nos preocupamos de la felicidad de nuestros hijos y de nuestros nietos, que se verán afectados por cualquier decisión precipitada que se tome.

Elliott podía ver en sus ojos lo preocupada que estaba y cómo no se estaba molestando en ocultarlo. Se preguntó si sabría cómo estaba tratando Ernesto a Adelia. Lo dudaba, porque de ser así, ya le habría desmembrado ella solita. Le resultaba más cómodo pensar que Adelia y Karen eran las culpables si sus matrimonios tenían problemas. Años siendo manipulada por su padre para pensar así le habían enseñado quién solía tener la culpa.

—Mamá, estoy vigilando a Adelia. Si necesita ayuda, sabe que la tiene, no solo por mi parte, sino por parte de toda la familia. Quiere solucionar las cosas por su cuenta y tenemos que respetarlo —por mucho que le estuviera costando, él estaba accediendo a hacerlo.

Su madre lo miró asustada.

—¿Tan mal están las cosas?

—Bastante mal —respondió con cautela—. Tú solo asegúrate de que sepa que la apoyas, mamá. No la juzgues, solo escúchala. Eso es lo que Adelia necesita de verdad.

—Nunca me ha gustado Ernesto, pero ella lo eligió y no hubo forma de hacerle cambiar de opinión. Y, claro, luego había que pensar en el bebé y entonces ya era demasiado tarde. Después vinieron más bebés, uno después de otro —se encogió de hombros—. Parecía feliz.

—Creo que lo era —dijo Elliott, aunque no podía evitar preguntarse cuánto tiempo hacía que su hermana no vivía un momento de felicidad o satisfacción en su matrimonio.

Su madre se levantó más angustiada de lo que había llegado.

—Perdona por haberte interrumpido en el trabajo. Me parecía importante que habláramos.

Él la besó en la mejilla.

—Me alegra que hayas venido y siento que hayas pensado que he estado evitándote.

—Es que estabas evitándome, pero no pasa nada. A veces olvido que eres un hombre adulto más que capaz de resolver sus propios problemas.

—Y cuando no pueda resolverlos, acudiré a ti, mamá. Lo prometo.

—Será mejor que me vaya. Quiero hacer pan de jengibre para los niños y no tardarán en volver del colegio.

—Gracias por tratar a Daisy y a Mack como si fueran de la familia.

Ella lo miró sorprendida.

—Son de la familia.

Y Elliott sabía que, independientemente de los problemas que pudiera tener con Karen, eso era cierto. Daisy y Mack eran de la familia. Ahora él solo deseaba poder tenerlo siempre tan claro.

Capítulo 12

Karen estaba tomándose un descanso en la cocina de Sullivan's el sábado después de un turno de almuerzos de locura cuando la puerta trasera se abrió y Elliott entró seguido de Mack. Su hijo solo tenía siete años, pero era grande para su edad con un cuerpo robusto y fuertes piernas. Aún tenía la sonrisa traviesa de cuando era más pequeño y esos ojos llenos de emoción.

—¿Adivina qué? —gritó al correr para abrazarla.

—¿Qué? —preguntó ella riéndose ante su euforia.

—Elliott y yo hemos ido al parque y había niños jugando al rugby y Elliott me ha dicho que yo también puedo jugar. ¿No es el mejor, mamá? Es solo rugby sin placaje para los niños pequeños y hasta hemos hablado con el entrenador. He practicado como los niños grandes y jugaré el primer partido la semana que viene, ¿vas a venir? —estaba dando brincos mientras le daba la noticia.

Karen miró a su marido.

—¿Rugby? ¿Sin consultármelo? —añadió en voz baja.

Elliott se encogió de hombros.

—Lo he llevado al parque y al ver a los niños entrenar ha dicho que quería jugar. Travis, Tom y Cal están entrenando a los equipos y dicen que podría jugar con los pequeños. Ya le has oído, es rugby sin placaje, es para niños.

—Esa no es la cuestión —dijo con tirantez y sin querer iniciar una discusión delante de Mack ni acabar con la evidente alegría del niño. Últimamente parecía que lo único que hacía era pisotear el entusiasmo de su familia.

—Mamá, hasta voy a tener uniforme si encuentran patrocinadores para el equipo —dijo Mack tirándole de la manga para captar su atención—. A lo mejor Sullivan's podría patrocinarnos. Se lo puedes preguntar, ¿verdad?

Pero imaginando que Karen preferiría comer barro antes que hacerlo, Elliott intervino rápidamente.

—Mamá no tiene por qué hacerlo, colega. Recuerda que el señor Sullivan ha dicho que podría solucionarlo.

—Ah, sí —respondió Mack y echó un vistazo a su alrededor—. ¿Erik ha hecho galletitas hoy? Sus galletas con pepitas de chocolate son las mejores.

Karen se rio a pesar de su enfado. No tenía ni idea de qué ingrediente usaría Erik en su masa de galletas, pero eran mejores que las suyas, o incluso que las de María Cruz, y ya se encargaba su traicionero hijo de recordárselo.

—Creo que ha guardado unas pocas por si venías —le dijo a Mack revolviéndole el pelo antes de ir hacia el alijo secreto que Erik siempre tenía a mano para los niños que entraban y salían de la cocina. Volvió con dos—. Aquí tienes, chiquitín. Y cuando hayas terminado de pringarte de chocolate, asegúrate de que Elliott te mete en la bañera al llegar a casa. Parece que hayas estado jugando en una pocilga.

Mack sonrió.

—Jugar al rugby no es divertido si no te ensucias —apuntó y abrió los ojos de par en par—. ¡A lo mejor hasta me corto y me tienen que dar puntos! A Timmy Marshall tuvieron que darle seis puntos cuando lo tiraron al suelo.

Hablaba como si eso fuera una placa de honor que deseara con todas sus fuerzas. Estaba claro que pasaba por alto el dato de que para dar puntos hacían falta agujas, algo que detestaba.

Karen suspiró. Había esperado que pasaran unos cuantos años más antes de que las tendencias atléticas de su hijo tiraran hacia uno de los deportes más brutos. ¿Por qué no se lo había mencionado a Elliott? Debería haber imaginado que su marido pensaría que el rugby era una forma perfecta de que su hijo de siete años pasara las mañanas de los sábados. Ahora ella se pasaría esos días con el corazón en un puño hasta que viera que Mack volvía a casa sin un rasguño.

Elliott no había empezado el día con la intención de apuntar a Mack a rugby, pero no se había resistido cuando el niño le había expresado su interés. Él no había jugado con ninguna liga formal a su edad, pero sí que había salido con niños que estaban obsesionados con ese deporte. Se había llevado su buena ración de golpes y moretones a la edad de Mack y lo veía como parte del crecimiento de un niño.

Suspiró pensando en el gesto de Karen cuando su hijo le había hecho el gran anuncio. Estaba claro que no compartía su opinión y él sabía que lo que había hecho le traería consecuencias.

Cuando había dejado a Mack en casa de su madre para poder ir a atender a las clientas de la tarde, vio a Cal en el despacho de Maddie. Llamó a la puerta, que estaba abierta.

—¿Tenéis un minuto?

Maddie levantó la mirada de los papeles que tenía sobre la mesa.

—Claro, ¿qué pasa?

—A Karen no le ha hecho gracia que hayas apuntado a Mack al equipo de rugby —supuso Cal de inmediato, lanzándole una compasiva mirada.

Maddie se mostró asombrada.

—¿Le has apuntado sin consultárselo? Tiene siete años, ¡por favor!

—Pero quería jugar —dijo Elliott a la defensiva.
—Tiene siete años —repitió Maddie.
Cal se rio.
—Está claro que eso es cosa de madres. Los padres están deseando apuntar a sus hijos a todos los deportes que encuentran.
—Porque parece que se os olvida que esas cabecitas no están hechas de cemento —contestó Maddie disgustada.
—Llevan cascos —le recordó Cal—. Y es rugby sin placaje.
—Pero, aun así, pueden sufrir conmociones cerebrales. Doy gracias al cielo por que a Ty solo le interesara el béisbol y que a Kyle no le gustara ningún deporte.
Cal le sonrió.
—Pero ahora tenemos un hijo que probablemente se hará profesional con los Halcones o puede que con las Panteras de Carolina —dijo refiriéndose a su hijo pequeño.
—Muérdete la lengua —le contestó Maddie con ganas—. Si nuestro bebé muestra algún interés en jugar al rugby en el instituto, me lo pensaré.
—Los buenos jugadores empiezan a jugar en primaria y algunos empiezan en la Liga Peewee.
—Pues entonces nuestro hijo será un niño corriente —le contestó con gesto desafiante—. En este tema estoy con Karen.
Elliott escuchó la conversación extrañamente aliviado.
—¿De verdad crees que lo que le ha molestado es que Mack sea demasiado pequeño para jugar al rugby?
—Claro —respondió Maddie mirándolo aturdida—. ¿A qué creías que se debía?
—Aún no tengo muy claras cuáles son las reglas que tengo que seguir como padrastro —admitió—. Creía que estaba furiosa porque pensaba que yo no tenía derecho a tomar esa decisión.
Maddie sacudió la cabeza.

—Eres un padrastro fantástico y Karen lo sabe. Si quieres saber mi opinión, creo que ha sido por haber tomado una decisión estúpida, no por no tener derecho a hacerla.

Cal se rio.

—Mi mujer, la diplomática.

Elliott sonrió a pesar de su estado de ánimo.

—Ey, quería saber su opinión. No tenía por qué endulzármela.

—¡Como si yo fuera a hacerlo! Eso no va conmigo.

—Doy fe de ello —dijo Cal guiñándole un ojo—. Es uno de los rasgos que adoro en ti, al menos casi todo el tiempo.

Lo miró pensativa.

—Bueno, casi has salido del agujero que tú mismo te has cavado hace un minuto. Sigue así. ¿Qué otros rasgos te encantan de mí?

Elliott salió por la puerta.

—Puede que eso sea demasiada información para mis tiernos oídos. Gracias por vuestra opinión.

—De nada —murmuró Maddie aunque ya estaba distraída porque Cal se había acercado y estaba susurrándole a saber qué al oído. Pero lo que fuera le había sacado a Maddie una sonrisa y una mirada que Elliott reconocía demasiado bien. Sin duda ese hombre sabía cómo encandilar a su mujer. Tal vez debería aprender alguna lección.

—Le has apuntado sin ni siquiera decírmelo —se quejó Karen con un susurro esa noche—. Creía que habíamos quedado en que hablaríamos de estas cosas.

Elliott frunció el ceño ante sus palabras.

—Me vendría bien que me aclararas algunas cosas. ¿Esto es por la posibilidad de que Mack pueda hacerse daño jugando, que es por lo que creía que habías objetado, o por no habértelo consultado?

—Por las dos cosas, pero sobre todo es un problema porque yo soy su madre y yo decido lo que puede y no puede hacer —le dijo sin pensar en las implicaciones de esas palabras.

Solo cuando vio el dolor que se reflejó en los ojos de Elliott se dio cuenta de que estaba actuando muy mal. Parecía como si lo hubiera abofeteado. Por muy furiosa que estuviera, la reacción de Elliott estaba totalmente justificada, pero antes de poder disculparse, él ya se había puesto de pie.

—Ya entiendo —dijo en voz baja y fue hacia la puerta—. Tengo que irme. Volveré en un par de horas.

Asombrada de que se marchara en mitad de una discusión, lo miró y dijo:

—¿Te marchas?

—Si no, los dos vamos a decir cosas que no queremos. Vamos a tomarnos un descanso. Y como imagino que no quieres dejar solos a «tus» hijos, soy yo el que tiene que irse.

Oír su desacertado comentario pronunciado con tanto dolor en la voz de Elliott hizo que todo su enfado se esfumara. Corrió tras él y lo alcanzó justo cuando Elliott salió.

—Lo siento —dijo totalmente arrepentida—. No pretendía decir eso. Eres un padre maravilloso en todos los sentidos.

—Pero tu eres la madre biológica —le contestó con frialdad—. Está claro que no debo olvidarlo.

Ella cruzó el porche y al rozar su brazo sintió la tensión en sus hombros.

—Lo siento muchísimo.

Elliott suspiró.

—Está claro que tenemos que trabajar mucho más en nuestra comunicación, cariño. No podemos seguir haciéndonos daño de este modo.

—Tienes razón. ¿Podemos hablar de esto en otro momento? Frances se quedará con los niños mañana por la noche. Prepararé una cena especial y hablaremos. Tenemos que decidir cómo vamos a manejar esta clase de situaciones cuando surjan.

Elliott la miró fijamente.

—Lo que tenemos que decidir es qué papel desempeño con tus hijos. No quiero ser una figura paterna que solo es poco más que una niñera de vez en cuando.

—Por supuesto que no. Tú nunca has sido eso.

—Y tenemos que solucionar todo esto antes de que nos planteemos tener un hijo. No podemos aplicar unas normas para nuestro hijo y otras para Daisy y Mack.

—Estoy de acuerdo.

La miró fijamente.

—Antes de que cenemos mañana, tal vez deberías pensar en si me permitirías adoptar a los niños. Su padre lleva años sin aparecer. Creo que Helen podría arreglar los papeles, si quieres. Sé que sí que es lo que yo quiero. Llevo mucho tiempo diciéndotelo, pero cada vez que saco el tema me ignoras.

Karen lo miró sorprendida.

—Siempre he pensado que al hablar de ello lo hacías de manera hipotética. Supongo que no me daba cuenta de cuánto significaría para ti. Debería haberlo entendido.

—Es duro ser el extraño de la familia.

Karen estaba asombrada de saber que lo había hecho sentir así.

—Jamás he pretendido que te sintieras así. Eres más padre de los niños de lo que nunca fue Ray. Así es cómo te ven. Lo sabes.

—¿Y tú?

—Yo también lo veo así —insistió.

—Pues no lo parecía hace dos minutos.

—Lo sé y lo siento mucho. He hablado sin pensar.

—¿Sabes qué es lo más irónico? Que Maddie casi me

había convencido de que solo estabas molesta porque eres madre y las madres tienen ese miedo arraigado a que sus niños se hagan daño jugando al rugby, pero está claro que yo tenía razón. Me parece que tiene más que ver con el hecho de que no tengo derecho a decidir nada cuando se trata de los niños.

Ella lo miró extrañada.

—¿Has hablado de esto con Maddie?

—Sí —respondió con aire desafiante—. Quería otro punto de vista y Cal y ella estaban allí cuando he llegado al spa. Tienen experiencia con el tema de los padrastros.

—¿Y no deberías hablar conmigo de esas cosas en lugar de con nuestros amigos? —preguntó consciente de que no estaba siendo razonable. Estaba claro que tenía que hablar con sus amigos y pedirles consejo, sobre todo cuando ellos habían pasado por situaciones similares.

—Lo habría hecho, pero estabas enfadada y no quería empeorar las cosas, y menos cuando estabas en el trabajo. Quería comprender cuánto me había equivocado —se encogió de hombros—, pero está claro que no me ha servido de nada, porque ha sido Maddie la que se ha equivocado. Todo esto es por mí.

La miró a los ojos.

—¿Sabes? Si Ray estuviera en vuestras vidas, esto no sería ningún problema para mí porque me mantendría al margen si pensara que comportarme como un padre iba a perjudicar a su relación con sus hijos. Pero no es el caso. ¿Qué piensas de que adopte a los niños? Y quiero la verdad, Karen.

—Supongo que no he pensado en ello —admitió—. Creía que las cosas estaban bien como están. Saben que los quieres.

—Pero también saben que tú eres la verdadera figura de autoridad.

Karen frunció el ceño.

—Eso no es verdad. Te escuchan.
—Solo cuando tú no estás. Mira, esto no tiene por qué pasar, pero creo que podría ser importante para ellos ver que los quiero como si fueran míos y que podría aclarar la situación en cuanto a quién tiene que tomar las decisiones o imponerles disciplina. Lo haremos conjuntamente. Puede que esto no importe ahora que son pequeños, pero la adolescencia no está tan lejos, al menos para Daisy, y entonces sí que podría importar.

Ella entendía lo que quería decir.

—Hacerlo conjuntamente está bien —dijo de inmediato y sabiendo que no solo Elliott tenía razón, sino que ella había sido injusta al sugerir lo contrario—. Sé que no me he expresado bien antes, pero eso es exactamente lo que quiero decir. Tenemos que hablar de las cosas y decidirlas juntos. No hablo de comprar helado después del colegio o regañarlos por portarse mal. Tenemos que estar de acuerdo en las cosas más importantes.

Elliott asintió.

—Como el rugby.

—Como el rugby.

—¿Vas a insistir en que Mack no juegue?

Por mucho que quería hacerlo, porque solo tenía siete años, no decepcionaría a su hijo ahora que estaba tan emocionado con la idea. Y tampoco quería socavar la autoridad de Elliott y darle la razón actuando como si sus decisiones no contaran.

—No, pero si vuelve a casa con cortes, moretones o huesos rotos, ten cuidado —le advirtió.

—Tomo nota —respondió él con seriedad.

Volvió a entrar y la rodeó con sus brazos.

—A lo mejor algún día dejamos de discutir tanto por estas cosas.

Ella le acarició la mejilla y se relajó por primera vez desde que había empezado la discusión.

—Cuento con ello.
—¿Y hablaremos sobre la posibilidad de que los adopte formalmente?

Ella asintió. No sabía por qué había estado mostrando reticencia a dar un paso que les daría a sus hijos una gran estabilidad, pero sabía que eso era lo que había estado haciendo. Había creído que él solo hablaba en teoría porque eso era lo que la había convenido. Tenía que averiguar por qué había sido tan reacia y entonces tal vez Elliott, ella y los niños podrían dar el paso para convertirse en una familia totalmente unida.

Karen se quedó sorprendida cuando, unos días más tarde, Raylene llamó a la puerta de la cocina de Sullivan's, y entró con gesto de disgusto.

—Sé que te prometí que me pasaría a tomar un café hace unas semanas, pero mi vida ha sido una locura. ¿Aún sigue en pie la oferta?

—Claro que sí. Y has elegido una mañana fantástica. Erik ha hecho café y se ha marchado a comprar unas cosas. Dana Sue tardará una hora en volver.

Sirvió dos tazas de café y le indicó que tomara asiento en una butaca al lado de su puesto de trabajo.

—Espero que no te importe, pero tengo que adelantar trabajo para el almuerzo. Aunque puedo hablar mientras troceo esto. ¿Qué ha pasado que te ha mantenido tan ocupada?

—Carter ha estado haciendo un montón de turnos imposibles en la comisaría. Aunque ahora es el jefe de policía de Serenity, sigue haciendo turnos patrullando. Sus hermanas están metidas en todas las actividades del instituto, así que, adivina quién las lleva y las trae y se sienta con el público y aplaude cuando tienen actuaciones.

—Es un gran cambio comparado con cómo estabas hace un par de años. ¿Te va bien?

—Sinceramente, quitando alguna que otra punzada de pánico cuando salgo por la puerta, estoy llevando muy bien tanto ajetreo. Cuesta creer que hubiera una época en la que me aterrorizaba poner un pie fuera de casa —se encogió de hombros—. Ayuda que mi loco y maltratador ex esté por fin encerrado y por mucho tiempo esta vez.

—Imagino que eso debe de haber sido un gran alivio. No sé qué haría si a Ray se le pasara por la cabeza volver a Serenity. No es que fuera un maltratador, pero aún me queda mucho odio y rabia por el modo en que me abandonó y me dejó sumida en todos esos problemas económicos.

—¿Has vuelto a saber algo de él? ¿Te pregunta por los niños?

Karen negó con la cabeza.

—Es como si no existieran —pensó en el papel que estaba desempeñando Raylene con las hermanas pequeñas de Carter—. ¿Puedo hacerte una pregunta?

—Claro.

—¿Te ha costado asumir qué papel debías adoptar con las hermanas de Carter?

Raylene se quedó pensativa.

—Fue difícil al principio, cuando empezamos a salir y no sabía adónde iría nuestra relación. Sabía que Carrie necesitaba mucho una influencia femenina en su vida, pero no quería pasarme de la raya. A veces había situaciones incómodas —sonrió—. Pero ahora las dos me ven como una hermana mayor, creo, y Carter y yo solucionamos las cosas juntos. A lo mejor si Carter fuera su padre, en lugar de su hermano mayor y tutor legal, sería más complicado, pero estamos adaptándonos a manejar las cosas.

Miró a Karen fijamente.

—¿Por qué me lo preguntas? ¿Tiene Elliott problemas adaptándose al papel de padrastro?

—La verdad es que es fantástico —admitió—. Soy yo la que parece tener problemas para adaptarme a tener una pareja de verdad que comparte la responsabilidad de criar unos hijos. Sin pretenderlo, lo he hecho sentirse como si no tuviera ni voz ni voto.

—Pues eso no está bien. ¿Y tienes idea de por qué has estado haciendo eso?

Karen sacudió la cabeza.

—No dejo de darle vueltas, y no le encuentro motivos. Hasta quiere adoptarlos oficialmente, pero yo me he estado conteniendo.

—¿Podría ser porque aún te da miedo que las cosas no funcionen con Elliott? —especuló Raylene con delicadeza—. Eso podría hacer que fueras cauta a la hora de darle un papel legal y permanente en vuestras vidas.

Karen frunció el ceño ante tan inesperada sugerencia, pero, por desgracia, todo sonaba demasiado plausible. Después de que Ray la hubiera hundido, después de haber solucionado todo aquel desastre, ¿estaba pensando que no quería tener que enfrentarse a todas las repercusiones si Elliott y ella no lograban sacar adelante su matrimonio?

—Espero que no. Quiero que este matrimonio funcione más que nada en el mundo. No es solo porque no quiera otro fracaso, sino porque sé lo afortunada que soy de haber encontrado a un hombre como Elliott, que es honrado, amable y encantador. Pero cada vez que tenemos algún bache, sí que me entra el pánico, eso está claro.

—Entonces puede que sea eso lo que te tiene conteniéndote, pero si crees que negarte a que Elliott adopte a los niños los protegería si terminarais divorciándoos, estás engañándote. Sus vidas y emociones ya están entrelazadas. Lo único que estás haciendo tú es privarlos de saber que su padrastro los quiere de forma tan incondicional que quiere hacerlo legal.

Karen asintió lentamente, viéndolo todo desde una nueva perspectiva. Tal vez no estaba preparada del todo a dar ese último salto de fe, pero sabía que tenía que llegar ahí, no solo por sus hijos, sino también por ella.

Había pensado que casarse con Elliott bastaba para demostrar su compromiso, pero ahora veía que tenía más pasos que dar antes de que estuviera completamente volcada en su matrimonio. Era un descubrimiento inesperado que, con tantos altibajos como estaban teniendo últimamente, no podía haber llegado en peor momento.

Adelia entró en el despacho de Ernesto en la empresa de construcción que había fundado con dos socios y con la que había tenido un gran éxito a pesar de los pésimos pronósticos económicos de los últimos años. Pasó por delante de su secretaria saludándola simplemente con la mano. Vio a la mujer fruncir los labios de disgusto, pero la ignoró.

Cuando entró, Ernesto estaba al teléfono recostado en la silla y con sus caros zapatos sobre el enorme escritorio que ella le había ayudado a elegir cuando le había decorado el despacho de modo que anunciara a gritos su éxito a cualquiera que entrara. Sabía que la primera impresión era importante en una empresa que estaba empezando.

Mientras él terminaba, se movió de un lado a otro de la sala y, finalmente, se sentó en un sillón de piel frente al escritorio cuando colgó.

—Qué sorpresa —dijo él con expresión neutral—. ¿Qué te trae por aquí?

—Tenemos que hablar —le respondió con la determinación que había estado acumulando de camino allí.

—¿No sería mejor mantener nuestras conversaciones personales en casa?

—Lo sería si estuvieras allí alguna vez y si nuestros hijos no pudieran escucharlo todo. Selena ya está demasiado disgustada con lo que está pasando.

—¿Es que nos ha escuchado a escondidas? ¿Pero qué le pasa a esa niña?

—No le pasa nada. Tiene doce años y entiende que

nuestras peleas no pueden significar nada bueno —lo miró con dureza—. Además, no ayuda que lo sepa todo sobre tu última amante.

Él tuvo la gentileza de mostrarse desconcertado al oírlo.

—¿Cómo? ¿Por qué se lo has contado? —le preguntó furioso—. ¿Es que quieres destrozar mi relación con ella?

—No le he contado nada. Te ha visto con esa mujer. ¿Qué te esperabas cuando te has liado con alguien que vive a unas calles de tu casa? ¿No sabías que podrían pillarte, o es que es lo que querías? ¿Esperabas que me sintiera tan humillada como para acabar abandonándote?

Él se quedó perplejo por sus duras palabras.

—Siempre has sabido lo de las otras mujeres. Daba por hecho que comprendías que era el precio que tenías que pagar por vivir en esa casa enorme y tener todo lo que necesitas.

Adelia lo miró preguntándose cómo era posible que se hubiera creído enamorada de ese hombre tan insensible y egoísta.

—Te crees lo que estás diciendo, ¿verdad? ¿Crees que una casa grande y unos cuantos lujos compensan que te traten como si no valieras nada?

—No es que no valgas nada —le dijo con vehemencia—. Eres la madre de mis hijos.

—Y ya está —le contestó con desaliento aceptando que su papel había quedado reducido a poco más que una cuidadora de sus hijos—. Estás dándole un ejemplo terrible a tu hijo, Ernesto. No quiero que crezca pensando que es aceptable que un hombre trate a una mujer así, con tan poco respeto. Y no quiero que él y sus hermanas me vean como la clase de mujer que encuentra aceptable ese comportamiento.

—¿Qué se supone que quiere decir eso?

—Quiere decir que espero que pases las noches en tu casa, que espero que hagas honor a la promesa que hiciste el día que nos casamos. Si eso significa que pasemos el resto de nuestras vidas viendo a consejeros matrimoniales, pues eso será lo que haremos. Pero no seguiremos así.

—¿Y si digo que no? —le preguntó, convencido de que ella no tenía ningún recurso y que solo se estaba tirando un farol para intentar hacerlo cambiar.

—Pues entonces agarraré a mis hijos y te abandonaré —le dijo mirándolo fijamente—. Y te sacaré cada centavo que pueda para asegurarme de que a nuestros hijos no les falte de nada. No he hablado con Helen Decatur-Whitney, pero estoy segurísima de que tengo pruebas suficientes para que un tribunal me dé todo lo que pida.

Él golpeó la mesa con el puño.

—¡No habrá divorcio! Tu madre te hará entrar en razón.

—No cuentes con eso —le dijo con suavidad—. Siempre me preocupaba mucho lo que dijera mi madre, pero ella no está viviendo esta mentira en la que se ha convertido nuestro matrimonio. Yo sí. ¡Y ya estoy harta!

Antes de que él pudiera responder, se levantó y salió. Solo al llegar al coche se dio cuenta de cuánto estaba temblando, pero por primera vez en años sentía que, muy poco a poco, volvía a respetarse.

Capítulo 13

Elliott se sentía como si llevara años fuera de casa. Al salir del gimnasio, se había pasado la tarde con algunos de los otros trabajando en la reforma del nuevo local. Iban avanzando, pero saber que les debía dinero a sus socios estaba pudiendo con él, y no es que estuvieran presionándolo, pero cuanto antes empezaran a hacer dinero, mejor.

Además tenía la presión añadida de intentar no mostrarle su preocupación a Karen, que se pondría como loca si se enterara del dinero que les debía a sus socios, por mucho que ellos estuvieran más que dispuestos a dejarlo pasar hasta que abrieran las puertas y empezaran a obtener beneficios.

Se tomó un descanso, dejó de colgar paneles de yeso y sacó una botella de zumo de la nevera que habían instalado en lo que más adelante sería la pequeña cafetería. Era una nevera profesional que le habían comprado a Dana Sue que, muy oportunamente, había decidido que era hora de adquirir una más grande y nueva para Sullivan's. Podía ver la diestra mano de Ronnie a la hora de hacer el trato con su mujer.

En ese momento llegó Travis y se sentó con él. El antiguo deportista convertido en propietario de emisora de radio country estaba cubierto de polvo, pero nunca lo había visto tan feliz.

—Esto ya empieza a tomar forma, ¿verdad?

Elliott se encogió de hombros.

—Aún me cuesta imaginármelo lleno de los equipos nuevos. Ahora mismo solo veo un enorme espacio vacío —señaló a su alrededor—, y aún no estoy muy convencido de lo de la cafetería. ¿A los hombres les importan estas cosas?

Travis sonrió.

—Bueno, estás aquí tomándote algo, ¿no?

—Pero porque estoy... cansado y sudoroso y tengo calor, igual que cualquiera que haya estado haciendo ejercicio —sonrió al darse cuenta de que así era como se sentirían sus clientes después de haber hecho un buen entrenamiento.

Travis levantó su botella a modo de brindis.

—¡Exacto! Creo que tenemos que confiar en Maddie para este tipo de cosas. Y Dana Sue no lo llenará de comida para chicas como las magdalenas y ensaladas que venden en el spa. Creo que está pensando en algo más masculino, pero saludable.

—Hablando de comida, podría tomarme algo ahora mismo. ¿Crees que alguien más querría pedir pizza?

—Ronnie ya ha ido a por ellas. En cuanto me tome una porción, tengo que volver a la emisora. Salgo en antena en una hora.

—La emisora va bien, ¿verdad?

—A pesar de las pésimas predicciones de mi primo Tom, sí —dijo sonriendo—. Aún hay sitio en el mundo para una radio local. He tenido anunciantes desde que salimos al aire. Sarah y yo no nos haremos ricos, pero podemos vivir cómodamente. Es todo lo que le pido a la vida, eso y que nuestros hijos estén sanos.

Elliott se vio tentado a preguntarle cómo se había adaptado a lo de ser padrastro, sobre todo cuando el ex de Sarah trabajaba para él en la emisora y estaba cerca todo el tiempo. Por el contrario, decidió centrarse en el tema del gimnasio aprovechando que Travis se marcharía enseguida.

—¿Has hablado con Maddie sobre la emisión de los anuncios en cuanto tengamos la fecha de apertura oficial? —le preguntó Elliott.

—No solo hemos hablado, sino que ha logrado bajarme a la mitad mis precios —dijo Travis impresionado—. Aún sigo intentando averiguar cómo lo ha hecho. Empecé teniendo el control de la reunión y al momento ya estaba firmando un trato que me volvió loco cuando miré las cifras después.

Elliott se rio.

—Es buena. Tengo que admitir que me alegro de haber dejado parte del negocio en sus manos. Por cierto, algún día de estos tenemos que sentarnos a pensar en un nombre para el local. No podemos llamarlo «el anti-Dexter's».

Travis se rio.

—Pero seguro que eso atraería a muchos clientes. ¿Ya habéis encargado todo el equipo?

—Y nos lo entregarán dentro de tres semanas —le confirmó Elliott antes de mirar dudoso hacia la sala principal—. ¿Qué probabilidades hay de que estemos listos para entonces?

—Ronnie dice que lo estaremos y él sabe de construcción. Dice que Mitch Franklin tiene los trabajos de fontanería y electricidad previstos para mañana, así que a finales de semana deberíamos tener los vestuarios y las duchas casi listos. Los últimos retoques y la pintura deberían llevarnos un suspiro si todos colaboramos.

«Debería», pensó Elliott. Aunque eso significaba que en un futuro inmediato no podría pasar mucho tiempo de calidad con su mujer y los niños.

Frances estaba sentada en una mesa en Wharton's disfrutando de un auténtico batido de chocolate hecho con leche y helado de verdad, como a la antigua usanza, cuando

Grace Wharton se sentó enfrente. Grace tenía reputación de saber más sobre lo que pasaba en Serenity que cualquiera del pueblo y no le importaba difundir las noticias que llegaban a sus oídos.

—Eres amiga de Elliott Cruz, ¿verdad? —le dijo sin preámbulos.

—Claro. Karen, él y los niños son como mi familia.

—¿Qué sabes del gimnasio que va a abrir en Palmetto?

—Solo que será mucho mejor que Dexter's —dijo y añadió—: Sin ofender —porque sabía que Grace y Dexter eran amigos desde hacía años. Por eso todos en el pueblo conocían a Dexter y hasta lo apreciaban a pesar de pensar que había dejado que su gimnasio se convirtiera en un lugar cutre y ruinoso.

Grace se encogió de hombros ante la innegable verdad de su comentario.

—¿Y sabes cuánto van a cobrar por la matrícula? —preguntó mirando de reojo a su marido. Neville Wharton era el farmacéutico que dirigía el departamento de droguería de Wharton's—. Estoy pensando que le vendría bien algo de ejercicio de vez en cuando —añadió en voz baja.

—¿Tienes pensado regalárselo por su cumpleaños? —preguntó Frances sonriendo al imaginarse la reacción de Neville ante semejante regalo. Él se enorgullecía de poder entrar en su traje de boda, aunque la triste verdad era que hacía años que no podía abrocharse esos pantalones, según le había contado Grace a todo el que la había escuchado.

Grace se puso derecha.

—Eso es lo que pretendo. Nada expresa más amor que un regalo con el que recuperar la salud, ¿no crees?

—No estoy del todo segura de que tu marido lo vea así —dijo Frances con delicadeza—. ¿Cómo te habrías sentido tú si te hubiera regalado la matrícula de The Corner Spa?

Grace se detuvo.

—Insultada, imagino, aunque no me habría importado

un bono regalo para alguno de esos masajes que dan allí. ¡Esas cosas sí que me quitan los nudos de la espalda después de todo un día de pie aquí!

Frances sonrió al imaginarse a Grace subiéndose a la mesa de masajes y dejándose mimar por aceites esenciales y masajes. No era algo que se hubiera esperado de una mujer tan llana y rústica.

Grace le guiñó un ojo.

—Y, además, mientras he estado allí, me he enterado de muy buenos cotilleos.

Frances se rio.

—Entonces está claro que vale la pena pagar lo que cueste. En cuanto al gimnasio, ¿por qué no le digo a Elliott que te traiga un folleto? Estoy segura de que los tendrán un día de estos. O puedo traértelo yo la próxima vez que venga.

Grace asintió.

—De acuerdo. Y ahora dime, ¿cómo te encuentras?

—Genial.

—¿De verdad? Sé que algunos han estado preocupados de que no estés al cien por cien.

Frances, que hacía solo unos segundos había estado animadísima, se vino abajo. Sabía que una vez se desataban los rumores en Serenity, tomaban vida propia, sobre todo si Grace se hacía con ellos. Miró indignada a su amiga.

—Bueno, pues diles a todos esos, sean quienes sean, que acabas de verme y que estoy en perfecta forma.

Grace pareció desconcertada al ver su apenas disimulado mal genio.

—Bueno, claro que lo haré —le agarró la mano—. Sabes que todo el pueblo te quiere. Solo están preocupados, Frances, no es una acusación ni nada parecido. Nadie piensa que estés acabada, te lo prometo.

Racionalmente, Frances lo entendía, pero dado todo lo que había pasado últimamente, se sentía más bien como si la estuvieran juzgando y eso no le gustaba. No le gustaba lo más mínimo.

Con todas las horas de más que Elliott estaba pasando en el gimnasio para prepararlo, Karen apenas lo había visto últimamente. Siempre les había costado sacar tiempo para estar juntos, pero era aún peor ahora.

Al terminar su turno en Sullivan's, llamó a María Cruz y le pidió que se quedara con los niños por la noche. Después preparó comida para dos y fue al gimnasio. Sería la primera vez que lo veía desde que los hombres habían empezado con la reforma.

Elliott estaba colgando paneles de yeso cuando entró; los músculos de su espalda y sus brazos estaban tensos y marcados. Con una capa de sudor sobre su piel oliva, era una imagen digna de ver, pensó mientras lo observaba con placer. En ese momento, él miró atrás por casualidad y la vio.

—¿Disfrutando de las vistas? —bromeó.

Ella fingió sorpresa.

—Ah, ¿eres tú? Creía que estaba devorando con la mirada a un extraño extraordinariamente sexy. Se me ha acelerado el corazón.

Él cruzó la habitación y la besó en la frente.

—¿Y por qué tienes que comerte con la mirada a extraños, cariño?

—Bueno, ya sabes, resulta que mi marido pasa mucho tiempo fuera de casa últimamente y estoy empezando a ponerme nerviosa.

Elliott se rio.

—Puede que no sea el lugar apropiado para compensarte por ello —le dijo mirando a su alrededor—. Demasiadas terceras partes interesadas.

Vio la bolsa que llevaba encima.

—¿Es comida de Sullivan's?

Karen asintió.

—Por desgracia solo he traído para los dos. Me temo que los demás no van a tener suerte hoy.

Ronnie miró hacia ellos y vio los envases de Sullivan's.

—¿Por qué no ha venido mi mujer con comida para llevar? —gruñó con gesto de diversión—. Es la dueña del restaurante.

—Lo cual significa que tiene que quedarse allí y ocuparse de los muchísimos clientes que tiene —le recordó Karen y girándose hacia Elliott, añadió—: ¿Hay algún sitio donde podamos tener algo de intimidad? Me sentiré culpable si comemos delante de todos estos hombres que se están muriendo de hambre.

—Pues no deberías. Acaban de zamparse tres pizzas familiares.

—¿Y tú también? —le preguntó decepcionada.

—He tomado un poco, pero ya sabes que soy un pozo sin fondo, y eso que traes huele de maravilla. Podemos sentarnos fuera en las escaleras del porche. Hace una noche muy buena, o al menos la hacía la última vez que he salido a tomar aire fresco.

—Hace una noche preciosa —le confirmó siguiéndolo afuera.

Cuando Elliott metió la mano en la bolsa, ella lo observó. A pesar de todas las horas que llevaba trabajando, se le veía bien. Estaba claro que la ilusión de abrir el negocio pesaba más que todo el estrés y el esfuerzo necesarios hasta la inauguración.

—¿Qué tal ahí dentro?

—¿De verdad quieres saberlo?

—Claro que sí. Si a ti te importa, a mí me importa. ¿Vais dentro del plazo previsto?

—Ronnie dice que sí, yo tengo mis dudas.

—¿Y eso qué quiere decir? —le preguntó frunciendo el ceño.

—La apertura podría ser una o dos semanas después de lo que habíamos pensado, pero siempre hay fallos técnicos cuando se está abriendo un negocio. Tom y los demás dicen que no hay nada de qué preocuparnos.

Ella no pudo refrenar el escalofrío que la recorrió y tampoco pudo evitar preguntar:

—¿Estáis dentro del presupuesto?

Elliott puso mala cara ante la pregunta.

—Karen...

—No me mires así. Es una pregunta razonable.

—Pero no es asunto tuyo —dijo y se sonrojó al instante—. Lo retiro. Claro que es asunto tuyo, porque hemos invertido nuestros ahorros en esto, pero tienes que confiar en que todo irá bien.

—¿Me lo contarías si hubiera algún problema? —y por el modo en que él desvió la mirada, pudo ver que no—. ¡Elliott!

—Sí, claro —terminó diciendo—. Si hubiera algún problema que pudiera afectar a nuestra economía, te lo diría. Pero ahora no pasa nada parecido —la miró fijamente—. Te lo juro.

Sabía que tenía que fiarse de su palabra. Le debía ese nivel de confianza. No podía seguir minándolo al cuestionar cada pequeña decisión que tomara, por mucho que le costara mantenerse callada.

—De acuerdo. Con eso me vale.

Él suspiró y la miró fijamente.

—¿Lo dices de verdad o siempre que se trate de dinero pasará lo mismo?

—Lo estoy intentando —le dijo deseando poder prometerle que estaba superando por fin todo ese miedo arraigado.

Elliott la observó detenidamente y después dejó escapar un suspiro lentamente.

—Lo sé, pero cariño, tienes que saber que siempre cuidaré de ti y de nuestra familia.

Aunque sabía que quería reconfortarla, y casi lo había logrado, Karen también podía oír lo que se parecía al tono condescendiente de su padre, el orgulloso proveedor de todas las cosas importantes. Y eso hizo que un escalofrío le recorriera la espalda.

—Elliott, prométeme algo —dijo con seriedad.

—Lo que sea.

—Nunca sientas que tienes que ocultarme cosas. Aunque sea malo, tengo que saberlo. No necesito que me protejas o me dejes al margen. Puedo enfrentarme a lo que sea, siempre que no me pille de sorpresa.

—Yo nunca te haría eso —le respondió algo indignado.

Ella asintió, pero lo cierto era que los dos sabían que lo haría. Era la forma de actuar de los hombres Cruz. Lo que veían como protección y ocuparse de las cosas, Karen lo veía como una actitud condescendiente. Se preguntaba si Elliott y ella alguna vez se pondrían de acuerdo en eso.

—Necesitamos pasar un día en familia —anunció Elliott durante el desayuno el domingo—. Ya le he dicho a mi madre que no iremos a comer hoy.

Karen lo miró con la boca abierta, impactada.

—¿Vas a dejar plantada a tu madre? ¿Cuándo te has vuelto tan valiente? —bromeó.

—No es valentía, es desesperación. Necesitamos pasar algo de tiempo juntos. Vamos a meter las cosas en el coche y nos vamos a la playa.

Aunque Daisy y Mack saltaron de alegría, Karen no podía acabar de creerse el plan.

—¿Vas a tomarte un día libre de verdad? ¿Ahora, con todo lo que hay que hacer en el gimnasio?

—Desde que empezó la reforma no hemos pasado nada de tiempo juntos en familia y los chicos han dicho que me daban el día libre. Es lo bueno de trabajar con ese grupo de amigos. Comprenden la importancia de la familia. Todos estamos trabajando en dos sitios básicamente, así que hemos ido haciendo turnos para que podamos pasar algún rato en casa. Hoy me toca a mí, aprovechando que los niños y tú también tenéis el día libre.

—¿Y tenemos el día entero para nosotros? —preguntó ella sin poder creérselo aún, pero por fin empezando a ilusionarse—. ¿Qué te ha dicho tu madre?

—Que ya era hora de que me tomara un descanso. Me ha llamado tres veces en las últimas dos semanas diciéndome que estaba trabajando demasiado.

Karen sonrió.

—¡Viva mamá Cruz!

Elliott se rio.

—Voy a decirle que, por una vez, le agradeces que se haya entrometido.

—Y es verdad. Pero me hará más ilusión decírselo yo misma —se giró hacia los niños—. Corred a meter un bañador, una toalla y los juguetes o libros que queráis en vuestras mochilas. Nos vamos… —se giró hacia Elliott—. ¿Cuándo?

—En media hora.

Ella frunció el ceño.

—Pero eso es muy pronto. Creía que podría hacer pollo frito y ensalada de col para llevarnos.

—No. Compraremos el almuerzo allí. Perritos calientes para los niños y un montón de gambas picantes para nosotros. ¿Qué te parece?

—Caro —respondió ella sinceramente, aunque por una vez se negó a preocuparse por el dinero—. Y maravilloso. Venga, chicos, daos prisa. Creo que Elliott está impaciente por ponerse en camino.

El trayecto hasta la costa de Carolina del Sur fue largo y con los niños cada vez más impacientes por llegar al océano. Solo habían estado allí una vez, y hacía mucho tiempo, así que Karen dudaba que Mack lo recordara, aunque insistía en que sí, sobre todo para molestar a Daisy, que no dejaba de decirle que había sido demasiado pequeño cuando habían ido.

—¡No es verdad! —gritó el niño.

—Eras un bebé —le dijo Daisy.

—¡Mamá! —protestó Mack.

Karen se giró.

—Si seguís discutiendo, Elliott dará media vuelta y volveremos a casa.

Daisy y Mack se lanzaron miradas de enfado, pero al menos se quedaron callados.

Karen se acercó a Elliott y le susurró:

—Creo que estoy casi tan impaciente como ellos. Esto es todo un regalo. Gracias por pensar en esto.

—Todos nos lo merecemos. Quiero que seamos una familia que genere muchos recuerdos que podamos almacenar. ¿Has traído la cámara?

—Claro.

Una sonrisa esperanzada cruzó el rostro de Elliott.

—¿Y te has puesto el biquini?

—No —respondió y se rio ante su expresión de decepción—. ¡Pero me lo he traído!

—Verte con él será más que suficiente para alegrarme el día.

Según se acercaban a la costa, Karen pudo oler la sal en el aire y sentir la suavidad de la brisa. Era totalmente distinto a Serenity. Incluso antes de que el dulce aroma a coco pudiera entremezclarse, ya solo el perfume del aire inspiraba relajación, vacaciones y diversión, algo que durante su vida había escaseado. Ahora se daba cuenta de que debería haber tomado la costumbre de hacer esa clase de viajes por el bien de los niños. Elliott tenía razón. Era la clase de cosa que creaba los buenos recuerdos de la infancia.

En cuanto Elliott había aparcado, los niños bajaron del

coche. Llevaban los bañadores debajo de la ropa, así que se fueron directos hacia la playa para elegir sitio mientras Karen iba al vestuario a cambiarse. Avergonzada de todas las estrías que se le veían cuando se ponía en biquini, se cubrió con una de las camisetas de Elliott y después fue a la orilla a reunirse con ellos.

—¡Ya viene mamá! —gritó Mack, llenando un cubo de agua y corriendo hacia ella, claramente con intención de empaparla.

—Ni te atrevas —le dijo ella cuando levantó el cubo, pero sus risas no hicieron más que animarlo a lanzarle el agua.

—Te has metido en un buen lío —le gritó Daisy riéndose mientras Karen echaba a correr detrás de su hijo. Pero Elliott la agarró y la metió en el agua helada.

Tanto Daisy como Mack tenían los ojos como platos cuando su madre salió a la superficie y se quedó mirando a su marido, que no se molestaba en intentar controlar su alegría.

—No has podido hacerme esto.

Elliott se rio.

—¡Pues yo creo que está claro que sí! La pregunta es, ¿qué vas a hacer tú?

En respuesta, ella se metió bajo el agua, le agarró del tobillo y lo hundió. Lo había logrado únicamente porque lo había pillado desprevenido, pero la cara de impacto que sacó al salir del agua no tuvo precio.

—Ahora estamos empatados —dijo mientras los niños se metían en el agua para acompañarlos riéndose y gritando por lo frío que estaba el océano.

—Me gusta más la piscina de la tía Adelia —apuntó Mack temblando—. Está caliente.

—Porque es climatizada, tonto —le contestó Daisy.

—No le llames tonto a tu hermano —dijo Karen, aunque no tenía muchas ganas de regañarlos en un día como ese—. Mack, si tienes frío, vuelve a la manta y arrópate con una toalla. El sol te calentará enseguida.

—Pero quiero quedarme con vosotros —protestó, aunque se le estaban poniendo los labios azules y estaba temblando.

—Yo voy contigo, colega —dijo Elliott yendo hacia la playa con él.

Daisy se giró hacia Karen.

—Mamá, se te ve feliz.

Karen sonrió.

—Estoy feliz —y en ese momento se preguntó cómo la vería normalmente su hija—. Estoy feliz todo el tiempo, ¿es que no te lo parece?

—Sobre todo desde que te casaste con Elliott. Antes de eso te veía triste o asustada. Y ahora a veces también.

—Los mayores tenemos muchas cosas en la cabeza y algunas son tristes. Otras hacen que nos preocupemos. Pero lo importante es que tú, Mack y Elliott y nuestra vida juntos es lo que me ha hecho más feliz en mucho tiempo.

Daisy se mostró aliviada.

—Me alegro. No quiero que vuelvas a divorciarte. Mack y yo queremos a Elliott y nos encanta tener una gran familia con muchas tías y tíos y primos y una abuela que hace galletas.

—¡Ey, yo también hago galletas! —protestó Karen bromeando.

—Pero no tan buenas como las de la abuela Cruz o las de Frances —se quedó pensativa y añadió—: O como las de Erik.

Karen sabía que probablemente debía sentirse insultada, pero ¿cómo iba a estarlo cuando había tanta gente en su vida que estaba preocupándose de sus niños, colmándolos de regalos y mostrándoles tanto amor? Durante demasiados años había estado sola, asustada y abrumada por las preocupaciones económicas. Necesitaba tomarse algo de tiempo para recordar, de vez en cuando, lo lejos que había llegado.

Y también necesitaba darse algo de reconocimiento por haber llegado hasta ahí principalmente sola, a pesar de haber sido con el apoyo de un increíble círculo de amigas que seguía aprendiendo a apreciar y en quien confiar. Independientemente de las crisis que la estuvieran aguardando, resultaba reconfortante saber que jamás tendría que enfrentarse a ellas sola.

Capítulo 14

Después de una larga mañana en la playa, los niños estaban empezando a agotarse por la mezcla de sol, chapoteos y agua salada. Elliott propuso que buscaran un restaurante que Dana Sue le había recomendado y que después se marcharan a casa, ya que al día siguiente había colegio.

—No —protestó Mack, aunque apenas podía mantener los ojos abiertos—. Quiero nadar y nadar y nadar.

—Te pones azul cada vez que te metes al agua —dijo Daisy—. Y lo único que haces es quejarte de que está fría.

—¡Pero es súper divertido! —dijo entusiasmado.

Elliott sonrió.

—¿Y tú, pequeña? ¿Te has divertido?

Ella asintió.

—Estoy deseando contárselo a Selena. Se va a poner celosa. Ernesto nunca los lleva a la playa —y como si se hubiera dado cuenta de que había tocado un tema delicado, añadió—: Bueno, a lo mejor no debería decirle nada.

—Creo que puedes contarle a Selena lo bien que lo has pasado —le dijo Elliott—, pero tal vez podrías preguntarle si le apetecería venir la próxima vez. Así no se sentirá como si la estuvieras dando de lado o como si estuvieras restregándole algo que ella no puede hacer.

A Daisy se le iluminó la mirada.

—¿Habrá una próxima vez? ¿Y podrá venir? —preguntó emocionada.

Elliott se giró hacia Karen.

—¿Tú qué crees?

Karen asintió.

—Creo que hemos empezado una nueva tradición familiar. Siempre que tengamos tiempo para una salida especial, esto será lo que haremos. ¿Trato hecho?

Elliott sonrió ante los gritos de entusiasmo que venían del asiento trasero. Habían necesitado un día así, solos los cuatro, así que lo que fuera que les hubiera costado en tiempo y dinero bien había merecido la pena. Esperaba que Karen lo entendiera para que pudieran hacer más salidas sin que ella estuviera sopesando los gastos y las recompensas.

Ya en el restaurante, los niños apenas pudieron terminarse la comida antes de empezar a esforzarse por mantener los ojos abiertos. Sin embargo, los ojos de Karen seguían brillando de deleite como hacía tiempo que no los veía brillar.

—Ha sido un buen día, ¿verdad?

—Sí, y ha sido un buen recordatorio de lo importante que es dejar atrás nuestras preocupaciones de vez en cuando. Nos seguirán esperando mañana, pero después de esto no nos resultarán tan desalentadoras. Llevo tanto tiempo siendo prudente que había olvidado cómo era no serlo. Gracias por enseñarme que podemos encontrar el modo de tener algo de equilibrio.

Elliott asintió con satisfacción.

—Pues entonces he logrado mi objetivo. Te he puesto una sonrisa en los labios y algo de color en las mejillas.

—Y tanto que lo has hecho —dijo antes de acercarse para besarlo—. Gracias.

Casi de inmediato ella pinchó otra gamba y la estudió como si estuviera en un laboratorio.

—¿Qué especias crees que han usado? Están deliciosas.
Elliott se rio.
—Sabía que no podrías aguantar toda la cena sin preguntarte eso.
—Soy muy predecible, ¿verdad?
—En el mejor sentido, y por eso he hablado con la gerente mientras los niños y tú estabais en el baño —se sacó un trozo de papel del bolsillo y lo sostuvo lejos de ella sugerentemente—. Es la lista de especias del chef.
Ella lo miró asombrada.
—¡Estás de coña! —dijo emocionada e intentando agarrarla—. La mayoría de los chefs no divulgan sus secretos.
—Pero este tiene un libro de cocina y todo está ahí. La encargada me ha hecho una copia de la página cuando le he explicado lo mucho que te gustan las recetas.
—Sabía que tu encanto me vendría bien algún día —bromeó, intentando una vez más agarrar el papel.
—Todavía no. ¿Cuál es mi recompensa?
Karen lo agarró de los hombros y le dio un beso que hizo que le hirviera la sangre.
—No ha estado mal.
Su mujer frunció el ceño ante esa menos que entusiasta opinión.
—¡Pero si ha sido un beso excelente! —protestó.
—¿Adónde nos llevará cuando lleguemos a casa?
Ella se rio.
—No sabía que esto fuera una negociación. En ese caso, imagino que podríamos pensar en algo que sea mutuamente satisfactorio.
—De acuerdo —dijo él entregándole el papel.
Al instante se vio inmersa en la lista de especias y mordiéndose la punta de la lengua. Con el ceño fruncido de concentración, se la veía tan deliciosa que él necesitó todo el comedimiento que le quedaba para no llevarla a sus bra-

zos y besarla de nuevo, aunque con la promesa que había hecho aún revoloteando por sus oídos, podía esperar un poco más.

Pero eso no evitó que se diera prisa en pagar la cuenta, meter a los niños en el coche y ponerse en carretera. Y si, además, hacían el viaje de vuelta un poco más deprisa... bueno... en esa ocasión la velocidad estaría justificada. Después de todo, ¿quién sabía cuál sería la recompensa cuando Karen descubriera que le había comprado el libro completo del chef?

Adelia había perdido la última pizca de paciencia que le quedaba con Ernesto. Su visita a su despacho no había conducido a nada más que, tal vez, a que él se mostrara más desafiante que nunca. Estaba claro que en ningún momento se había creído que ella fuera a poner fin a su matrimonio. Y lo cierto era que, por muy desesperada que estuviera en reclamarse respeto por sí misma, no estaba segura de poder hacerlo.

Solo imaginarse las consecuencias que tendría en su familia ya era desmoralizante, eso sin mencionar lo que pasaría si Ernesto lograra darle la vuelta a la tortilla en los tribunales y pudiera librarse de toda obligación de pasarles una pensión a ella y a sus hijos. Nunca había tenido un trabajo de importancia y, aunque no la asustaba el trabajo duro, adaptarse a un horario de trabajo después de ser madre y ama de casa sería una transición complicada. No podía evitar pensar que estaría tratando mal a sus hijos, y a pesar de eso sabía que había otras familias en las que todo parecía bien aunque la madre trabajara fuera. No tenía más que fijarse en Elliott y Karen, por ejemplo.

Sabía que tenía que pedir una cita con Helen Decatur-Whitney, que tenía la reputación de hacer que sus clientas salieran ganando en casos como ese, pero eso haría que la posibilidad del divorcio fuera una demasiado real. En cierto nivel nada realista, seguía pensando que su marido entraría en razón. Sin embargo, hasta el momento no había señales de que eso fuera a pasar. O no le importaba, o estaba contando con que ella se mantuviera fiel a su creencia de conservar el statu quo, lo cual le venía muy bien porque le proporcionaba la excusa perfecta para no comprometerse con ninguna de esas mujeres que pasaban por su vida.

En algunos aspectos, lo peor de todo era no tener a nadie en quien confiar. A su madre la descartaba, y también a sus hermanas y a Elliott. Pensó en Karen, que en más de una ocasión se había ofrecido a escucharla sin juzgarla ni decir nada, pero después de cómo se había comportado con su cuñada antes de que Elliott y ella se hubieran casado, solo la idea le resultaba embarazosa. Aun así, podría terminar siendo su mejor opción, ya que estaba claro que Karen era la única dentro de la familia que tenía experiencia con un divorcio.

Ojalá hubiera mantenido a alguna de sus amigas del instituto, pero una vez había empezado a salir con Ernesto, había centrado su vida alrededor de él y más tarde alrededor de sus hijos. Ahora veía qué gran error había cometido. Tenía muchos conocidos gracias a su trabajo en el voluntariado, pero nadie a quien se sintiera unida lo suficiente como para estar dispuesta a confiarle sus miedos y secretos más profundos.

—Lo que necesito —decidió una mañana después de que los niños se hubieran marchado al colegio— es un empleo.

Un empleo a tiempo parcial sería la transición perfecta por si las cosas pasaban al siguiente nivel y solicitaba el divorcio. De pronto deseaba la sensación de independencia que le proporcionaría. Sin embargo, expresar ese pensamiento en alto fue tan impactante que tardó un minuto en asimilar que se lo estaba planteando. Era licenciada en Empresariales, aunque el diploma estaba lleno de polvo y sus recuerdos de los trabajos de clase tan sumidos en el pasado que no estaba segura de que contaran. ¿Quién la contrataría en base a eso? ¿Qué pondría en su currículum? ¿Que había participado en docenas de comités y que trabajaba como voluntaria en la biblioteca?

¿Y quién la contrataría en Serenity hoy en día? La crisis económica había sacudido al pueblo al igual que a todas partes, a pesar de los mejores esfuerzos del administrador municipal, Tom McDonald, por revitalizar la zona centro de la comunidad. La emisora de radio country de su primo Travis y la boutique de Raylene eran los negocios más nuevos de Main Street y dudaba que alguno de los dos quisiera contratar a alguien y que, en ese caso, ella estuviera capacitada para el trabajo. Pensar en su falta de aptitudes combinada con la falta de oportunidades resultaba desalentador y le hizo agarrar un pedazo de la tarta que había preparado esa mañana.

Por desgracia, ese era otro hábito que había adquirido: comer para aplacar su frustración. Aún tenía casi diez kilos de los embarazos, a pesar de que su hija más pequeña ya estaba en segundo curso.

—Bueno, no puedo pasarme el día aquí sentada comiendo tarta —se dijo apartando el plato con cara de asco. Tenía que hacer algo positivo, algo que la animara, algo que pudiera controlar, ya que era evidente que por el momento el destino de su matrimonio era algo que se escapaba a su control—. Debería estar haciendo ejercicio —dijo por mucho que la espantaba la idea. Nunca había entendido la fascinación de su hermano por sudar. Sin embargo, ¿cuántas veces le había sugerido que hacer ejercicio ayudaba a liberar estrés? ¿No era eso lo que necesitaba tanto como perder esos kilos de más? Tal vez, ya que se ponía, hasta se daría el capricho de un masaje y un tratamiento facial. Al menos así si al final abandonaba a Ernesto, estaría en plena forma y podría mirarlo por encima del hombro cuando se marchara.

Veinte minutos más tarde entraba en The Corner Spa. Estaba vacilando en la recepción cuando Maddie Maddox salió de su despacho y sonrió al verla.

—Eres la hermana de Elliott, ¿verdad? ¿Adelia?

Adelia asintió.

—¿Has venido a verlo? Creo que está con una clienta, pero se quedará libre en un minuto.

—La verdad es que quería apuntarme y ver si tenéis un entrenador personal además de mi hermano para que trabaje conmigo. Dejar que Elliott esté mandándome podría ser más de lo que puedo soportar.

Maddie se rio.

—Lo entiendo, y puedo atenderte con la matrícula. Jeff Matthews es nuestro otro entrenador, y estoy segura de que estaría encantado de incluirte en su agenda. ¿Qué te parece si te dejo los papeles que hay que rellenar y voy a buscarlo?

Dejó a Adelia con los formularios en un despacho que olía a lavanda y a otros aromas que parecían tener un efecto relajante en ella. No podía estar segura de si era eso, o el hecho de estar dando un paso positivo, lo que la estaba haciendo sentirse mejor.

Veinte minutos más tarde se había matriculado para seis meses, había quedado con Jeff a la mañana siguiente para su primera clase y se había reservado un masaje para después. Estaba saliendo de allí cuando Elliott la vio y se la quedó mirando asombrado.

—Ey, hermanita, ¿qué haces aquí?

—Me he apuntado —le dijo pensando que le haría ilusión que por fin hubiera dado ese paso que tanto tiempo llevaba recomendándole—. Y Jeff va a trabajar conmigo.

Elliott frunció el ceño.

—Si hubiera sabido que estabas interesada, te habría incluido en mi agenda gratis.

—No quería eso.

Él sonrió.

—¿Es que tu hermano pequeño te asusta?

—Tienes reputación de torturador, pero no ha sido por eso.

—¿Entonces por qué?

—Me daba miedo que te diera pena de mí y me dejaras salirme con la mía cuando no me apeteciera hacer algo. He pensado que si pago a Jeff, le escucharé. Necesito alguien que me lo ponga difícil.

—Bien pensado. Y Jeff sabe lo que se hace —la miró con preocupación—. ¿Te importaría decirme qué ha provocado esto? ¿Ernesto no te habrá dicho nada sobre tu peso, verdad?

—Últimamente, Ernesto no me dice nada —dijo antes de poder evitarlo y se estremeció al ver la inmediata expresión de enfado de Elliott. Alzó una mano antes de que él pudiera responder—. No me hagas caso. Tenía una mala mañana y he decidido que quería hacer algo positivo. Eso es todo.

—¿Tengo que…?

—¿Hablar con mi marido? —terminó interrumpiéndolo—. Rotundamente no.

—Pero si te está faltando al respeto…

—Los dos sabemos que lo está haciendo y que no va a cambiar. Solo tengo que pensar en lo que voy a hacer al respecto. Y ahora, por favor, vamos a dejar el tema, ¿vale?

—Solo digo que…

De nuevo, ella lo interrumpió, en esta ocasión dándole un beso en la mejilla.

—Entendido. Gracias por ofrecerte a ayudarme, pero voy a enfrentarme a esto sola.

Aunque a él no parecía hacerle mucha gracia, cedió.

Ella forzó una sonrisa.

—He oído que Karen, los niños y tú os fuisteis el domingo a pasar el día a la playa. Mamá estaba encantada,

por raro que parezca. No se quejó ni una vez de que no fuerais a comer.
—Creo que entendía que lo necesitábamos. La próxima vez deberíais venir los niños y tú. Estar al aire libre bajo el sol fue único. Daisy y Mack se lo pasaron genial.
—Eso le ha contado a Selena.
—¿Selena no se habrá molestado, verdad?
—No. Es más, vino a casa encantada porque Daisy le dijo que la próxima vez podía ir con vosotros. Me ha hecho darme cuenta de que tengo que empezar a mirar por mis hijos. Creo que me preocupo mucho de ellos, pero con todo lo que ha estado pasando en casa... —se encogió de hombros—. Tiene que estar pasándoles factura, aunque por ahora la única que parece estar enterándose es Selena. Está furiosa y me preocupa lo que pueda hacer. Ya sabes lo rebelde que es. ¿Y si algún chico muestra interés por ella y comete alguna locura para llamar la atención?
La expresión de Elliott volvió a llenarse de preocupación. Como único hombre de los hermanos, consideraba su deber cuidar no solo de sus hermanas, sino también de sus hijos, tal como habría hecho su padre si siguiera vivo.
—¿Has hablado con ella del tema?
—No exactamente, pero le he dicho que no puede pensar en el sexo hasta que tenga, al menos, treinta —dijo sonriendo—. Sé que es ilusorio, pero a lo mejor si lo digo muy a menudo entenderá lo serio que es. Está claro que yo no lo entendí.
—¿Crees que te habrías casado con Ernesto aunque no te hubieras quedado embarazada?
Adelia pensó en la pregunta cuidadosamente.
—Es más que probable. Estaba loca por él. No tenía ni idea de que las cosas acabarían así.
Estaba claro que por entonces, Ernesto no había sido un infiel en serie o, si lo fue, lo había ocultado muy bien, aunque eso no era algo que Adelia quisiera compartir con su

protector hermano. Probablemente, Elliott ya sabía todo lo que estaba pasando, aunque ella no iba a confirmárselo, porque entonces se vería obligado a hablar con Ernesto y nada bueno podía salir de eso.

—Nos vemos mañana —le dijo a su hermano—. Y puede que quieras advertir a Jeff de que en gimnasia soy un pato.

Él sonrió.

—¿Sabes una cosa? Dentro de un mes serás adicta.

—¡Y tú, querido hermano, eres un soñador!

Tendría suerte si no caía agotada después de la primera sesión y no volvía a aparecer por allí.

Karen estaba empezando a acostumbrarse a las visitas diarias de Raylene. Nunca duraban más de unos minutos, lo suficiente para una taza de café y una rápida conversación, pero por primera vez en su vida sentía que tenía una amiga de verdad. Y, lo mejor de todo, había descubierto que tenían mucho en común.

Las dos habían tenido relaciones problemáticas con sus madres. En el caso de Raylene, su madre se había marchado y, tal como ella entendía ahora, había dado muestras de la misma agorafobia que ella había sufrido y que la había tenido confinada en casa. La madre de Karen había sido alcohólica y se había negado a ver el devastador efecto que la bebida estaba teniendo en ella y en su hija.

Las dos vivieron en familias con hijos de matrimonios previos, aunque la situación no era la misma. Y las dos habían superado serios problemas psicológicos y habían luchado por llegar a tener vidas plenas y normales.

—Cuando echas la mirada atrás un año, ¿te puedes creer todos los cambios que ha habido en tu vida? —le preguntó Karen a Raylene mientras troceaba unas verduras para un estofado del menú del día.

Raylene se rio.

—¡Qué va! Cada vez que salgo por la puerta de casa y voy al pueblo, lo considero un milagro. Y además está Carter. Después del desastre de mi primer matrimonio, es como un príncipe de un cuento de hadas, amable, considerado y sensible —una pícara sonrisa cruzó sus labios—. ¡Y muy, muy, sexy!

Karen se rio.

—Yo también he encontrado uno de esos. No hay comparación entre mi primer marido y Elliott. Es bueno conmigo, es responsable y es genial con mis hijos.

Raylene la observó por encima del borde de la taza.

—¿Te importa que te haga una pregunta personal?

—Lo que quieras.

—¿Habéis vuelto a hablar del tema de la adopción?

—Hemos hablado del tema —dijo Karen, aunque fue consciente de cierta tirantez en su voz al hablar.

Y Raylene también la captó.

—¿Entonces sigue siendo un asunto delicado?

Karen asintió.

—La verdad es que he logrado evitarlo. No puedo decidirme.

Raylene la miró atónita.

—¿Por qué? Como ya te he dicho, creo que sería genial para los niños saber que Elliott los quiere tanto. Tal vez sería distinto si Ray... ¿se llama así?... estuviera cerca, pero no lo está. ¿Crees que podría aparecer? ¿O cree Helen que sería difícil hacerle renunciar a sus derechos como padre?

Karen se sonrojó de vergüenza.

—Ni siquiera he hablado con ella. Ray renunció a sus derechos cuando nos divorciamos, así que no sería un problema.

—Pues entonces, de verdad que no lo entiendo —dijo Raylene con la franqueza que Karen tanto apreciaba—. No, cuando dices que es un padrastro estupendo.

Karen intentó buscar una respuesta que tuviera sentido.

—Creo que tenías razón la última vez que hablamos de esto. Una parte de mí sigue esperando a que suceda lo peor.

—¿De verdad tienes miedo de que las cosas no funcionen con Elliott?

Karen asintió.

—Es una locura, ¿verdad? Cada día doy gracias por tenerlo, pero hay una parte diminuta de mí que sigue pensando que es demasiado bueno para ser verdad.

—No me encuentro en posición de dar consejos matrimoniales, pero creo que el matrimonio no es algo en lo que te puedas andar con medias tintas. Tienes que estar implicado al cien por cien. De lo contrario, esas diminutas dudas pueden crear una brecha que terminará causando una enorme fisura.

—Mi corazón lo entiende, y está al cien por cien con él. Pero es mi cabeza, no puedo sacarme algunas preguntas de ella. Una vez cometí un error terrible. ¿Y si lo he vuelto a hacer?

—¿Entonces estás buscando pruebas constantemente de que has cometido otro error?

Karen vaciló y después asintió.

—Es exactamente lo que hago —admitió.

Cada pequeño error que cometía Elliott, sobre todo en lo referente a la economía y al comportamiento machista, le desataba el pánico y se quedaba guardado en su memoria, almacenado para el futuro, cuando, junto a otros fallos, demostrara que una vez más había elegido al hombre equivocado.

—Sabes que eso no es sano, ¿verdad? —le preguntó Raylene claramente preocupada.

—Lo sé. Pero no sé cómo pararlo.

—Fuiste a la misma psicóloga que yo, ¿verdad? A lo mejor no estaría mal hablar de esto con ella.

La sugerencia descolocó a Karen por completo.

—Creía que ya lo había superado.

—Y probablemente lo hayas hecho —la reconfortó Raylene—. Al menos, la mayor parte del tiempo, pero la gente como nosotras, que ha pasado por experiencias traumáticas debería saber mejor que nadie el valor de saber pedir ayuda antes de que sea demasiado tarde —se levantó y le dio un abrazo—. Tengo que irme. Y, por favor, no tengas esa cara de pánico. Es solo una sugerencia. No estoy diciendo que estés loca, ni nada de eso.

Karen forzó una carcajada.

—Me alegra saberlo. Y te agradezco la sugerencia. No puedo ver las cosas con claridad, así que una opinión objetiva, sin duda, es bienvenida.

Pero cuando Raylene se marchó para abrir a tiempo su boutique, Karen se sentó en el taburete de la cocina y se preocupó pensando que, tal vez, no estaba tan bien como ella creía. ¿Y qué pensaría Elliott si le dijera que creía que debía ir al psicólogo para trabajar algunos de esos temas sin resolver que estaban impactando en su matrimonio? Aunque él jamás la había juzgado por su casi depresión en el pasado, ¿haría que se tambaleara su fe en la mujer con la que se había casado? ¿Estaba preparada para eso?

Con los retoques para terminar la reforma del gimnasio, Elliott solía ser el último en llegar a casa. Por suerte, Dana Sue había estado haciéndole el favor y le había dado turnos de día para que los niños no tuvieran que quedarse a dormir constantemente con la abuela. Y no es que le hubiera importado a su madre, pero eso habría ido acompañado de cada vez más charlas sobre lo mucho que trabajaban y la poca atención que estaban prestándole no solo a los niños, sino también a ellos mismos.

Cuando llegó casi a medianoche, le sorprendió encontrarse a Karen esperándolo con una taza de café, que más valía que fuera descafeinado.

—Hola —dijo dándole un beso en la frente—. ¿Por qué no estás ya en la cama?

—Quería esperarte levantada. Parece como si hiciera días que no hablamos más de un minuto.

—Porque ha sido así —le contestó con tono cansado y sirviéndose un vaso de zumo antes de sentarse con ella en la mesa—. ¿Va todo bien por aquí?

—Muy bien —le dijo, aunque parecía todo lo contrario.

—¿Entonces te has quedado levantada para ver si podías seducirme? —le preguntó esperanzado.

Ella sonrió.

—Aunque la idea es muy atractiva, en realidad estaba esperando que pudiéramos hablar.

—¿Sobre?

—Hablar simplemente —dijo con impaciencia—. Sobre lo que está pasando, sobre cómo estamos, cosas normales.

Elliott dejó el vaso sobre la mesa y se inclinó hacia delante. Le agarró las manos.

—¿Estás disgustada por algo? Porque tengo que decirte que tendrás que decírmelo claramente. Estoy demasiado cansado como para jugar a las adivinanzas.

Ella lo miró a los ojos con un brillo de furia.

—Ese es exactamente el problema. Que nunca tenemos tiempo para hablar.

—¿No es eso para lo que hemos estado organizando citas nocturnas? —dijo él intentando no entrar en una discusión, sobre todo cuando no sabía por qué estaban discutiendo ahora.

—¿Y cuándo fue la última vez que tuvimos una?

—No lo sé. ¿Hace una o dos semanas? Ya sabes que estos días han sido una locura con lo de la reforma. Y, además, acabamos de pasar un día entero en la playa con los niños.

Para su asombro, a ella se le llenaron los ojos de lágrimas.

—Cariño, ¿qué pasa? —le preguntó consternado.

Karen se secó las mejillas mientras las lágrimas seguían cayendo.

—Estoy insoportable.

—No estás insoportable, pero está claro que estás molesta y no creo que sea por nuestras citas.

—No. Raylene y yo hemos estado hablando esta mañana y me ha dicho algo que me ha asustado.

Elliott estaba perdido.

—¿Qué?

—Que a lo mejor debería ir a ver a mi psicóloga —le lanzó una mirada llena de pánico—. ¿Crees que estoy perdiendo el norte?

—¿Perdiendo el norte? No. ¿Por qué te ha dicho Raylene algo así? Creía que erais amigas.

—Y lo somos, no ha sido ninguna acusación. Solo ha oído algunas cosas que he dicho y me ha dicho que tal vez necesite una visión externa y objetiva que pueda ayudarme a poner las cosas en perspectiva.

Elliott intentaba hacer encajar todas las piezas. Estaba claro que lo que fuera que Karen había dicho la tenía preocupadísima.

—¿Qué cosas?

Ella no respondió al momento. Es más, tuvo la precaución de evitar su mirada, aunque al final soltó un suspiro.

—Le he dicho que me asusta mucho que no podamos lograrlo.

Elliott se quedó impactado.

—¿Nosotros? ¿Crees que no vamos a lograrlo? ¿Por qué? Sí, claro, tenemos cosas en las que discrepamos, pero los dos estamos comprometidos con este matrimonio. Pase lo que pase, podremos con ello.

Le sonrió con los ojos llorosos.

—Pareces muy seguro.

—Es que estoy muy seguro. ¿Tú no?

—La mayor parte del tiempo, sí, pero entonces pasa

algo y empiezo a cuestionarlo todo —lo miró a los ojos—. Sé que es una locura. Eres el mejor marido que pudiera esperar tener. Eres increíble con Daisy y Mack. Es casi como si fueras demasiado bueno para ser verdad, así que cuando discutimos me pregunto si algo tan bueno puede durar. Y entonces me pongo como loca y luego me pregunto cómo puedes soportarme, como ahora.

Elliott se levantó, la tomó en sus brazos y se sentó con ella encima. Besó sus mejillas empapadas.

—Vamos a lograrlo —le dijo mirándola a los ojos—. Tendremos altibajos como todas las parejas, pero los superaremos.

Ella suspiró y hundió la cabeza en su hombro.

Mientras él le acariciaba la espalda, dijo:

—Creía que Raylene estaba enamoradísima de Carter.

—Y lo está. Solo estaba intentando ser una buena amiga. Me ha dicho que tal vez mi terapeuta podría ayudarme a entender por qué no puedo confiar al cien por cien en lo que tenemos.

—Yo puedo responderte a eso —dijo Elliott sin vacilar—. Ese idiota de Ray hizo que fuera imposible que vieras que una relación puede ser lo que parece. Pero si quieres volver a la psicóloga para que te diga lo mismo, por mí vale. Hasta te acompañaré.

Ella lo miró sorprendida.

—¿Lo harías? He pensado que te pondrías como un energúmeno ante la idea.

—Estás pensando en mi padre, créeme —bromeó.

—Puede que sí.

Él le acarició la mejilla y vio que el miedo de sus ojos daba paso a otra cosa.

—Vamos, cariño, ¿es que todavía no sabes que haría lo que fuera por ti? —susurró.

Una suave sonrisa jugueteó en los labios de Karen.

—¿Eso incluye hacerme el amor esta noche?

Una amplia sonrisa se extendió por el rostro de Elliott.
—No tienes que pedírmelo dos veces.
Se levantó con ella en brazos, apagó la luz con el codo y salió de la cocina. Después de todo, ¿quién necesitaba dormir cuando tenía una mujer así en la cama?

Capítulo 15

Aunque aún no entendía del todo por qué Karen había estado tan consternada la noche anterior, Elliott se tomó muy en serio sus quejas sobre el poco tiempo que habían pasado juntos últimamente. Ningún trabajo valía tanto como para pagar por él el alto precio de perjudicar su matrimonio. Y aunque las exigencias de un negocio que estaba a punto de abrir eran altas, suponía que ese negocio nunca funcionaría si le preocupaba que pudiera destruir su matrimonio.

Cuando vio a Frances en la clase de mayores se acercó a ella antes de empezar.

—¿Estás libre esta noche, por casualidad? Sé que sueles jugar a las cartas, pero si pudieras recoger a los niños después del colegio y quedártelos, nos estarías haciendo a Karen y a mí un gran favor. Pero si no te viene bien, dímelo.

—Oh, me encantaría.

—Entonces llamaré al colegio para avisarlos —la miró fijamente—. ¿Y no te supondrá mucho problema llevarlos por la mañana? Le diría a mi madre que se los llevara a dormir, pero esta noche tiene un evento en la iglesia y sé que terminará tarde.

—No te preocupes —le aseguró Frances—. Me las arreglaré. ¿Y la ropa del colegio para mañana?

—O Karen o yo te la llevaremos antes de cenar, si te parece bien.

—No podría parecerme mejor. Me iré a casa directa después de clase y les prepararé galletas.

Elliott se rio.

—Sé que les encantará, pero no hace falta que los mimes tanto.

—Tengo que competir con María Cruz, ¿no? Sé cuánto los mima tu madre.

—Por desgracia, es verdad. Gracias, Frances. Eres un regalo caído del cielo.

—Sabes que lo hago tanto por ayudaros como por mí. Es un placer.

En cuanto la clase hubo terminado, llamó a Karen para informarle del plan.

—Pero ¿y la reforma? ¿Seguro que puedes escaparte?

—Ya lo he solucionado y, como podrás imaginarte, Frances está emocionada por quedarse con los niños.

—¿No preferiría cuidarlos en casa?

—Le parece bien que se queden a dormir con ella. Es más, creo que lo está deseando.

—Yo también —dijo Karen en voz baja y entrecortada—. ¡Los dos solos toda una noche! ¿Qué vamos a hacer?

—Oh, seguro que se me ocurren unas cuantas cosas. Luego nos vemos. Te quiero.

—Yo también te quiero.

Elliott no volvió a pensar en el tema hasta las cuatro en punto cuando lo llamó la directora.

—He intentado contactar con la señora Cruz, pero al parecer ha salido antes del trabajo —le explicó la mujer.

—¿Hay algún problema? —preguntó Elliott lamentando una vez más haber optado por ahorrarse el gasto del móvil de Karen que, por los niños, debería estar accesible en cualquier momento.

—Cuando ha llamado antes ha dicho que Frances Wingate vendría a recoger a los niños. El colegio ya ha terminado hace un rato y no sabemos nada de ella. Los niños siguen aquí esperando en mi despacho.

Elliott se sintió como si alguien le hubiera arrancado el corazón del pecho. Los niños estaban a salvo, así que su preocupación era por Frances. No habría faltado a menos que se tratara de una emergencia extrema. ¿Y si se había desmayado después de la clase de gimnasia? ¿O la había atropellado un coche de camino al colegio? Un millón de cosas, y ninguna de ellas buena, se le pasaron por la cabeza.

—Ahora mismo voy —le aseguró a la directora.

De camino allí intentó contactar con Karen.

—Problemas —dijo en cuanto ella contestó en casa—. Frances no ha ido al colegio. Estoy yendo a por los niños, pero creo que tenemos que ir a su casa para asegurarnos de que está bien.

—Yo me encargo —dijo de inmediato con la voz salpicada de miedo—. ¿Puedes preguntarle a Adelia si puede quedarse con los niños y nos vemos en el piso de Frances? No quiero que estén con nosotros si... —se le quebró la voz antes de poder llegar a vocalizar el mismo pensamiento que lo había aterrorizado a él.

—Buena idea. Tardaré lo menos que pueda. Espérame, ¿de acuerdo? Por si acaso... —también dejó en el aire su pensamiento más terrible.

En el colegio, Daisy y Mack estaban perplejos, pero bien por lo demás.

—La profesora nos ha dicho que Frances venía a recogernos. ¿Dónde está?

—Le ha surgido una cosa —dijo Elliott rezando por que no hubiera sido más que eso—. Pero voy a llevaros a casa de Adelia.

—¡Guay! —gritó Daisy encantada—. Selena dice que tiene un novio y quiero que me lo cuente.

—Selena es demasiado pequeña para tener novio —contestó Elliott automáticamente, aunque en ese momento no tenía tiempo de preocuparse por ese problema. El que tenía con Frances ya era demasiado importante.

Frances había reunido los ingredientes para hacer galletas de avena y pasas, había preparado tres hornadas y después había decidido llevarles unas pocas a Liz y a Flo, que quedaron en verse en el piso de la última. En ningún momento se le fue de la cabeza la sensación de que tenía algo más que hacer, pero no tenía nada apuntado en la agenda.

Como era habitual, su visita a casa de Flo duró casi una hora. Flo siempre tenía mucho que contar, y sus aventuras solían hacer que sus amigas se partieran de risa al intentar imaginarse a ellas mismas comportándose tan escandalosamente a su edad.

Eran casi las cinco cuando volvió a casa y se encontró a Elliott y a Karen caminando desesperados de un lado a otro de la acera frente a su casa. En cuanto los vio, lo supo.

—¡Oh, Dios mío, los niños! —susurró al caminar hacia ellos con lágrimas en los ojos.

—Lo siento mucho —les gritó.

Karen corrió hacia ella y la envolvió en un abrazo tan fuerte que casi la dejó sin aire.

—Estábamos muy preocupados. Como no has ido al colegio, la directora ha llamado a Elliott. No sabíamos qué podía haberte pasado. Te hemos buscado por todas partes.

A Frances le temblaban las rodillas de pensar en el terrible error que había cometido.

—Creo que deberíamos ir dentro, si no os importa. Tengo que sentarme.

—Claro —dijo Karen de inmediato, agarrándola del brazo y yendo hacia el edificio.

Elliott le pidió la llave y abrió.

—¿Quieres un vaso de agua? —le preguntó al entrar en casa.

—Sí, y hay galletas en la encimera —dijo intentando compensar su lapsus de memoria jugando a la perfecta anfitriona.

Se sentó en el sofá con Karen a su lado agarrándole la mano como si le diera miedo soltarla. Solo cuando Elliott volvió con tres vasos de agua y un plato de galletas, la joven la miró directamente a los ojos.

—Frances, ¿puedes decirnos qué ha pasado? —le preguntó con mucho tiento, como si temiera que esa simple pregunta pudiera ser demasiado para la anciana—. ¿Dónde has estado?

Dadas las circunstancias, Frances entendía su cautela y le dio una reconfortante palmadita en la mano.

—He hecho las galletas para los niños, como le he dicho a Elliott que haría. Después he decidido llevarles unas pocas a Flo y a Liz —respiró hondo antes de admitirlo—. Podría mentiros y deciros simplemente que he perdido la noción del tiempo, pero no es así. Me he olvidado por completo de que tenía que recoger a los niños. No lo he recordado hasta que os he visto tan nerviosos delante de casa. ¿Están bien?

—Están en casa de mi hermana y están perfectos. No les ha pasado nada.

Frances era consciente de que Karen estaba observándola fijamente.

—No es la primera vez, ¿verdad? ¿Has olvidado otras cosas?

Frances asintió, al no verle sentido a mentirle a una joven que se había portado con ella tan bien como si fuera su propia hija.

—¿Has ido a ver al médico? —le preguntó Elliott con una expresión tan preocupada que a Frances le entraron ganas de llorar. Eso era exactamente lo que no había querido, que la gente se preocupara y sintiera pena por ella. Aceptarlo de Flo y Liz era una cosa, pero que esos dos jóvenes encantadores, que ya tenían tantas preocupaciones, añadieron eso a su lista no estaba bien.

—Aún no he ido al médico. Una parte de mí no quiere saber qué me está pasando. Si le preguntáis a la mayoría de la gente de mi edad, el Alzheimer es una de las cosas que más temen —se sintió orgullosa de poder pronunciar la palabra en alto.

—Pero Frances, podrían ser otras cosas —dijo Elliott—. A lo mejor no es tan grave como el Alzheimer. Puede que sea algún desequilibrio químico que se pueda corregir fácilmente. A lo mejor tus medicinas están interactuando negativamente.

—Tienes que averiguarlo —dijo Karen y añadió con decisión—: Yo misma llamaré al médico y te acompañaré.

—Los dos iremos contigo.

Las lágrimas salpicaron las mejillas de Frances.

—Sois unos cielos por preocuparos tanto por mí.

—No digas tonterías. Es lo mínimo que podemos hacer después de todo lo que has hecho por mí, por nosotros —dijo Karen—. O, si lo prefieres, puedo llamar a alguno de tus hijos, contarles lo que ha pasado para que te acompañen ellos.

—Rotundamente no. Me meterían en un asilo corriendo. Y yo quiero manejarme sola todo el tiempo posible. Hasta ahora ni he quemado la casa ni me he perdido de camino al centro de mayores.

Su intento de darle un toque de humor a la situación resultó en vano. Es más, Karen parecía estar al borde del llanto. Frances le dio un apretón de mano.

—Deja de mirarme como si fuera el fin del mundo —le ordenó—. Liz y Flo saben lo que está pasando y se encargarán de que no cometa ninguna tontería. Tengo intención de seguir aquí mucho, mucho tiempo y, con suerte, con mi cabeza intacta.

—¡Pero es tan injusto! —susurró Karen—. Has hecho mucho por mucha gente. No deberías tener que enfrentarte a algo así.

—Todos tenemos cruces que llevar —la consoló Frances. Y, por extraño que pareciera, vio que intentar reconfortarla calmó su propio miedo, aunque no podía imaginar por qué, ya que el incidente de aquel día era una indicación clara de que tenía que obtener respuestas lo antes posible.

Karen se acurrucó contra ella. Costaba ver quién estaba consolando a quién.

—Quiero ir al médico contigo —repitió—. Sé que tienes a Liz y a Flo, pero para mí eres como una madre, Frances. Quiero hacer lo que pueda por ayudarte.

—Trátame como lo has hecho siempre. Quiero aferrarme al último hilo de dignidad durante todo el tiempo posible.

Vio a Karen mirar a Elliott, aunque no supo interpretar bien qué se estaban diciendo. También se fijó en que él asintió.

—Esta noche me quedo aquí —le dijo Karen en voz baja aunque con decisión—. Y mañana iremos al médico.

—No creo que nos den cita tan pronto —protestó Frances, que aún no estaba preparada para oír el veredicto médico.

—Nos verán. Se lo diré a Liz, y nadie le dice no a Liz cuando se le mete algo en la cabeza.

A pesar de su nerviosismo, Frances se rio.

—Es verdad. De acuerdo, iremos mañana, pero no hace falta que te quedes esta noche.

—Puede que tú no necesites que me quede, pero yo sí necesito quedarme.

—Y yo estoy de acuerdo —añadió Elliott.

Frances esbozó una débil sonrisa.

—Pues supongo que está decidido —miró a Elliott con

gesto de disculpa—. Siento haberos estropeado los planes de esta noche.

—Nos importas mucho más que una cita —le aseguró él—. Eres parte de nuestra familia. Y ahora será mejor que vaya a casa a por las cosas de Karen, y después iré a recoger a los niños. ¿Quieres que los traiga para que os den las buenas noches o sería demasiado?

—Oh, por favor, tráelos. Seguro que se están preguntando qué habrá pasado. Tengo que disculparme y puede que tengan que ver que estoy bien.

Karen asintió.

—Me parece una gran idea.

—Pues hecho —dijo Elliott, dándole un beso a Frances en la frente antes de besar a su mujer.

Aunque se sentía fatal por haberles arruinado la noche, Frances no podía evitar sentirse agradecida de que Karen fuera a quedarse allí. A pesar de su intento de disimular lo que había pasado, el incidente la había impactado más que ninguno de los otros lapsus que había tenido. Estando los niños de por medio, las cosas podrían haber sido mucho peores. Esa noche tendría que dar gracias a Dios por haberlos mantenido a salvo en el colegio. Sabía que en algunas ciudades con unos empleados de colegio menos atentos, podrían haberlos dejado salir solos, y entonces, ¿quién sabía lo que podría haber pasado?

Karen no durmió nada aquella noche. Aunque Frances no había mostrado más signos de falta de memoria, a Karen la había impactado mucho que hubiera olvidado ir a recoger a los niños. Tanto si era Alzheimer como otra cosa menos grave, el lapsus no era buena señal y la idea de ver a su amiga sumida en una lenta y larga decadencia le partía el corazón.

Después de una noche agitada en la habitación de invitados, terminó por quedarse dormida casi al amanecer y se despertó con el olor a beicon frito y café. En la era de los microondas y las cafeteras eléctricas, los dos aromas mezclados a la antigua usanza le hicieron la boca agua.

Encontró a Frances en la cocina, ya vestida y oliendo a lirios del valle, su perfume favorito.

—Parece que has dormido bien —le dijo Karen.

—Sí —admitió Frances—. Mejor que en mucho tiempo —miró a Karen fijamente—. En cambio tú no tienes pinta de haber pegado ojo.

—No lograba desconectar ni relajar la mente —admitió.

—Y en cambio la mía parece no estar funcionando la mitad del tiempo.

—¿Cómo puedes bromear con algo así?

—¿Y qué otra cosa voy a hacer? No es que pueda cambiar lo que hay.

—Pero hay medicamentos —protestó Karen antes de darse cuenta de que eso no lo sabía en realidad. Añadió con menos certeza—: Debe de haberlos.

—Nada de eso puede cambiar el curso de esto. Créeme, Flo lleva semanas mirando en Internet. Hay unas pocas cosas prometedoras que podrían ralentizar el progreso, pero no son definitivas.

—¿Y ha mirado Flo otros diagnósticos posibles? —le preguntó Karen queriendo creer que no había realizado una búsqueda completa a pesar de que no sería lo más probable tratándose de la madre de la compulsivamente organizada Helen Decatur-Whitney.

—Tendrás que preguntarle. Liz y ella llegarán en un momento. Van a desayunar con nosotras.

—Ya decía yo que estabas haciendo beicon para un regimiento.

—Creemos que ya estamos demasiado mayores para preocuparnos por el colesterol. ¿A esta edad, cuántas semanas o minutos de vida puede robarnos? Ya he tenido una vida plena y Liz también, aunque a Flo probablemente le queden unos buenos años aún antes de que empiece a aceptar lo inevitable, como nos pasa a Liz y a mí.

—Me gustaría que dejaras de hablar como si la muerte estuviera al otro lado de la esquina —dijo Karen estremeciéndose.

Frances le lanzó una mirada de disculpa, aunque no retiró lo dicho.

—Cielo, todos vamos a morir. Una vez llegas a mi edad la única pregunta es si nos iremos armando mucho jaleo o sin quejarnos.

Karen intentó contener la pena.

—Espero que te vayas peleando.

Frances se rio.

—Haré lo que pueda. Y ahora ya basta de esta charla tan tétrica. ¿Sabes que Flo tiene novio?

Karen no pudo evitarlo y se quedó con la boca abierta.

—¿Lo sabe Helen?

—No, si Flo se ha salido con la suya —le confió Frances—. Está muy segura de que a su hija le daría un infarto si se enterara.

—Pues entonces ten por seguro que no seré yo la que se lo cuente —dijo Karen que, impulsivamente, se levantó y abrazó a Frances—. ¿Te extraña que te admire tanto? Liz, Flo y tú me inspiráis. Cuando sea mayor, quiero ser como vosotras.

—Oh, mi niña, tú eres como eres y, si quieres saber mi opinión, eres fantástica tal cual.

—Y esa es la otra razón por la que te quiero. Hasta que te conocí, no supe lo que era el amor incondicional.

Frances la miró con tristeza.

—Seguro que tu madre...

—Sabes bien que no, pero te tengo a ti, y es una de las cosas por las que doy gracias cada día.

¿Y qué demonios haría si perdiera ese apoyo tan inquebrantable, a la mujer que había sido su tabla de salvación y su mayor protectora en todo momento? Sin ella, las perspectivas de futuro eran demasiado desalentadoras como para soportarlas.

Adelia se sobresaltó cuando la puerta de la casa se cerró de un golpe. Un minuto después, Ernesto entró en la cocina lleno de furia.

—¿Qué es esto? —preguntó tirándole una tarjeta de crédito sobre la mesa—. ¿Crees que estoy forrado de dinero?

Durante demasiados años, Adelia se había acobardado bajo esa mirada y enseguida se había ofrecido a devolver lo que fuera que lo había enfurecido. Pero ya no. Por mucho que él se ocupara de sus cuentas, sabía hasta el último centavo que tenían en el banco.

—¿Algún problema? —le preguntó con firmeza.

—Te has gastado cientos de dólares en ese gimnasio donde trabaja tu hermano solo en una semana. Y ya que no veo que hayas perdido ni un gramo, ¿en qué te lo has estado gastando?

—Pues resulta que he perdido dos kilos —dijo con orgullo, y como no pudo aguantarse, añadió—: He pensado que debía ponerme en forma para lo que me surja, o quien me surja.

El comentario lo dejó atónito.

—¿Cómo dices? ¿Qué significa eso?

—Tú has seguido con tu vida, ¿por qué no iba a hacerlo yo?

Él se sonrojó ante el desdeñoso comentario.

—Si me entero de que estás engañándome...

Adelia lo miró y lo desafió a terminar.

—¿Sí? ¿Qué vas a hacer? ¿Quejarte de lo indigno que sería eso? ¿Divorciarte de mí? Eso sí que nos daría una experiencia de lo más animada en los tribunales.

La miró fijamente.

—¿Qué te ha pasado?

—Que he descubierto que tengo agallas —le contestó con inconfundible orgullo—. Te advertí que podía pasar. Ahora tienes que pensar cómo vas a actuar ante esto.

Él abrió la boca para hablar, pero sacudió la cabeza, se giró y se fue.

Adelia lo vio marcharse y una sensación de bienestar la invadió. Unos meses atrás, incluso semanas atrás, la habría aterrorizado haberle hablado con tanto atrevimiento, con tanta terquedad. Ahora se sentía triunfante. Tal vez era demasiado tarde para recuperar su matrimonio, pero estaba claro que no era demasiado tarde para encontrarse a sí misma.

Elliott había hablado con Karen a primera hora de la mañana para ver cómo había ido la cita con el médico, pero por desgracia no podían darle un diagnóstico definitivo sin realizarle más pruebas y les había recomendado un especialista en Columbia. Pasarían un par de semanas hasta que lo supieran con certeza.

Aún seguía preocupado no solo por Frances, sino por el impacto que lo que le sucediera tendría en Karen. Eso era lo que estaba pensando mientras iba del spa al gimnasio. Cuando entró, le sorprendió ver que las paredes de la sala principal estaban terminadas y lucían un jovial tono verde salvia. Por él habrían sido verde pálido, pero Maddie le había convencido de que incluso a los hombres les gustaría ese toque de color.

—Si las ponéis grises, con todas las máquinas en gris acero y negro, pronto esto tendrá un aspecto tan sórdido como el Dexter's —había insistido.

Al mirar a su alrededor tuvo que admitir que había tenido razón. Resultaba limpio y acogedor. Costaba creer que en otro par de semanas las puertas estuvieran abiertas. Por fin tendría un negocio con beneficios potenciales y decentes y a lo mejor hasta Karen podía dejar atrás su preocupación por el dinero.

Encontró a los demás tomándose un descanso en la terraza trasera.

—¿Qué hacéis aquí todos holgazaneando? Aún hay trabajo por hacer.

Ronnie levantó una cerveza a modo de saludo.

—Estamos en pleno proceso de tormenta de ideas y la cerveza ayuda.

Elliott asintió.

—Pues dadme una y así os ayudo yo también con las ideas. ¿Sobre qué tema?

—Tenemos que encontrar un nombre para el local —dijo Cal—. Maddie está histérica porque no puede hacer la publicidad ni encargar un rótulo sin un nombre. Se niega a llamarlo The Club, que es lo que le propuse.

—Y no me extraña —dijo Travis—. Hasta yo puedo ver que tendría sus inconvenientes, como por ejemplo que la gente no sabría qué clase de club es. Podríamos estar celebrando partidas ilegales de póquer o tener salas llenas de humo de tabaco.

Elliott agarró su cerveza y se sentó contra la baranda de la terraza.

—¿Alguna otra opción de momento?

—¿Qué vamos a ser? —preguntó Tom—. Un gimnasio, ¿no? Para hombres. ¿Y cómo podemos hilarlo? Es muy simple.

—Las mujeres optaron por lo simple con The Corner Spa —comentó Erik—. Spa alude a algo con clase. The Corner Spa le da el toque de acogedor, de familiar. Resulta que es la combinación perfecta.

—Bueno, pero nosotros no estamos en una esquina y no creo que pudiera valer algo cómo «El gimnasio en mitad de la calle» —bromeó Travis.

—El de Dexter se llamaba simplemente «Dexter's» —apuntó Elliott.
—Pero era el dueño del local —contestó Ronnie—. Nosotros tenemos una sociedad.
Ronnie sacudió la cabeza.
—¿Quién se pensó que ponerle nombre a este sitio iba a ser más complicado que reformarlo?
—Eso es porque para las reformas hace falta mucha fuerza y de eso nos sobra —dijo Cal—. Un nombre requiere finura, y puede que ese no sea nuestro mejor atributo.
—Eso lo dirás por ti —dijo Travis sonriendo—. Yo soy todo finura. Pregúntale a Sarah.
—Podríamos pedirle opinión a las chicas —propuso Tom.
—¿Y admitir que no tenemos ni idea? —protestó Ronnie—. Pues entonces nos lo estarán recordando toda la vida.
—Creo que Tom tiene razón —dijo Cal—. Deberíamos comprarles una mezcla de margaritas y tequila, dejar que tengan una de sus famosas noches de margaritas y que se encarguen ellas.
—Pero entonces le pondrán un nombre demasiado femenino —objetó Ronnie—. Os lo garantizo. Lo harán para fastidiarnos.
—¿Tienes alguna alternativa masculina? —le preguntó Cal.
Ronnie le lanzó una mirada avinagrada.
—Si la tuviera, ¿crees que no lo habría dicho ya?
Elliott escuchó la discusión con cada vez más diversión. Después de crecer en una casa ocupada en su mayoría por mujeres, solo había tenido el ejemplo de su padre para fijarse en el comportamiento de los hombres. Como Karen le había sugerido alguna que otra vez, era un actitud machista que podría echar para atrás a una mujer moderna, pero esos hombres le estaban mostrando un camino distinto. Y aun-

que su estatus como hombres sexys, viriles y fuertes no podría ponerse nunca en duda, sabían cuando admitir la derrota y compartir el poder con sus medias naranjas.

—¿De verdad no os importa que nos lo vayan a recordar siempre si les pedimos ayuda?

—Si nos equivocamos, nunca dejarán de recordárnoslo —dijo Cal encogiéndose de hombros—. Creo que así es mejor.

—Estoy de acuerdo —dijo Tom.

Travis, Erik y Elliott también accedieron, dejando a Ronnie como el único que tenía dudas.

—Venga, ¡qué diablos! —terminó diciendo Ronnie—. Si todos podéis soportar sus sonrisitas de satisfacción, yo también. Ahora volvamos dentro para hacer algo que requiera esa fuerza bruta que alguien ha mencionado antes. Mi nivel de testosterona necesita una inyección importante.

—Elliott, ¿vas a hablar con Maddie? —le preguntó Cal cuando entraron—. Puede que haya sido idea mía, pero la verdad es que no quiero ser yo el que tenga que admitir ante mi mujer que no sabemos qué hacer.

Elliott se rio.

—Me alegra ver que tenéis limitaciones. Por un momento me estaba empezando a preocupar.

—Hazme caso, cuando lleves unos años casado, estarás más que dispuesto a concederle ciertas cosas a tu mujer —dijo Cal mientras los demás asentían—. Hay vaivenes a la hora de equilibrar el poder. Al final, suele funcionar en tu favor.

Y, una vez más, a Elliott le impactó lo difícil que era esa filosofía del modo en que lo habían educado a él. Sin duda era algo que tenía que tener en cuenta cuando Karen le lanzara una de esas miradas con las que le decía que estaba pisoteando su capacidad de pensar por sí misma.

Capítulo 16

—Mañana toca noche de margaritas de urgencia —le anunció Dana Sue a Karen mientras terminaban en Sullivan's—. Acaba de llamar Maddie. Al parecer, los chicos nos han pedido ayuda para ponerle nombre a su gimnasio.

Karen la miró incrédula.

—¿En serio? ¿Nos lo dejan a nosotras?

—Lo sé —dijo Dana Sue riéndose—. Estoy tan asombrada como tú. La única que no lo está es Maddie. Dice que tenía claro que no sabían cómo hacerlo, así que al final los ha presionado y les ha pedido un nombre para poder seguir con la publicidad y encargar un rótulo.

—¿Y se supone que tenemos que darles ideas mientras estamos dándole a los margaritas? —preguntó Karen encantada con la idea.

—Al parecer nuestro éxito con The Corner Spa les ha convencido de que esto podemos hacerlo mejor que ellos. Eso y el hecho de que lo único que se les ha ocurrido hasta ahora sea «The Club».

—¿No es eso una herramienta para evitar que la gente robe coches? —preguntó Karen.

Dana Sue se rio.

—No se me había ocurrido, pero sí. Está claro que no es

el mejor nombre para este negocio, si todos nos imaginamos algo distinto cuando lo mencionamos.

Karen la miró.

—Podríamos hacer una lista cada una y pasársela a Maddie.

Dana Sue la miró afligida.

—¿Y qué gracia tendría eso? Nos han dado una excusa para tener una noche más de margaritas solo días después de haber tenido la última. Y hasta se han ofrecido a invitarnos a tequila y a cuidar de los niños. ¿Por qué íbamos a rechazar algo así?

—Tienes razón —dijo Karen—. Así que ser una buena Dulce Magnolia implica aprovechar cualquier oportunidad de reunirnos.

—No solo reunirnos —la corrigió Dana Sue—. Celebramos picnics y barbacoas con frecuencia que no son eventos oficiales de las Dulces Magnolias. Solo cuenta si es una noche de margaritas entre chicas donde nos desmelenamos —se quedó pensativa y una chispa iluminó su mirada—. O, al menos, eso se creen ellos. Parece que les hace felices intentar imaginarse lo que pasa cuando tenemos estas reuniones secretas en las que no tienen la entrada permitida.

—¿Incluso la posibilidad de que nos estemos portando mal?

—Sobre todo eso —le confirmó Dana Sue—. Después de todo, así fue como Helen, Maddie y yo nos hicimos tan amigas. Casi siempre nos metíamos en líos en el instituto. Creo que por eso Helen se hizo abogada. Se imaginaba que tarde o temprano una de nosotras necesitaría representación legal.

Karen pensó en lo que Frances le había dicho sobre el novio de la madre de Helen y la reacción que esta tendría al enterarse.

—¿Puedes decirme algo que llevo tiempo preguntándome? —le preguntó a Dana Sue—. ¿Cómo ha salido Helen tan distinta a Flo? Flo parece dejarse llevar mucho más, por así decirlo, mientras que Helen es... —buscó la palabra adecuada.

—¿Una fanática del control? —le dijo Dana Sue con una sonrisa—. Lo es comparado con Flo, pero también tiene sus momentos cuando se suelta. Esa es una de las cosas que hace que las noches de margaritas sean tan divertidas. Perdemos nuestras inhibiciones.

Sinceramente, Karen no podía imaginarse a Helen soltándose tanto, pero claro, hasta ahora solo había participado en una noche de margaritas, y había tenido que irse pronto. Tal vez la del día siguiente sería toda una revelación para ella.

Karen fue la primera en llegar a casa de Maddie. Aconsejada por Dana Sue, había llegado con una bandeja de alitas de pollo asadas y salsa de queso azul que había tenido tiempo de preparar antes de marcharse de Sullivan's. Erik las había añadido a la carta como aperitivo especial, así que había doblado las cantidades de la receta original y se había llevado las sobras con permiso de la jefa.

Encontró a Maddie sorprendentemente distraída y con gesto de preocupación. Ya que siempre parecía tenerlo todo bajo control, a pesar de tener dos hijos pequeños y una adolescente en casa, fue impactante verla así.

—¿Va todo bien? —le preguntó Karen vacilante, no muy cómoda aún en el papel de amiga en lugar del de la mujer de alguien que trabajaba con ella—. ¿Puedo ayudarte con algo?

Inmediatamente, Maddie forzó una sonrisa.

—No te preocupes. Es que acabo de tener una conversación tremendamente exasperante con Katie. Antes de poder llegar al fondo del asunto, se ha largado y se ha metido en su habitación. Vivir con una adolescente significa vivir en un cambio de humor interminable. Pero no recuerdo que Ty o Kyle fueran así, tal vez solo pase con las chicas.

Karen puso mueca de disgusto.

—Uff, estoy deseando que me llegue a mí. Suena divertido.

Maddie parecía triste.

—Lo siento. También hay momentos de mucha felicidad, aunque no puedo recordarlos bien.

—¿Tienes que hablar ahora con Katie? Yo puedo ocuparme de abrir la puerta cuando vayan llegando las demás.

—Créeme, ya tendrá los auriculares puestos y la música a tope. No lograré hablar con ella hasta que se calme.

—No es que sea asunto mío, pero ¿le ha pasado algo en el instituto?

—Creo que sí, aunque no lo ha admitido. Si está enfadada con algún chico, no me lo dirá. Básicamente no quiere hablar conmigo de nada. Con suerte, Cal podrá darle algo de luz al asunto. Al ser profesor de educación física y entrenador del equipo de béisbol del instituto, no solo entiende a los adolescentes mejor que yo, sino que está al tanto de todos los cotilleos —sonrió a Karen—. Pero dejemos de hablar de esto. Vamos a colocar estas alitas en una bandeja. Huelen de maravilla. ¿Una nueva aportación a la carta de Sullivan's?

Karen asintió.

—Erik ha convencido a Dana Sue de que el pollo, en todas sus formas, es un plato sureño y que no siempre tiene que estar frito para ser bueno.

Maddie se rio.

—Me encantaría haber estado presente en esa discusión. Dana Sue es muy protectora de la integridad de la cocina sureña.

En los minutos que siguieron, mientras Karen colocaba la comida en bandejas y Maddie las llevaba al salón, el resto de mujeres fueron llegando. Inmediatamente, Helen

se puso a preparar los margaritas helados y los fue pasando.
En cuanto todas estuvieron acomodadas, el cotilleo habitual dio comienzo, pero Maddie dio unas palmadas para llamar su atención.

—A ver, chicas, no hay tiempo para eso. Tenemos una misión. Hay que ponerle nombre al gimnasio. Después vendrán los cotilleos.

Empezaron a brotar las propuestas, partiendo desde la más obvia, como «El Club de los Chicos», aunque todas terminaron pensando que sonaba algo pornográfico, y también «La Sala Azul».

—No es por nada, pero lo han pintado verde salvia —dijo Maddie, sacudiendo la cabeza ante la propuesta.

—¡Ooh, me encanta ese color! —dijo Jeanette—. Es muy relajante. Quería pintar así la habitación de invitados, pero al final terminó siendo azul oscuro. Tom la pintó antes de que pudiera frenarlo.

—Pues dadme las gracias por el verde —dijo Maddie—. Por ellos, lo habrían pintado todo de color gris industrial.

—A lo mejor tenemos que ser más sistemáticas con esto —dijo Karen vacilante—. Ya sabéis, tal vez habría que decidir primero una palabra, como «gimnasio». ¿Va a formar parte del nombre? ¿O será algo con «fitness»?

—Gran idea —respondió Maddie con entusiasmo—. ¿En qué pensáis cuando oís la palabra «gimnasio»?

—En ropa sudada y en Dexter's —contestó Helen arrugando la nariz.

—Malas connotaciones —concluyó Maddie—. ¿Estamos de acuerdo en eso?

Todas asintieron.

—¿Entonces es «fitness» la alternativa buena? —preguntó Maddie—. ¿O alguna otra variante?

—¿Qué os parece «Fit for Life»? —sugirió Raylene lentamente.

A Sarah se le iluminaron los ojos.

—Me gusta. Suena saludable y no demasiado femenino. Tiene un aire proactivo.

—No sé —dijo Dana Sue no muy convencida—. Diría que hay alguna cadena de gimnasios con ese nombre. Tendríamos que comprobarlo, pero creo que vamos por el buen camino. ¿Algún otro giro?

—Tengo uno —dijo Karen—. ¿Qué os parece «Fit for Anything»?

—Oooh, me gusta mucho —respondió Annie—. Suena juvenil y moderno.

Maddie miró a su alrededor con una sonrisa en la cara.

—¿Habría que añadirle algo delante? ¿Club? ¿Gimnasio?

—No. Creo que por sí solo funciona bien —apuntó Helen—. ¿Votamos? ¿Todas a favor?

A medida que las manos se iban alzando en el aire, Karen sonrió complacida de ver que su propuesta había quedado aprobada. Por primera vez se sintió parte del negocio.

—Pues entonces ya está —dijo Helen y, girándose hacia Maddie, le pasó el móvil que siempre estaba a mano—. Llama a Cal y que corra la voz. Creo que están todos en Rosalina's tomando pizza con los niños en plan niñeras—sonrió—. No sé cómo, pero Erik ha convencido a Ronnie para que se llevara a Sara Beth porque él sigue en Sullivan's y yo, por supuesto, tenía que estar aquí.

Maddie estuvo al teléfono varios minutos mientras las demás esperaban. Esbozó una amplia sonrisa al colgar.

—Tenemos un nombre. Los chicos lo han aprobado encantados.

—¡Genial! —dijo Helen con alegría—. Ahora podemos ponernos con el tema serio. ¿Quién tiene un buen cotilleo?

—Grace Wharton —comentó Sarah con ironía—, pero no está aquí.

Raylene le dio un codazo a Sarah.
—A ti te lo cuenta todo, así que escupe.

Karen tenía poco que ofrecer, pero ahí sentada y escuchando no pudo evitar quedarse asombrada por lo unidas que estaban esas mujeres y le resultó fascinante que, independientemente de su casi lujurioso interés por las últimas noticias del pueblo, siempre se preocupaban por todo el que parecía estar pasando por un mal momento. No captó ni una sola palabra mezquina en la conversación, y eso le decía mucho de cómo eran.

Llevaban casi una hora charlando cuando Sarah se giró hacia ella.

—Esta semana me he enterado de otra cosa —dijo mirándola con gesto preocupado—. Alguien me ha dicho que puede que Frances tenga Alzheimer.

Helen asintió.

—Mi madre también me ha dicho algo. Está preocupadísima por ella.

Sarah no dejaba de mirar a Karen.

—Sé que las dos estáis unidas. ¿Se encuentra bien? ¿Y tú cómo lo llevas?

Para su consternación, a Karen se le saltaron las lágrimas.

—La verdad es que no lo sé. El médico la ha mandado a un especialista. Por favor, no digáis mucho por el pueblo. Sé que es complicado, pero Frances es una mujer muy orgullosa y no quiere que nadie se compadezca de ella.

—Solo queremos ayudar —protestó Sarah—. Siempre ha estado ahí para todos.

—Y nadie lo sabe mejor que yo —contestó Karen.

—Creo que debe de ser Frances la que marque la pauta —dijo Helen—. Una vez sepa lo que está pasando, si quiere ayuda, la pedirá. Y mi madre y Liz también estarán a su lado.

Karen asintió.

—Sé que Frances os agradecerá que os preocupéis tanto y se lo diré. Creo que a veces olvida la vida de cuántas personas de este pueblo ha tocado con su nobleza.

Helen seguía centrando su atención en ella.

—¿Y tú? —le preguntó en voz baja cuando las demás habían pasado a otros temas—. Sé cuánto significa para ti. No podrías haber tenido una vecina más afectuosa cuando tu vida pasó por momentos muy malos.

—Fue más que una vecina. Si no hubiera sido por ella y por ti, no sé qué habría hecho.

Helen asintió sin molestarse en negar que también jugó un papel importante a la hora de impedir que el mundo de Karen se descontrolara del todo.

—Exacto. Por eso te estoy preguntando si estás bien.

—Para serte sincera, estoy muerta de miedo. Sabes que ha sido mi salvavidas y pensar que esté enferma me ha impactado mucho —se sentó un poco más derecha y reunió algo más de la fuerza que no había sabido que tenía—. Supongo que es mi turno de devolverle el favor.

—Y nosotras estamos aquí para darte apoyo siempre que lo necesites. Recuérdalo. El Alzheimer no es algo fácil de llevar, ni para la persona que lo padece, ni para sus amigos y cuidadores.

—Me siento como si hubiera necesitado apoyo toda mi vida adulta. Frances, tú, Elliott.

—Para eso están los amigos y la familia. No lo olvides. Tendrás tu oportunidad de devolvernos el favor. Así funciona la vida.

—Supongo que eso sigue resultando una gran sorpresa. Durante muchos años no solo me he sentido sola, sino también incapaz de ayudarme a mí misma, así que mucho menos capaz de ayudar a los demás.

Helen le agarró la mano.

—Y ahora eres fuerte.

Karen sonrió.

—Y ahora soy fuerte —repitió saboreando esas palabras.

Los últimos dos sábados, Elliott había podido sacar un par de horas para ir con Mack al entrenamiento. No le había sido fácil, pero sabía que si no estaba allí y pasaba algo, Karen no dejaría de recordárselo. A ella seguía sin hacerle gracia que lo hubiera apuntado y, aunque se había resignado a dejarlo jugar, aún se negaba a ir a los partidos.

—Ya sabes que seré una de esas madres que sale corriendo al campo e intenta secarle las lágrimas a su hijo o besarlo para que deje de llorar. Lo dejaré en ridículo —había explicado.

Aunque Elliott no se había creído la excusa, lo había dejado pasar.

Bajo las directrices de Ronnie, Cal y Travis, los niños de la edad de Mack estaban aprendiendo los fundamentos del juego, pero las reglas estaban en constante cambio y nunca estaban seguros de si los jugadores recordarían hacia dónde tenían que correr para marcar.

Aunque no dejaban de recordarles encarecidamente que no había placajes, era inevitable que hubiera algunas entradas que les dejaban cortes y cardenales. Por suerte, hasta el momento, Mack no había estado entre las víctimas.

Ese día, sin embargo, parecía que a Elliott se le había acabado la buena suerte. Vio a un niño que debía de pesar unos cinco kilos más que Mack, y que era más alto, yendo hacia él mientras Mack corría con el balón hacia la línea de marca. Pero en lugar de rozarlo simplemente, arremetió directamente contra su estómago y ambos cayeron al suelo.

Elliott ya estaba en el campo cuando el niño empezó a levantarse. A pesar de esperarse muchas lágrimas, se quedó asombrado al ver que Mack le soltó un puñetazo al otro niño y le dio directamente en la mandíbula. No es que tuviera mucha fuerza, pero estaba claro que debió de hacerle daño, porque el chaval empezó a gritar como si lo hubieran herido de muerte.

—¡No puedes hacer placajes! —le gritó Mack mientras llegaba el padre del otro niño.

—¡Me has pegado! —gritó el chico girándose hacia su padre, que estaba hecho una furia.

—Hay que echar del equipo a este niño —le gritó el padre a Ronnie, que había dejado a los demás bajo el cuidado de Cal y que corría hacia el campo.

—Un momento —le dijo Elliott—. Ha sido tu hijo el que ha hecho el placaje. Mi hijo solo estaba defendiéndose.

Ronnie llegó justo en ese momento e intentó calmarlos.

—Muy bien, niños, fuera. Quedáis expulsados para el resto del partido.

—Pero no es justo —protestó Mack.

Elliott iba a apoyar su protesta, pero tampoco podía justificar el puñetazo que Mack había dado. Además, no podía cuestionar la autoridad de Ronnie.

—Ya conoces las reglas —le dijo en voz baja poniéndole una mano en el hombro.

—Tienes que enseñarle a tu hijo un poco de deportividad —le dijo el otro hombre.

Elliott tuvo que contenerse para no estallar y, por suerte, Ronnie intervino.

—Pues tú podrías hacer lo mismo, Dwight. Todo esto ha empezado porque tu hijo le ha hecho un placaje a Mack. No es la primera vez que le hace eso deliberadamente a un jugador. Una más y está fuera. Punto.

—Pues entonces te lo pondré fácil —contestó el hombre con actitud desafiante—. Lo sacaré del equipo ahora mismo. Este deporte es para nenazas.

Elliott lo miró sin poder creer lo que oía.

—Tienen siete años —y entonces entendió que no tenía sentido discutir con ese tipo. Era, claramente, un insensato.

Pero cuando Mack y él echaron a andar, el hombre se puso delante no muy dispuesto a dar por terminada la discusión.

—Me sorprende un poco que te acobardes —le dijo con tono malicioso—. Creía que todos los latinos vais de machotes y de duros.

Era extraño ver muestras de prejuicios de cualquier tipo en Serenity, pero ahí estaban. Elliott quiso soltarle un golpe ahí mismo, pero la diminuta parte de su cerebro que no estaba sumida en la ira lo contuvo. Tenía que darle ejemplo a Mack y no podía permitir que esa discusión con un imbécil fuera más allá.

—No querrás ir por ahí.

—Pues sí que quiero —le contestó con agresividad—. Cruzáis la frontera, vivís aquí ilegalmente, les robáis el trabajo a los norteamericanos honestos y después os pensáis que podéis enseñar a vuestros hijos a acosar a otros niños —miró a Mack—. ¿Aunque acaso es hijo tuyo? Seguro que no sabías que tu mujer o novia o lo que sea te estaba poniendo los cuernos, ¿verdad?

Elliott ya había tenido suficiente. Estaba a punto de golpearlo en la mandíbula cuando Ronnie se puso entre los dos.

—¡Dwight, vete a casa! —le dijo con firmeza—. No son ni las nueve de la mañana y está claro que estás borracho. Estas poniéndoos en ridículo a ti y a tu hijo. Vete a casa.

Después de un instante de vacilación, el hombre farfulló un insulto y se marchó seguido por su hijo, que seguía berreando y tocándose la mandíbula.

Ronnie sacudió la cabeza y se giró hacia Elliott.

—Lo siento.

—No es culpa tuya. Podría haber cortado esto mucho antes largándome.

—Es difícil hacerlo con alguien que busca pelea y que dice lo que haga falta pará conseguir lo que quiere. Dwight lleva en paro un año. Eso no justifica nada de lo que ha dicho o hecho, pero podría ponerte en perspectiva.

Elliott asintió.

—Gracias por decírmelo. Me gustaría decir que eso hace que me lo tome de un modo menos personal, pero no es así.

Ronnie le dio un apretón en el hombro y volvió al partido. Elliott miró a Mack forzando una sonrisa; el niño parecía conmocionado por lo sucedido.

—Creo que necesitamos un helado, colega. ¿Qué opinas?

—Me parece bien un helado —respondió sonriendo—. ¿Puedo tomar un banana split?

Elliott se rio sabiendo que comía más por los ojos que por el estómago.

—¿Qué te parece si lo compartimos?

—¡Guay!

Pero aunque la mañana terminó bien, no podía sacarse de la cabeza las palabras de Dwight. No eran los comentarios racistas lo que lo molestaban; había nacido y crecido en Serenity, después de todo. Lo que más le había dolido había sido el comentario de que Mack no fuera hijo suyo, porque era un incidente más que le recordaba que no podía reclamar como suyo al niño que consideraba su hijo.

Karen se había enterado del incidente, pero como tenía que trabajar en Sullivan's hasta tarde, no llegó a casa hasta después de las once. Para entonces, Elliott ya estaba en la cama. Había dejado encendida la luz del salón para ella y la del pasillo para los niños.

Después de asegurarse de que Daisy y Mack estaban dormidos, y de darles un beso a cada uno, se duchó para quitarse el olor a la cocina del restaurante, se puso una de las camisetas de Elliott, y se metió en la cama esperando no despertarlo.

Pero él se giró y la abrazó.

—Me ha parecido oírte llegar —susurró medio dormido y acurrucándose contra su cuello.

—Lo siento. He intentado no despertarte.

Bajo la suave luz de luna, pudo ver una sonrisa en los labios de su marido.

—Puedes despertarme siempre que quieras, cariño.

Sabía que ahora podía pasar cualquier cosa. Con la señal adecuada, podían terminar haciendo el amor. Con una o dos preguntas, podían sumirse en una de esas charlas nocturnas que los ponían al tanto de lo que cada uno había hecho durante el día. O podía besarlo en la mejilla, susurrarle «buenas noches», y Elliott se dormiría enseguida.

Aunque estaba agotada, la primera opción era bastante atrayente, pero antes de que pudiera deslizar una mano sobre su cadera desnuda o sus sólidos abdominales, él se sentó y se colocó la almohada en la espalda.

—Tenemos que hablar de una cosa que ha pasado hoy.

—He oído que Mack se ha metido en una pelea en el campo de rugby —le dijo adelantándose. Sabía que se sentiría culpable por la pequeña magulladura que se había hecho Mack, después de que ella hubiera mostrado su renuencia a que jugara al rugby—. Acabo de verlo y no tiene tan mala pinta y, además, Ronnie me ha dicho que dio además de recibir —frunció el ceño—. Y con esto no quiero decir que justifique que haya pegado al otro niño.

—El incidente no ha sido nada. Lo que me preocupa es lo que ha pasado después.

Karen no estaba informada de que hubiera pasado algo más.

—¿A qué te refieres?

—¿No te lo ha contado Ronnie?

—A mí no.

—El padre del otro niño...

—Dwight Millhouse. Lo conozco. Le está costando mucho encontrar trabajo, y pasa demasiado tiempo bebiendo en lugar de buscarlo.

Elliott asintió.

—De acuerdo, entiendo que pudiera estar borracho y que no tenga trabajo, pero dijo algunas cosas.

Karen lo miró con curiosidad.

—¿Qué cosas?

—Cosas sobre que era latino.

Ella lo miró sin poder creerlo.

—¡Estás de broma! Si hubiera estado allí, yo misma le habría dado una paliza.

Elliott sonrió.

—Pues siento que no estuvieras allí para defenderme. Pero eso no es lo importante. Hizo un comentario sobre el hecho de que Mack no fuera mi hijo. Sé que no está al tanto de nuestra situación y que solo estaba soltando todas las maldades que se le ocurrían, pero eso me recordó que tenemos que decidir si me vas a permitir o no adoptar a los niños. Me siento como si estuviera en un limbo.

Karen, que estaba tumbada de lado escuchándolo, se apoyó en la almohada y cerró los ojos. Había sabido que en cualquier momento saldría el tema, pero ahora no estaba más segura que antes de qué sería lo correcto.

Cuando abrió los ojos, Elliott estaba mirándola con gesto serio.

—Aún te opones, ¿verdad? —le preguntó con consternación y, tal vez, incluso enfadado.

—No es que me oponga exactamente. Eres un padrastro increíble y los niños no podrían tener a nadie mejor en sus vidas. ¿Por qué no te basta con eso?

—Tal vez deberías preguntarles qué opinan —dijo con tirantez—. No estoy seguro de que vayan a decirte que están encantados con la idea de no tener la seguridad de saber que siempre me tendrán. Los niños necesitan estabilidad. Como te he dicho, si Ray estuviera aquí, no forzaría esto, pero no está. Hace años que no está. Ni siquiera ha llamado ni ha enviado una sola tarjeta de felicitación.

—No es por Ray —protestó ella.

—Entonces es por ti y por cómo te sientes. Por la razón que sea, no quieres legalizar mi relación con ellos. ¿Te gusta tenerlos para ti sola y mantenerme al margen de la familia?

Ella se estremeció al captar tanto dolor en su voz y al saber que lo había hecho sentir como un extraño.

—Eres el alma de esta familia tanto como yo.

—Pues no lo parece.

—¿Y un papel cambiará eso?

—Para mí, sí. Y si eres sincera contigo misma, creo que sabes que también marcará una diferencia para los niños. Tenemos que hacerlo, Karen. Puede que no mañana ni pasado mañana, pero pronto, y sin duda antes de que tengamos un hijo juntos. Y no es solo porque complicará el tema de la disciplina que tengamos dos clases de reglas distintas, dos figuras de autoridad, sino porque hará que Daisy y Mack se sientan menos seguros si creen que me importa más nuestro bebé que ellos, solo porque soy el padre del pequeño.

Karen sabía que tenía razón. Su cabeza le estaba gritando que eso era lo correcto, pero la parte de ella que seguía pensando que cada día al lado de Elliott era un regalo que no se merecía, un regalo que le arrebatarían, esa parte no podía convencerse para dar el paso que sería muy complicado de deshacer una vez todo se derrumbara.

—No te enfades conmigo —le suplicó—. Solo necesito un poco más de tiempo para pensar en todas las implicaciones.

—Explícame cuáles son esas implicaciones.

—Lo haré una vez que lo haya pensado.

—Por favor, dime que no es por lo que pueda costar contratar a Helen para que nos lleve el papeleo. Cobre lo

que cobre, será poco comparado con la importancia de solucionar este asunto de una vez por todas.
—No es por el dinero.
La observó nada contento con sus evasivas, aunque finalmente asintió.
—Pero no tardes demasiado, ¿vale?
—¿Cuánto tiempo es demasiado?
Él la miró a los ojos.
—No lo sé.
Sobraba decir qué pasaría si decidía que no podía hacer lo que Elliott le había pedido.

Capítulo 17

Adelia estaba orgullosa de sí misma por haberse hecho a la rutina de ir al spa a hacer ejercicio varios días por semana. Solo trabajaba con el entrenador uno de esos días, pero Jeff la controlaba cuando iba a las sesiones adicionales y siempre sacaba un minuto o dos para animarla a seguir.

Había perdido cinco kilos y casi estaba lista para usar una talla menos de ropa, pero decidió esperar un poco más antes de irse a hacer las compras que sentía que pronto se merecería.

—Estás muy bien —le dijo Elliott cuando la paró un día al salir del spa. Le sonrió—. ¿Qué? ¿Ya te has vuelto adicta?

—Tengo que admitir que me gusta lo que siento después de una hora de ejercicio, pero nunca lo pasaré bien haciendo gimnasia.

—Jamás lo admitirías aunque lo pensaras.

Ella se rio.

—Probablemente no. ¿Cómo estás? Solo queda una semana para que abráis vuestro nuevo gimnasio. ¿Estás ilusionado?

—Ni te imaginas cuánto. ¿Tienes tiempo para ir a verlo? Te lo enseñaré.

Ella podía ver la emoción en su mirada.

—Claro.

El exterior del Fit for Anything no era muy distinto al The Corner Spa, una casa victoriana que había sido reformada. Dentro, había varias similitudes también. Los equipos eran de la misma calidad alta, pero las paredes eran de un relajante tono verde, en lugar del amarillo del spa. Se veía limpio y tenía un aspecto más masculino. Las nuevas ventanas que iban de suelo a techo también dejaban entrar mucha luz y unas vistas del bosque y del barranco en la parte trasera. En lugar de un patio de ladrillo, tenían una terraza de madera con mesas y sillas menos recargadas que las de hierro forjado del spa. La carta de la cafetería anunciaba saludables sopas y sándwiches en lugar de ensaladas y batidos de fruta.

—Elliott, es increíble. ¿Qué tal van las inscripciones?

—Maddie dice que ya hemos superado las expectativas, y eso que aún no hemos abierto. Y aquí tengo una buena lista de clientes, además de las mujeres con las que seguiré trabajando en el spa. Dexter ha estado mandándome a gente. Es muy amable y generoso por su parte, todo hay que decirlo.

Ella le sonrió, feliz de verlo tan entusiasmado con su trabajo. Llevaba mucho tiempo preocupado por el trabajo, aunque tal vez eso era porque había tenido demasiados problemas familiares.

—Estoy muy orgullosa de ti.

Él se encogió de hombros con modestia.

—Ni siquiera fue idea mía. Se les ocurrió a algunos de los maridos de las Dulces Magnolias.

—Pero te han hecho socio y eso significa que confían en que conviertas este negocio en un éxito. ¡Felicidades! Sé que todos te agobiamos mucho cuando dijiste que querías ser instructor de fitness y entrenador personal, sobre todo en un pueblo del tamaño de Serenity, pero lo has logrado.

—Y también me he endeudado mucho y eso me pone

un poco nervioso y también aterroriza a Karen. ¿Y si al final la decepciono?

—Las dudas son comprensibles, sobre todo antes de que todo empiece a marchar, pero por lo que me has contado, todo apunta a que va a ser un gran éxito. Tú céntrate en eso.

—Sé que una vez empiece a entrar el dinero, me sentiré mucho mejor. Gracias por dejarme expresar cómo me siento. A Karen no puedo contarle nada sobre mis dudas porque ya está bastante asustada. He invertido casi todo el dinero que habíamos ahorrado para un bebé.

Adelia no pudo evitar estremecerse al oírlo.

—¡No me extraña que esté aterrorizada! —lo observó—. Entonces por eso nunca nos respondes ni a mamá ni a mí cuando te preguntamos cuándo vais a tener un hijo.

Él asintió.

—Esa es una razón.

—¿Y la otra? —le preguntó frunciendo el ceño.

—Quiero adoptar a Daisy y a Mack oficialmente antes de tener nuestro propio hijo. No quiero que sientan que no son tan importantes para mí como el bebé que tengamos juntos. También hay otras razones, pero creo que se merecen esa estabilidad.

Adelia asintió.

—Y precisamente por eso eres un padrastro tan maravilloso. Los antepones a todo. ¿Y Karen se opone?

—Sí, y ojalá supiera por qué. No es por Ray, porque él lleva fuera de sus vidas mucho tiempo. Pero está dudosa por algún motivo y no me dice qué es.

Adelia pensó en ofrecerse a hablar con Karen, pero de nuevo pensó que no sería lo más sensato dada su turbulenta relación en el pasado.

—Lo solucionaréis. Sabe cuánto quieres a los niños y cuánto te quieren ellos.

—Sí, supongo —Elliott ocultó su desazón y pasó a lanzarle una mirada fraternal, una que precedía a un interrogatorio sobre su vida.

—Bueno, será mejor que me vaya —dijo Adelia apresuradamente al darse cuenta—. Tengo una cita.

Elliott la miró con escepticismo.

—¿En serio? ¿O solo intentas evitar mis preguntas?

Ella le sonrió.

—¿De verdad importa? De cualquier modo me voy a ir —lo besó en la mejilla—. Te quiero.

—¡Yo también te quiero! —gritó después de que su hermana saliera corriendo hacia la puerta.

Una vez llegó al coche, se sentó suspirando. No tenía que ir a ningún sitio y aún faltaban horas para que los niños volvieran del colegio. En un momento de su vida la idea de tener horas ininterrumpidas para ella le había parecido como tener vacaciones, pero ahora significaba que tenía demasiado tiempo para pensar en el lamentable estado de su matrimonio y en cuántas humillaciones más estaba dispuesta a soportar.

Condujo hasta Wharton's, eligió un periódico y se sentó en una mesa con un vaso grande de té dulce. Leer el periódico le llevó demasiado poco de su tiempo libre y terminó mirando los anuncios de trabajo. Cuando vio que Raylene Rollins buscaba dependienta para su tienda en Main Street, miró por la ventana.

Estaba ahí mismo, al otro lado del jardín de la plaza. ¿Sería una especie de señal?

Antes de poder quitarse la idea de la cabeza o convencerse de que era mejor ir a casa y cambiarse de ropa antes de ir a una entrevista de trabajo, cruzó el césped y entró.

Raylene estaba ocupándose de una venta en el mostrador mientras otras clientas echaban una ojeada. Adelia reconoció a una de ellas del comité de padres del colegio.

—Ese rojo te sentaría genial con tu color de pelo —le dijo a Lydia Green—. No todo el mundo puede llevar un color tan atrevido.

Lydia le sonrió.

—Me he enamorado de él en cuanto lo he visto, pero no estaba segura —lo sostuvo delante de su cuerpo—. ¿De verdad crees que me queda bien?

—Lo sé. Pruébatelo y míralo por ti misma. Y acabo de ver el fular perfecto para completarlo. Te lo llevaré al probador.

Lydia la miró extrañada.

—¿Trabajas aquí?

Adelia se acercó.

—No, pero espero hacerlo. Estoy haciendo una prueba contigo. A lo mejor impresiono a Raylene más que la falta de mi experiencia de mi currículo.

Lydia se rio.

—Un paso muy audaz.

Adelia le llevó el fular, pero, para entonces, Lydia ya había comprado el vestido y añadió a la compra el fular y un brazalete que Adelia había visto también.

—Es una vendedora muy buena. Tienes que contratarla —le dijo Lydia a Raylene, que miró a Adelia asombrada.

—¿Es que quieres el empleo?

Adelia respiró hondo y asintió.

—Cuando tengas tiempo, podríamos hablarlo. Seguiré echándote una mano hasta que tengas un momento.

Una hora y varias ventas después, Raylene la llevó hasta su pequeño despacho en la trastienda.

—Eres buena. Tienes buen ojo para lo que le queda y no le queda bien a la silueta y al color de pelo de una mujer. Esas mujeres se han marchado muy contentas. Sé de ropa y estilo, pero encajarlos con la persona adecuada puede ser infinitamente más complicado. Las has llevado por la dirección correcta sin ofenderlas.

Adelia disfrutó del cumplido.

—Ha sido divertido —miró su propio atuendo—. Está claro que podría haberle prestado un poco más de atención a mi estilo, pero estaba en The Corner Spa, he parado en Wharton's y he visto tu anuncio. He venido de manera impulsiva.

—Pues ha sido un buen impulso. ¿Seguro que estás interesada en el empleo? Sé que tienes muchos compromisos en el pueblo. ¿Tienes tiempo?

Adelia vaciló.

—Necesito trabajar... —acabó admitiendo.

Raylene se quedó atónita.

—Creía que...

—¿Que mi marido era un pez gordo de la construcción? Sí, lo es.

—¿Entonces por qué necesitas trabajar? No has dicho que quieras, has dicho que necesitas hacerlo.

—Mis hijos están en el colegio, mis días están cada día más vacíos y quiero algo que sea mío. Intento trabajar en mi amor propio.

Raylene asintió.

—Todo eso lo puedo entender —vaciló y sonrió—. El trabajo es tuyo si lo quieres —le habló del sueldo—. Podemos organizar las horas según nuestras agendas. ¿Te vendrá bien?

Adelia asintió con entusiasmo.

—Haré que así sea.

—¿Quieres empezar mañana? ¿Te parece bien a las diez, a la hora de abrir? Al principio te tendré aquí conmigo hasta que te hayas familiarizado con la caja y con el control de existencias. Después nos dividiremos los turnos de mañana y tarde y los sábados. También tengo una chica a tiempo parcial para llenar huecos.

—Gracias —dijo Adelia intentando contener su alegría—. Muchísimas gracias.

—Ey, si sigues vendiendo como lo has hecho hoy antes de que te hubiera contratado incluso, vas a ser una gran incorporación.

—Haré todo lo que pueda.

Cuando se marchó, tuvo que controlarse para no ir dando brincos por la calle. ¡Había conseguido un trabajo! No era su vocación, pero sí que era un paso más en la dirección correcta. Muy pronto se miraría al espejo y le gustaría de verdad la mujer en la que se había convertido.

Karen estaba removiendo la masa para una tarta de manzana, uno de los pocos postres que Erik le dejaba probar a hacer, mientras Raylene se tomaba su café de la mañana.

—Ayer contraté a Adelia, la hermana de Elliott —dijo, casi haciendo que a Karen se le cayera el cuenco.

—¿Adelia va a trabajar para ti? —repitió Karen solo para asegurarse de que había oído bien.

—Empezará esta mañana, de hecho. Entró por la puerta como salida de la nada y logró vender dos vestidos carísimos, un traje y unos cuantos accesorios mientras yo estaba ocupada en la caja. Deberías haberla visto. Tiene un instinto increíble para elegir la ropa que mejor le sienta a cada mujer.

—¿Adelia? —repitió con escepticismo. Y no porque su cuñada no pudiera vestir con estilo cuando lo intentaba..., pero es que lo intentaba muy poco.

—Te digo que fue impresionante. Si sigue así, mis ingresos van a ser fantásticos.

Miró a Karen y frunció el ceño.

—¿Por qué te has quedado tan impactada?

—Porque las mujeres Cruz, o Hernández en el caso de Adelia, no trabajan. Se quedan en casa y cuidan de sus hijos. Cuando Elliott y yo empezamos a salir, eso era lo único que oía. Me acusaron de descuidar a mis hijos por estar trabajando para mantenerlos, y la madre de Elliott y Adelia eran las más activas a la hora de criticar.

—Qué actitud tan anticuada.

Karen se encogió de hombros.

—A muchas madres les gusta esa vida y, si es así, bravo por ellas. Yo no podía permitirme quedarme en casa, alguien tenía que pagar las facturas.

—¿Por qué crees que Adelia ha tenido ese brusco cambio de opinión? —le preguntó Raylene con gesto pensativo—. Mencionó algo sobre querer un empleo para trabajar su autoestima. ¿Sabes qué quiso decir?

Por desgracia, Karen sabía muy bien qué había querido decir. Parecía que, al menos, Adelia se estaba separando emocionalmente de Ernesto o eso parecía, aunque no podía compartir con Raylene una información tan personal.

Y así, se encogió de hombros y respondió:

—Imagino que muchas mujeres llegan a un punto en el que quieren tener su propia identidad independientemente de ser esposa y madre.

Raylene asintió.

—Puede que tengas razón. Y yo me alegro mucho de que entrara ayer en la tienda. Así, tendré por fin más tiempo libre para disfrutar de mi vida familiar. Tener un negocio es mucho más absorbente de lo que me había imaginado cuando abrí la boutique. En ese momento solo daba gracias por poder salir de casa y hacer algo, y no pensé en todas las horas que tendría que invertir. Ahora quiero poder recuperar, al menos, un poco de mi libertad.

—Adelia es inteligente. De hecho, es licenciada en Empresariales. Creo que podrá ayudarte con mucho más que con las ventas, si quieres que así sea.

A Raylene se le iluminaron los ojos con la noticia.

—¡Qué suerte tengo!

En realidad era Adelia la que había tenido suerte, pensó Karen. Aunque no se había imaginado a su cuñada siendo otra cosa que no fuera ama de casa, veía que ese empleo podía ser perfecto para ella. Y Raylene, que también había pasado por sus crisis personales, sería el perfecto apoyo para alguien en la situación de Adelia.

Desde que Karen y él habían discutido por su papel a la hora de tomar decisiones que concernían a los niños y por su negativa a permitirle adoptarlos, la frustración de Elliott había ido en aumento. Justo el día antes, Daisy lo había desafiado al negarse a hacer los deberes y le había gritado que él no podía mandarle porque no era su jefe. Aunque estaba seguro de que todos los niños gritaban ese tipo de cosas, para él esas palabras portaban un sentido totalmente distinto. Daisy se había disculpado después, pero el comentario le había dolido.

Durante su hora de descanso, hizo una llamada rápida al despacho de Helen.

—¿Está libre por casualidad? —le preguntó a Barb, su secretaria desde hacía mucho tiempo.

—Durante los próximos veinte minutos. ¿Cuánto tardarás en llegar?

—Dos minutos. Ya estoy yendo hacia allí.

Dobló la esquina, corrió una manzana y subió los escalones de la casa que Helen acababa de comprar y reformar para convertirla en su nuevo bufete. Al parecer, llevaba meses diciendo que necesitaba más espacio porque tenía pensado contratar a otro abogado, pero dada su determinación a controlar cada aspecto de su vida, nadie se había creído que pudiera confiarle un solo cliente a otro compañero, por muy bien que lo hubiera elegido.

Helen estaba en la recepción cuando llegó.

—¿Esto es por los papeles del gimnasio? Todos están firmados, sellados y entregados. Todo está correcto y legal. Y también está redactado el acuerdo de préstamo que me pediste. Te debería llegar una copia en el correo de hoy.

Elliott sacudió la cabeza.

—Todo eso está genial, pero he venido por otra cosa.

Inmediatamente en el rostro de Helen se reflejó una expresión de alarma.

—Pasa —dijo indicándole que entrara en su despacho y cerrando la puerta—. Por favor, dime que Karen y tú no estáis pensando en divorciaros, porque en ese caso no podría representarte. Las dos estamos muy unidas y me vería en la obligación de representarla a ella.

Él sonrió ante ese fuerte sentido de la lealtad.

—Y eso me aterrorizaría, si fuera esa la razón por la que estoy aquí. Pero la verdad es que estoy preguntándome qué necesitaría para adoptar legalmente a Daisy y a Mack.

A ella se le iluminaron los ojos.

—Llevo tiempo preguntándome por qué no lo habías hecho ya. Por eso, adelantándome a que pudiera pasar, dejé el camino despejado cuando hicimos que Ray firmara la renuncia a sus derechos como padre en el divorcio. Tristemente, no hubo que insistirle mucho porque él ya había iniciado una vida nueva en Nevada. Creo que estaba ocupado camelándose a otra pobre mujer. Uno de estos días me gustaría demandarlo e ir a por él para que pague todas las pensiones que le debe a Karen, pero ella quiere olvidarlo todo. Creo que no tiene estómago para volver a pelear con él. Y, sinceramente, no la culpo, pero ese dinero les pertenece legalmente a los niños. Sería un buen colchón para su universidad.

—Está claro que ese hombre era un cerdo. Karen tiene suerte de haberse librado de él.

—Y más suerte todavía de haberte encontrado a ti.

—Gracias por el voto de confianza.

—Pero tengo una pregunta. ¿Por qué estás aquí en lugar de Karen? ¿Por qué no ha venido ella?

Elliott se estremeció ante esa pregunta tan reveladora.

—Esperaba que no te resultara extraño verme solo.

Helen frunció el ceño.

—¿Es que se opone a la adopción por algún motivo?

—No es que se oponga, exactamente. Está dudosa de seguir adelante. No dice por qué, pero últimamente me ha dado la sensación de que no confía del todo en que nuestro matrimonio pueda durar. Y sospecho que cree que si adopto a los niños, eso complicaría las cosas si llegáramos a divorciarnos.

—¿Te lo ha dicho?

—No dice nada —respondió sin intentar ocultar su frustración—. Solo evita hablar del tema. He pensado que si hablaba contigo y me aseguraba de que no había trabas legales, podría convencerla de que ya es hora de hacerlo. Daisy, Mack y yo estamos como en un limbo en lo que respecta al papel que desempeño en sus vidas.

Helen asintió.

—Entiendo que eso podría complicar las cosas. Los niños tienen que entender quiénes son las figuras de autoridad en sus vidas. Lo vi con Maddie y Cal cuando se casaron. Aunque Cal no adoptó a Katie, a Kyle y a Ty, ya tenía un papel que respetaban en la familia porque había sido el entrenador de Ty. Además, está acostumbrado a trabajar con niños y tenía el apoyo incondicional de Maddie a la hora de imponerles disciplina. Ni siquiera el ex de Maddie intentó socavar su papel.

Elliott asintió.

—Me conformaría con ser su padrastro si Ray estuviera aquí, pero no está. Creo que los niños tienen que saber que pueden contar conmigo, que estaré en sus vidas para siempre. Creo que las cosas se complicarán si Karen y yo tenemos un hijo. No querría que los niños pensaran que están en segundo lugar para mí.

—¿Y estás dispuesto a afrontar ese compromiso? ¿Aunque Karen y tú rompierais, querrías seguir siendo su padre? ¿Te comprometerías a pasarles una pensión?

—Totalmente —dijo sin vacilar—. Una ruptura con Karen no es una opción, pero incluso hipotéticamente, sí, querría seguir estando en sus vidas como padre y apoyándolos. Eran muy pequeños cuando Karen y yo empezamos a salir. Me siento como si los hubiera criado casi desde que nacieron.

—En ese caso te diré que la única traba que puedes encontrar es lograr que Karen acceda. Creo que el tema legal será muy sencillo. Convéncela y volveremos a hablar —dijo levantándose y bordeando su escritorio. Lo besó en la mejilla—. Eres un buen tipo, Elliott Cruz, pero claro, eso es algo que las inteligentes mujeres de este pueblo siempre hemos sabido.

Elliott no pudo evitar preguntarse si Karen pensaría lo mismo, sobre todo cuando descubriera que, una vez más, había actuado a espaldas suyas.

Karen recogió a los niños en casa de su suegra logrando evitar cualquier clase de interrogatorio mientras estuvo allí. Por eso, llegó a casa triunfante. Aún tenía una hora para preparar la cena antes de que Elliott regresara. Ahora que las obras habían terminado del todo, tenían unas noches libres antes de que el gimnasio se inaugurara durante el fin de semana y se abriera oficialmente a la semana siguiente. A partir de ese momento, la agenda de Elliott sería una locura.

Logró convencer a Daisy para que se fuera a su habitación a hacer los deberes, pero Mack no dejó de seguirla por la cocina.

—¿Cuándo llega papi a casa? —le preguntó asombrándola.

—Sabes que tu padre ya no vive en Serenity —le respondió con delicadeza. Era la primera vez en mucho tiempo que Mack mencionaba a Ray.

—Él no, ¡Elliott! Quiero que sea mi papá. Quiero llamarlo «papi». Por favor, ya ni recuerdo a mi verdadero padre.

Karen respiró hondo. Sabía que Elliott jamás la manipularía metiéndole a Mack esa idea en la cabeza, así que estaba claro que eso se le había ocurrido a su hijo solo y era prueba suficiente de que Elliott había tenido razón al decirle que los niños necesitaban desesperadamente que se aclarara la situación.

—¿Quieres que Elliott sea tu papá?

El niño asintió con entusiasmo.

—Y Daisy también.

—¿Estás seguro? A mí no me ha dicho nada.

—Porque no quiere que te pongas triste.

Karen contuvo un suspiro de dolor al darse cuenta de cómo su indecisión había estado afectando a sus hijos.

—Elliott y yo hablaremos de ello —le prometió.

—¿Esta noche? —le suplicó Mack.

—Esta noche. Y ahora ábrete un zumo y ve a hacer los deberes. Te avisaré cuando esté lista la cena.

Parecía que la decisión sobre la adopción no estaba solo en sus manos. ¿Cómo iba a negarles a sus hijos y a su marido algo que querían? Ella nunca había conocido a su padre, así que para ella crecer sin una figura paterna había sido lo normal. Con Elliott allí, los niños entendían lo que sería tener un papá genial y, aun así, ella los había privado de ese sueño por culpa de sus dudas.

—Se acabó —murmuró para sí decidiéndose a darles todo lo que quisieran. Ya vería de qué modo controlaba sus miedos.

Mientras hervía el agua para la pasta, echó un vistazo al correo y vio un sobre enviado por Helen. Incapaz de resistirse, lo abrió y vio lo que parecían unos documentos del acuerdo al que había llegado Elliott con los socios del gimnasio.

Los documentos por sí solos no fueron ninguna sorpresa. Sí que lo fue, sin embargo, la cantidad de dinero implicada. Tal vez para ellos veinte mil dólares no fuera nada, pero para ella suponían años de deudas. Había necesitado años de economizar y ahorrar solo para saldar los pocos miles de dólares que Ray le había dejado como deuda.

Seguía mirando el documento horrorizada cuando Elliott llegó. La miró, pero fue directo al fuego donde el agua había hervido hasta consumirse. Lo apagó y la miró preocupado.

—¿Qué pasa?

Ella alzó la mirada con expresión de sentirse traicionada.

—¿Veinte mil dólares? —susurró apenas capaz de pronunciar las palabras.

—Ya sabías lo del préstamo —le respondió él consternado al oír su tono de voz.

—Pero en ningún momento dijiste que fuera tanto.

—Porque sabía que te enfadarías. Tal como estás haciendo ahora.

—Elliott, ¿cómo vas a devolver todo ese dinero? ¡Tardarás una eternidad! ¿Y qué pasa con el bebé que decías que era tan importante? Si tenemos esta deuda encima ni siquiera nos lo podemos plantear.

Él se sentó y le agarró sus temblorosas manos, pero ella se apartó.

—Esto no puedes solucionarlo hablando sin más. Es demasiado grave.

—Puedo enseñarte las cuentas. Las inscripciones para el gimnasio ya han superado nuestras expectativas iniciales. Tengo más clientes privados que antes y empiezo con ellos la semana que viene. No tardaremos mucho en devolver esto. Y si necesitamos prolongarlo, los términos del contrato son flexibles.

—Es una deuda de veinte mil dólares. ¿Eres consciente de cuánto podríamos tardar en devolver todo eso, incluso a buen ritmo? ¿Y qué pasa con los intereses? Dios mío, solo eso nos comerá vivos.

—Para. Estás poniéndote histérica por nada. El interés es mínimo. ¿Y no has oído lo que acabo de decirte sobre las inscripciones y los clientes nuevos? Al menos tendremos varios cientos de dólares extras a la semana para pagar el préstamo.

Ella ni siquiera estaba oyéndolo. Pensar que había hecho eso, si bien no a sus espaldas, sí de manera engañosa, hizo que sintiera como un puñetazo en el estómago. Se levantó.

—Ahora mismo no puedo hablar contigo. Tengo que pensar. Me voy a dar una vuelta en coche.

En un principio, él hizo ademán de querer seguir discutiendo, pero al momento asintió.

—Hablaremos cuando vuelvas.

—¿Les darás de cenar a los niños?

—Por supuesto.

Se marchó de casa sin llevarse la cazadora. El aire de la noche era fresco, pero agradable, y necesitaba algo que le diera una sacudida a su cuerpo. Una vez dentro del coche, sin embargo, no supo adónde ir. No podía agobiar con todo eso a Frances, no con todo por lo que estaba pasando ahora, y Raylene, por mucho que hubiera sufrido en la vida, nunca había tenido problemas económicos. Por otro lado, tampoco podía acudir a la familia Cruz porque saldrían en defensa de Elliott de inmediato.

Así que, como había sucedido años atrás cuando había estado en serios aprietos, se vio conduciendo hacia el despacho de Helen y rezando por que estuviera allí. Cuando se trataba de recibir un consejo sensato y libre de todo prejuicio, no había nadie mejor en el pueblo.

Capítulo 18

La luz del despacho de Helen aún estaba encendida para alivio de Karen. La puerta estaba cerrada con llave, pero se abrió rápidamente después de que llamara. Helen sonrió al verla.

—Qué visita tan agradable e inesperada. ¿Qué te trae por aquí? ¿Ya habéis tomado alguna decisión sobre la adopción?

Karen se la quedó mirando.

—¿La adopción?

—Para eso has venido, ¿no? Le dije que lo hablara contigo y que yo me ocuparía del papeleo. No deberíais tener problemas, ya que Ray renunció a sus derechos en el acuerdo de divorcio.

—¿Has hablado con Elliott sobre adoptar a Daisy y a Mack? —preguntó como si acabaran de golpearle otra vez en el estómago.

—Ha estado aquí antes —le respondió confusa—. ¿No has venido por eso?

—No, parece que es una cosa más que mi marido no me ha mencionado —dijo suspirando exageradamente—. Lo sumaré a la lista.

Helen se quedó disgustada.

—Lo siento mucho. Qué tonta soy, no debería dar las

cosas por sentadas sin preguntar primero. Pero es que como ha estado aquí antes, por eso lo he supuesto. ¿Sabías que quiere adoptar a los niños, verdad?

Karen asintió.

—Eso sí que lo sabía. Es más, esta noche me estaba inclinando a aceptarlo, pero ahora... —se encogió de hombros—. Ya no estoy segura de nada.

—Eso no suena nada bien —le dijo Helen con tono comprensivo. La llevó hasta el despacho y le indicó que tomara asiento—. Siéntate y dime qué pasa. ¿Puedo traerte algo para beber? He tirado el café que me sobraba, pero puedo preparar otra cafetera. Y también tengo refrescos en la nevera.

—No, gracias —respiró hondo y le contó lo impactada que se había quedado al descubrir la cantidad a la que ascendía el préstamo de Elliott—. Es muy superior a lo que ya ha sacado de nuestros ahorros.

—El fondo para el bebé.

Karen la miró sorprendida.

—¿Te lo ha contado?

Asintió.

—Me ha dicho que es consciente del salto de fe que has tenido que dar para dejarle usar ese dinero.

—No estoy segura de que la fe tenga nada que ver con esto. Solo vi lo mucho que significaba ese gimnasio para él y cedí a pesar de que no estaba de acuerdo.

—Ya te he dicho que no creo que haya ningún riesgo que correr con este negocio, ¿no?

Karen asintió.

—Supongo que por eso he venido. Tú comprendes las circunstancias y tienes más conocimiento sobre esta aventura empresarial que yo. ¿De verdad crees que lo lograrán, que Elliott no está tirando nuestro futuro a la basura? —la miró frustrada—. Sé que no dejo de preguntártelo, pero es que necesito oírtelo decir.

Helen sonrió.

—Lo entiendo y, sí, de verdad creo en esta aventura. Sé lo duro que es para ti, Karen, pero en algún momento tienes que aprender a confiar en tu marido. No es un capullo egoísta como Ray. Esto no lo hace por alimentar su ego, lo hace para construir un buen futuro para la familia, para ti, Daisy, Mack y los niños que puedan venir. ¿Lo crees así?

Karen pensó en ello y asintió lentamente.

—Intelectualmente, sí. Pero es que me da tanto miedo mirar ese papel y ver esa cantidad de dinero escrita cuando sé lo que representa en términos de ahorros y de economizar...

—De acuerdo, digamos que Elliott hubiera decidido no seguir con esto por tus miedos. ¿Cómo crees que sería vuestro futuro entonces?

—Habríamos salido adelante.

—¿Y con eso te habría bastado?

Vio adónde quería llegar Helen.

—La mayoría de la gente quiere más para su familia, ¿no? Así que la clave aquí es que puede que ahora me sienta insegura, pero que, al final, tendré mucha más seguridad —admitió—. El beneficio potencial supera al riesgo.

Helen asintió.

—Así lo veo yo. En la vida hay que correr riesgos. Eso lo sabes. Si estás completamente satisfecha con cómo estás, entonces no hay necesidad de arriesgar nada. Pero si arriesgando un poco harás que las cosas mejoren mucho a la larga, entonces hay que estar dispuesto a correr ese riesgo. ¿Entiendes lo que quiero decir?

—Entonces no debería dejar que el miedo me impida tener algo mejor.

—Siempre es muy sensato ser consciente de dónde y cómo mantenernos seguros, pero es igual de inteligente dar algún paso más de vez en cuando. Tienes que sopesar esos beneficios potenciales realistamente. Creo que esta es una de esas ocasiones en que el beneficio supera con creces al riesgo. Dale a Elliott la oportunidad de demostrarse que puede hacerlo. Él nunca te ha decepcionado, ¿no?

—No —respondió e, incluso, logró esbozar una débil sonrisa.

—Te diré algo más por si te ayuda a sentirte más segura. Te conozco y conozco tus circunstancias, y entiendo cómo funciona esta clase de aventura empresarial. Si hubiera pensado por un segundo que los hombres iban a por algo que escapaba a su alcance, me habría interpuesto. Me conoces, no puedo guardarme mis opiniones. Habría hecho lo que fuera por salvarlos de sí mismos.

Karen se rio ante la verdad de esas palabras.

—Sabía que por algo quería venir aquí. Siempre has sido capaz de tranquilizarme.

—Me alegra poder ayudarte. ¿Quieres hablar sobre la adopción antes de irte?

Karen sacudió la cabeza. Tal vez se sentía más segura con el tema del negocio, pero todas las dudas secretas que había albergado sobre su matrimonio habían salido a la superficie una vez más. No estaba lista del todo para volver a casa y perdonar y olvidar, y mucho menos para dar ese enorme salto de fe que requería la adopción. Para eso haría falta algo más de tiempo.

Frances agarraba con tanta fuerza la receta que le habían dado, que al farmacéutico le costaría poder leerla cuando se la entregara.

—¿Estás bien? —le preguntó Liz preocupada mientras volvían a Serenity desde Columbia.

—Según el médico, no —respondió con un desganado intento de hacer bromas.

Últimamente le habían realizado un montón de pruebas,

la mayoría simplemente para descartar cosas como un tumor cerebral o interacciones adversas de los medicamentos que tomaba. Le habían hecho una resonancia magnética, toda clase de tests orales y otros tantos de memoria, además de los que le habían hecho ese día. Aunque aún no tenía los resultados, todo apuntaba a que se encontraba en una fase temprana de Alzheimer. Al menos eso era lo que había captado de todo lo que le había dicho un médico que había hablado con claridad, pero sin dar cabida para la interacción con el paciente.

—Aún no sabemos nada —la consoló Flo—. Si es Alzheimer, se encuentra en una fase muy temprana. Eso es lo que ha dicho.

—¿Sí? —le preguntó con ironía—. ¿Y cómo lo sabes con todo eso que ha soltado como si debiéramos entender lo que decía? Se ha puesto nervioso cada vez que intentaba que me aclarara algo.

Liz se rio.

—La verdad es que no era muy encantador, ¿verdad? Pero sí que parecía saber lo que decía, y ha dicho que no hay motivos para alarmarse.

—Aún no —dijo Frances con tono serio.

—Para ya —le ordenó Flo—. Por lo que yo he entendido, es más probable que mueras de un ataque al corazón que la posibilidad de que llegues a la fase final del Alzheimer, si es que eso es lo que tienes. ¿Qué es lo otro que ha dicho, Liz?

—Discapacidad cognitiva leve —respondió Liz consultando las notas que había tomado precisamente por si pasaba eso. Durante toda la consulta, Frances había parecido estar totalmente aturdida—. Ha dicho que podría ser eso.

—Y eso no es tan malo como el Alzheimer —apuntó Flo con aire triunfante.

Frances la miró con escepticismo.

—¿Se os ha escapado lo que ha dicho sobre que eso

puede degenerar en Alzheimer? —se había aferrado a esas palabras porque era el diagnóstico que se había temido, a pesar de sus mejores intentos por ir a la consulta con una actitud positiva.

—Tienes casi noventa años —le contestó Flo—. Tendría que degenerar muy deprisa para que se convirtiera en un problema grave.

Incluso Frances soltó una risita ante el irónico sentido del humor de su amiga.

—Entonces, de momento, me consolaré con eso —contestó con la misma ironía.

—Bueno, propongo que vayamos a Wharton's a tomarnos unos helados con chocolate caliente —dijo Liz—. Eso siempre me anima —y mirando a Frances añadió—: No te vamos a dejar que te regodees en el dolor por esto, y menos sin tener un diagnóstico definitivo. Opto por creer al médico cuando dice que lo más probable es que aún te esperen experiencias maravillosas.

—¿Pero las recordaré? —bromeó Frances.

Flo se rio, aunque no Liz.

—¡Parad ahora mismo! —les ordenó—. Sé que hacer bromas es un mecanismo de defensa, pero la realidad es que probablemente estés más sana que la mayoría de la gente que conocemos. Si eso de la discapacidad cognitiva o el Alzheimer empieza a empeorar, nos enfrentaremos a lo que haga falta.

—Más nos vale escucharla, Frances. Ya sabes cómo se pone Liz cuando se le lleva la contraria. Puso este pueblo patas arriba hace años cuando insistió en que la suegra de Grace atendiera a su sirvienta en el mostrador de Wharton's. No es tan vieja como para no volver a armarla gorda si no le haces caso. No te hagas la débil cuando todo el mundo puede ver que no lo eres.

Frances miró a sus amigas y sacudió la cabeza.

—Doy gracias a Dios por teneros a las dos —dijo sinceramente—. Es imposible que me rinda teniéndoos como mis animadoras.

—Podríamos comprarnos unos trajes —propuso Flo—. Y hasta unos pompones. Creo que resultaría una imagen muy fetichista verme con una de esas falditas cortas y sacudiendo los pompones.

—No hace falta que des tantos detalles. Ya he captado el mensaje —le dijo Frances, aunque tuvo que admitir que imaginarse a sus amigas con falditas plisadas y sudaderas del Instituto de Serenity sacudiendo unos pompones la hizo reír.

—Bien por ti —le dijo Liz entusiasmada y se detuvo un instante antes de añadir—: Bueno, ¿qué me decís de lo del helado?

Frances sonrió claramente más animada.

—Estaría bien, pero ¿sabéis que sería aún mejor?

—¿Qué? —preguntó Liz con impaciencia.

—Una de esas noches de margaritas de las que siempre están hablando Maddie, Helen, Dana Sue y las demás —propuso Frances.

A Flo se le iluminaron los ojos.

—¡Yuju! Contad conmigo. Creo que llamaré a mi hija y le diré que se anden con ojo. ¡Pronto las Dulces Magnolias no serán nada comparadas con las Senior Magnolias!

—¿Alguna sabéis hacer un margarita en condiciones? —preguntó Liz con expresión algo escéptica.

—Pues claro —respondió Flo—. ¿De dónde crees que se sacó Helen su receta letal?

—Pues entonces, decidido. Marchando unos margaritas —dijo Liz—. Y será mejor que nos los tomemos en mi casa. Travis y Sarah viven al lado, por si las cosas se nos van de las manos. Podrán llevaros a casa a las dos.

—Y entonces hablarán de ello por la radio mañana por la mañana —añadió Frances riéndose ante la que se podía organizar. Se había pasado cada uno de sus casi noventa años siendo enteramente respetable y ya era hora de desinhibirse y divertirse.

Elliott estaba en la mesa de la cocina, después de haberles dado la cena a los niños, haciendo números para enseñárselos a Karen cuando volviera a casa. A lo mejor si veía las cifras reales basadas en las inscripciones del gimnasio y en el número de nuevos clientes particulares, podría relajarse. Incluso con esas cifras preliminares antes de que arrancara el negocio de verdad, le parecía que el aumento de sus ingresos ya era impresionante. Seguro que sería suficiente para aplacar su terror.

Seguía ahí cuando Mack entró en la cocina en pijama y con gesto esperanzado.

—Ey, colega, ¿qué pasa?

Mack se sentó en su regazo, cosa que ya no hacía mucho últimamente, y se acurrucó contra él.

—¿Te ha dicho algo mamá?

Eso sí que era un campo de minas. Karen sí que le había dicho algo, pero no era nada que quisiera compartir con un niño de siete años.

—¿Sobre qué?

—Sobre lo de adoptarnos a Daisy y a mí —respondió pillándolo desprevenido.

—No. ¿Es que tenía que decirme algo?

—Ajá. Le he dicho que Daisy y yo queríamos que fueras nuestro papá de verdad, y ha dicho que hablaría contigo esta noche. Me lo ha prometido.

Se le quitó un peso enorme de encima porque si los niños se lo habían pedido de manera independiente, sabía que a ellos jamás se lo negaría.

—Bueno, ha surgido algo cuando he llegado a casa, así que puede que se le haya olvidado. Lo hablaremos en cuanto vuelva.

Mack lo miró a los ojos.

—¿A ti te parece bien?

Elliott sonrió y lo abrazó con fuerza.

—¡A mí me parecería genial! —aunque sabía bien que no debía hacer promesas a la ligera—. Pero es un asunto muy importante, así que tu madre y yo tenemos que hablarlo mucho. ¿Puedes tener un poco de paciencia?

Mack sacudió la cabeza con nerviosismo.

—No se me da bien tener paciencia.

Elliott se rio.

—A mí tampoco, colega. A mí tampoco.

Cuando Karen llegó a casa, se encontró a los niños en la cama y a Elliott esperándola en la cocina.

—Si tienes hambre, tienes la cena caliente. Pero si la pasta recalentada ofende a tu instinto culinario, puedo prepararte otra cosa.

Ella intentó esbozar una sonrisa, aunque no fue del todo capaz de ocultar el dolor que estaba sintiendo.

—No tengo hambre.

—¿Podemos hablar? —le preguntó con una súplica tras esas palabras. Levantó una libreta—. He tomado algunas notas y creo que estas cifras te tranquilizarán.

Aunque lo único que quería era meterse en la cama y dejar que el sueño la alejara de la conversación, sabía que no podía eludir ese deber del matrimonio. Si Elliott quería hablar, tenía que escucharlo.

—Deja que vaya a por algo de beber primero.

—No, siéntate. Yo te lo traigo. ¿Qué te apetece?

Le tocó el corazón que estuviera poniendo tanto empeño en complacerla. Para ser un hombre no acostumbrado a disculparse por sus actos, estaba haciendo todo lo posible por demostrarle que lamentaba cómo había llevado el asunto.

—¿Hay algún refresco light sin cafeína en la nevera?

Elliott miró, asintió y sacó dos; una señal más de lo nervioso que estaba. Él nunca bebía refrescos, y menos sin cafeína. Abrió los botes y sirvió las bebidas en vasos con hielos.

Se obligó a mirarlo.

—Por si te sirve de algo, que sepas que ya no estoy enfadada.

Los labios de Elliott se curvaron ligeramente al oírlo.

—Me alegra saberlo, aunque puede que tengas motivos para estarlo.

—En ciertos aspectos, no podía estar más de acuerdo contigo. En otros, sé que he exagerado. Una vez más, he dejado que el pasado me afectara a la hora de ver esos papeles. No eres Ray. Nuestro matrimonio no se parece en nada al que tuve con él.

—Pero sigues siendo una superviviente de aquella experiencia y tengo que recordarlo a la hora de actuar y hacer las cosas. Supongo que no estoy acostumbrado a responder por otros.

—Así es la familia —dijo dotando de algo de diversión a su voz, aunque la situación no tuviera nada de divertido—. Al fin y al cabo, eres el hijo de tu padre.

Elliott se ofendió.

—Sabes que no soy así.

Ella sacudió la cabeza.

—Te quiero, pero la realidad demuestra lo contrario. Actúas por tu cuenta y sé que lo haces de buena voluntad, porque nos quieres y quieres un futuro increíble para nosotros, pero somos una pareja. Y yo, tal vez incluso más que la mayoría de las esposas y seguro que más que tu madre o tus hermanas, necesito formar parte de las decisiones que se toman. No sé cómo ponértelo más claro. Para mí eso es esencial si queremos seguir casados, Elliott.

Él parecía conmocionado por esas palabras.

—No soy mi padre —repitió—. Cuando te he dejado al

margen, no ha sido porque no valore tu opinión, o piense que las cosas se tienen que hacer a mi manera. Lo he hecho porque intento protegerte para que no sufras cuando se trata de dinero. Ya te lo he explicado.

—Y yo ya te he dicho que el silencio es el peor modo de solucionarlo. Si me explicas las cosas, me enseñas las cuentas que tienes, puede que vea lo que ves tú y no me dé tanto miedo.

Él asintió.

—Puede que ese sea un punto a tener en cuenta.

—¿Puede? —respondió ella sonriendo.

—Vale, lo es sin duda —le pasó las notas—. Estas son las cifras actuales. Maddie está convencida de que con la inauguración y la apertura oficial se dispararán. Eso pasó con The Corner Spa una vez se corrió la voz. Sé que ya tengo más hombres apuntados a mis entrenamientos particulares que mujeres tuve en los primeros meses en el spa.

Karen estudió las cuentas y se quedó asombrada al ver el final de la hoja.

—¿En serio? ¿Estos son los ingresos que ya vas a tener?

Él asintió.

—Así podremos ir pagando el préstamo y meter dinero en la cuenta del bebé, Karen. Puedes verlo aquí escrito.

Ella respiró hondo y aliviada y sintió cómo la tensión de sus hombros empezaba a disiparse.

—Helen me ha dicho que todo iría bien, pero verlo así en el papel hace que me lo crea más. Gracias por demostrármelo y no limitarte a decirme que mis miedos no eran racionales.

—Yo nunca haría eso. Intentaba protegerte, pero he terminado empeorándolo todo.

—Lo cual te debería servir como lección.

—De ahora en adelante nos lo diremos todo y no nos guardaremos nada –prometió.

Karen asintió. Era otra de esas promesas a medianoche hechas con sinceridad en la que sabía que podía confiar.

—Mientras estaba con Helen ha surgido otro tema.
Él se estremeció.
—Te ha dicho que he ido a verla sobre la adopción de los niños.
—Eso es —y frunciendo el ceño añadió—: ¿Por qué lo has hecho?
—Solo quería asegurarme de que no sería un proceso legal complicado. Tenía intención de contarte lo que me ha dicho y discutirlo contigo.
—E, irónicamente, hasta que he visto esos papeles del préstamo yo iba a hablarte de lo mismo. Mack y Daisy quieren esto tanto como tú. Al menos Mack seguro. No me he sentado a hablar con Daisy aún, pero no tengo duda de que tiene tantas ganas como él. No sabía que habían estado hablando de esto.
Elliott la miró a los ojos.
—¿Y tú? ¿Estás listas para dar este paso?
Ella captó el tono esperanzado de su voz, recordó las súplicas de su hijo y asintió.
—¿Pero podemos no decirles nada a los niños todavía?
—¿Aún tienes tus reservas, Karen?
—Supongo que sí —respondió sinceramente—. Creo que esta noche hemos avanzado mucho, pero el modo en que hemos llegado hasta aquí me ha asustado un poco. Me ha recordado que aún existen muchas diferencias en el modo en que vemos el matrimonio.
Elliott vaciló como si estuviera dividido entre qué responder. Para sorpresa de ella, sin embargo, finalmente asintió.
—Sí que las hay —contestó con expresión sombría—. Pero tengo la sensación de que las que yo veo no son las mismas que las diferencias que ves tú.
—No lo entiendo —le dijo claramente aturdida.
—Tú ves el matrimonio como una sociedad y crees que yo lo veo como una especie de dictadura benévola.

Karen no pudo negar la verdad de ese comentario.
—Cierto.
—¿Quieres saber cuál es la diferencia que a mí me preocupa?
—Claro.
—De acuerdo —respondió como si estuviera poniendo en claro sus pensamientos—. Yo veo el matrimonio como un compromiso que hice para estar siempre contigo, en lo bueno y en lo malo —la miró fijamente—. Tú estás convencida de que hay un plazo límite. Hasta que creas de verdad que te querré hasta que muera y puedas decir lo mismo, entonces tienes razón: estamos en arenas movedizas y verás cada error que cometa como un paso hacia el divorcio.

Ante la seriedad de su tono, Karen sintió cómo la tierra se sacudía bajo sus pies. Parecía muy seguro de que su amor era inmortal y había sentido esa certeza desde el principio. ¿Por qué no podía ella hacer lo mismo? ¿Era por su historia pasada? ¿Por las últimas actitudes de él? ¿O porque le pasaba algo que hacía que viera el amor como un sentimiento con fecha de caducidad?

Lo único que sabía con seguridad era que tenía que descubrirlo y tenía que hacerlo antes de que perdiera la relación más importante de su vida con un hombre que estaba verdaderamente entregado a amarlos a sus hijos y a ella; no solo ahora, sino por siempre.

Capítulo 19

Cuando el teléfono sonó a medianoche, Elliott contestó esperando que no despertara a Karen, aunque debería haberse imaginado que no sería así; ella ya estaba sentada en la cama y frotándose los ojos mientras respondió.
—¿Qué pasa? —murmuró Karen adormilada—. Nadie llama a estas horas.
—Es Sarah —dijo él tapando el teléfono con la mano.
Karen se alarmó enseguida.
—¿Por qué? ¿Qué ha pasado?
Sonriendo mientras intentaba escuchar a Sarah, y a la vez que Karen lo acribillaba a preguntas, Elliott soltó una carcajada y le pasó el teléfono.
—Tienes que oír esto.
Mirándolo atónita, agarró el teléfono.
—¿Sarah? ¿Qué pasa?
Elliott vio el baile de emociones en su rostro mientras Sarah le contaba lo que acababa de decirle a él: que Frances, Flo y Liz estaban hasta arriba de margaritas y cantando en el jardín trasero que separaba la casita de invitados de Liz de la casa principal que le había vendido a Travis antes de casarse con Sarah.
—¡Madre mía! —murmuró Karen aunque no pudo evitar sonreír—. Claro que iré ahora mismo.

Cuando colgó, miró a Elliott.

—¿Te lo ha contado? —le preguntó conteniendo la risa.

—¡Sí! Imagino que querrás ir a recoger a Frances.

—Está claro que uno de los dos tenemos que hacerlo. Puede que le dé menos vergüenza que vaya yo.

—¿Estás segura?

—Para ella soy como su hija.

—Pues precisamente por eso lo digo. ¿Qué madre quiere que su hija la vea haciendo el ridículo? Además, puede que necesite mucha ayuda para volver a casa.

—Es verdad, pero no puedo evitarlo. Tengo que verlo. Y supongo que Sarah habrá llamado a Helen para que vaya a buscar a Flo. ¿Cómo voy a perdérmelo?

Elliott se rio.

—Es una imagen que no me importaría ver, pero está claro que los dos no podemos ir. ¿Vas a traer a Frances aquí?

—Imagino que depende. Puede que insista en irse a su casa para asegurarse de que los niños no la vean así.

Elliott asintió.

—De acuerdo, haz lo que creas que es mejor. Pero llámame si vas a quedarte a dormir con ella. Yo me ocupo de todo mañana.

—No dirás que no tenemos unas vidas muy interesantes, ¿no? —le dijo mientras se ponía unos vaqueros y una sudadera—. Intenta dormir un poco. Sé que la inauguración es el sábado y mañana hay un millón de cosas que hacer. Si puedo ayudarte en algo y no nos vemos mañana antes de que te marches, déjame una nota.

—Lo haré —se giró y habría hundido la cabeza bajo la almohada de no ser porque recordó algo—: Eh, Karen —le dijo justo cuando estaba a punto de marcharse.

—¿Qué?

—Grábalo en vídeo —respondió sin contener las carcajadas—. Creo que cuando se le pase la borrachera, Frances querrá tener un recuerdo de esta noche. Algo me dice que hace años que no se desmelena así.

—Lo que pasa es que quieres tener algo con que chantajearla cuando necesites sus galletas de avena y pasas.

—Claro que no. Para eso lo único que necesito es mi encanto. Aún me funciona con ella.

Es más, ojalá le funcionará la mitad de bien con su mujer.

Cuando Karen aparcó delante de la casa de Travis y Sarah, parecía que ahí estuvieran celebrando una fiesta. El coche de Helen ya estaba allí, además del coche de policía de Carter Rollins con las luces encendidas. Suponía que algún vecino se había ofendido por el concierto a medianoche que estaban dando las tres revoltosas mujeres.

Al dar la vuelta a la casa, oyó el tono impaciente de Helen.

—Mamá, ¿pero en qué estabas pensando? ¿Quién se emborracha a tu edad?

—Solo nos estábamos divirtiendo —respondió Flo a la defensiva—. Vosotras celebráis las noches de margaritas todo el tiempo y nadie llama a la poli.

—Principalmente porque nosotras no salimos a la calle a cantarle a todo el vecindario —le contestó Helen con clara exasperación.

Karen vio a Frances sentada en un banco de hormigón del jardín y fue hacia ella.

—¿Noche de chicas? —le preguntó con tono alegre.

Frances se la quedó mirando sorprendida.

—¿Qué estás haciendo aquí?

—Sarah me ha llamado. Ha pensado que te gustaría que te llevara a tu casa o a la mía.

—¿En serio? Tenía pensado ir andando en cuanto todo dejara de darme vueltas.

—No creo que sea buena idea. ¿Cuántos margaritas te has tomado?

—Solo recuerdo uno —respondió perpleja—. ¿He podido ponerme así con uno?

—Si era la receta de Helen, sí —contestó Karen riéndose a pesar de haber ido decidida a no juzgarla y mostrarse comprensiva—. Por algo los llamamos «letales».

—Sí, ya lo veo —dijo Frances moviendo la cabeza de arriba abajo como uno de esos muñecos para coches.

—¿Estás lista para irnos?

Frances negó con la cabeza, pero se estremeció al instante, probablemente porque los margaritas le habían levantado dolor de cabeza.

—Ya no puedo beber más. Antes aguantaba mucho más el alcohol.

—Seguro que sí. ¿Crees que estás bien como para caminar hasta el coche?

—No puedo irme —dijo señalando hacia Carter que estaba al otro lado del jardín riéndose a carcajadas con Travis. Se acercó a Karen y le confesó—: Creo que nos han arrestado.

Por extraño que pareciera, Frances parecía muy complacida con esa posibilidad.

—Voy a comprobarlo, pero seguro que podéis iros.

Le dio una palmadita en la mano y cruzó el jardín.

—¿Hay algún motivo por el que no pueda llevarme a Frances a casa? —le preguntó a Carter, que tenía los ojos brillantes de reír.

—No, que yo sepa —respondió el jefe de policía sonriendo—. Eso contando con que pueda mantenerse en pie lo suficiente para llegar a tu coche.

—Yo la llevaré —se ofreció Travis—. ¿Podrás ocuparte cuando lleguéis a su casa?

Karen asintió.

—Con que no se me quede dormida, podré meterla en

casa. Y si no, la llevaré a la mía y allí Elliott me ayudará a pasarla dentro. Puede dormir en la habitación de invitados —miró a Travis con curiosidad—. ¿Tienes idea de a qué ha venido todo esto?

—Según Liz, que no está en mejor estado que estas dos, hoy han ido a Columbia a ver al médico de Frances.

En ese momento, Karen perdió toda alegría.

—Oh, Dios mío, ¿y qué le ha dicho?

—No sé mucho del tema —admitió Travis también con gesto triste—. No sé si estarán celebrando buenas noticias o ahogando sus penas. Pero parece que no lo averiguarás hasta mañana, cuando tengan las cabezas más despejadas.

Karen miró hacia el banco donde Frances se movía de delante atrás con expresión desconsolada. Solo con verla supuso qué le habría dicho el médico. Y si era tan terrible como se temía, no quería que llegara la mañana para tener que oírlo.

Frances nunca se había sentido tan avergonzada en su vida. Lo poco que podía recordar de la noche anterior eran unas risas provocadas por los margaritas, las canciones que había cantado de Johnny Cash y después la llegada de Sarah y Travis, a quienes claramente habían despertado, y después la de Carter Rollins seguido de Helen y Karen. Ya que se había despertado en su propia cama, estaba claro que alguien la había llevado a casa y estaba segurísima de que era Karen a quien tenía que darle las gracias.

Con mucho tiento se incorporó en la cama, esperó a que la habitación dejara de dar vueltas y se levantó despacio sujetándose a la mesilla de noche.

—Bueno... —murmuró sorprendida—. No estoy tan mal.

Entró en el baño, se dio una ducha, se lavó los dientes y se puso unos pantalones sueltos y una blusa. Cuando entró en la cocina y se encontró allí a Karen, casi se murió del susto.

—No sabía que te habías quedado a dormir. Debiste de ser tú la que me trajo a casa.

—Eso es —le confirmó intentando, sin mucho resultado, contener la sonrisa.

Frances hizo una mueca de disgusto.

—¿Fue muy horrible? Recuerdo que llegó Carter, pero no mucho más.

—Bueno, creo que la presencia de un poli allí calmó las cosas rápidamente —dijo y añadió riéndose—: Te creías que estabais arrestadas.

—¿Y no lo estábamos? —preguntó casi decepcionada. A diferencia de Liz, a la que habían arrestado en más de una ocasión durante las manifestaciones por los derechos civiles, Frances nunca se había portado tan mal como para acabar en la cárcel y se preguntaba si eso era una evidencia de lo sosa que había sido su vida.

—Ningún arresto. Solo una seria advertencia —señaló hacia la tetera que había en el fuego—. ¿Quieres café o té? ¿Qué tal tienes el estómago?

—Bastante calmado. Creo que el café me vendrá bien. Puede que se lleve el atontamiento que me queda encima.

—¿Y de quién fue la idea de celebrar una noche de margaritas? —le preguntó Karen mientras le servía el café.

—Mía —admitió Frances—. Las Dulces Magnolias siempre se divierten mucho y Flo cree que nosotras deberíamos ser las Senior Magnolias. Ya celebramos una fiesta una vez, aunque no terminó como esta.

—Seguro que las demás se sentirán halagadas de que queráis emularlas, aunque tal vez deberíais beber té dulce.

Frances la miró indignada.

—Puede que nos hayamos vuelto un poco locas anoche, pero no somos tan viejas como para no poder tomarnos un margarita alguna que otra vez. A mi edad, ¿a quién le importa si hacemos el ridículo? A eso se le llama vivir, y pretendo hacerlo mientras pueda.

En cuanto habló, vio la preocupación en el rostro de Karen.

—Oh, no te pongas así. No voy a hacer nada peligroso, aunque siempre me he preguntado cómo sería hacer paracaidismo.

Karen abrió los ojos de par en par.

—¡Frances!

Frances se rio.

—Es broma. No soy tan tonta. Una caída por la calle podría mandarme al hospital con una cadera rota, ¡a saber qué me rompería saltando de un avión! —sacudió la cabeza—. No, está claro que eso no es para mí.

—¿A qué vino lo de anoche? Travis cree que ayer te dieron algún resultado en Columbia.

Frances asintió.

—Pero nada definitivo aún. Podría ser algo llamado discapacidad cognitiva leve, que es manejable, pero que también puede degenerar en Alzheimer. O podría ser ya un Alzheimer en fase temprana. Supongo que es difícil concluirlo aún, pero al menos me descartaron un tumor y otras cosas.

—Entonces son buenas noticias.

—Mejor de lo que me esperaba, supongo, aunque no quiere decir que esté como una rosa. Me han dado una receta y va veremos si me ayuda. Al menos parece que mis hijos no tendrán que preocuparse de mandarme aún a una residencia.

Karen se levantó y la abrazó.

—¡Qué alivio! Y todos te ayudaremos en lo que podamos. Si llega el momento en que no puedes vivir aquí, podríamos arreglarlo para que te vinieras a vivir con Elliott y conmigo.

A Frances la conmovió sobremanera ese ofrecimiento y sabía que se lo había hecho con esa sincera generosidad que siempre veía en Karen. Dudaba que sus propios hijos se ofrecieran a hacer algo así. Jennifer y Jeffrey la querían, de eso no tenía duda, pero sí que dudaba que quisieran que fuera una molestia en sus ajetreadas y complicadas vidas.

Con los ojos llenos de lágrimas, agarró con fuerza la mano de Karen.

—Ni te imaginas cuánto significa para mí que me hayas sugerido algo así, pero esperemos que falte mucho tiempo para tener que tomar esa decisión. Si llega el momento, no seré una carga, Karen, no para ti o tu familia. Yo misma tomaré la decisión de buscarme una residencia donde me den los cuidados que necesite. Y puede que después de este susto les pida a Liz y a Flo que me ayuden a empezar a buscar. Llevo mucho tiempo pensando en ello y quiero ser yo la que elija el sitio, no quiero estar en el primer lugar que esté disponible cuando llegue el momento.

Karen la miró consternada.

—¿Entonces estarías dispuesta a dejar tu casa?

—Con el tiempo, sí. Es algo en lo que toda persona de mi edad debe pensar. No me hará ninguna gracia dejar este piso y a mis amigos, pero ¿quién sabe? A lo mejor Liz y Flo deciden venirse conmigo. He oído que en esos sitios se pueden encontrar hombres muy gallardos. Solo con eso a Flo le bastará para echar un vistazo.

Karen se rio.

—Es una persona muy activa y llena de vida, ¿verdad? Pero creía que ya estaba con alguien.

Frances asintió.

—Oh, sí, pero nunca dejará de buscar otras opciones. La verdad es que es maravilloso verla así. Ha tenido una vida muy dura. El padre de Helen murió joven y Flo tuvo que trabajar mucho para llegar a fin de mes y asegurarse de que su hija gozaba de todos los privilegios de los que ella había carecido. Me alegra que por fin esté viviendo la vida al máximo después de tantos años de sufrimiento.

—Para mí las tres sois formidables.
Frances le sonrió.
—Bueno, jovencita, ya has cumplido con tu deber. Ahora deberías ir a ocuparte de tu familia. Yo estaré bien.
—Deja que primero te prepare el desayuno.
La oportunidad de dejar que un chef que había recibido muchos cumplidos en Sullivan's le preparara el desayuno era una oportunidad demasiado buena como para dejarla pasar.
—Ya sabes que eso no puedo rechazarlo. ¿Por qué no llamas a Elliott y los invitas a desayunar aquí con nosotras? Aún es pronto, creo, así que tendrán tiempo de llegar al trabajo y al colegio.
—¿No te importaría?
—Claro que no.
Karen sonrió.
—Sé que Elliott se muere por oír lo de anoche. Quería ir él a recogerte.
—Bueno, pero no lo hablaremos delante de los niños. Son demasiado pequeños para oír mis travesuras. Ya se lo contaré a Elliott cuando vaya a clase de gimnasia la semana que viene.
—¿Irás mañana a la inauguración del gimnasio? Será el único momento en que dejen a las mujeres entrar a echar un vistazo. Podemos ir juntas, si quieres. Tengo que ir un poco antes para supervisar el catering de Sullivan's.
—Me encantaría. Y ahora llama a tu marido y dile que vengan.
A pesar de todas las locuras de la noche anterior y de sus preocupaciones por lo que el médico había y no había dicho, ese día estaba teniendo un comienzo maravilloso.

A Elliott le había encantado encontrarse a Frances tan espabilada y alegre. Aunque Karen le había advertido que no le preguntara nada sobre la noche anterior delante de los niños, había visto ese brillo inconfundible en su mirada cuando le había preguntado si había hecho algo interesante últimamente.

—No vayas por ahí, jovencito —le respondió ella sacudiendo un dedo.

Él se había reído sin más, aliviado de verla así.

Pero no se había quedado mucho rato. Había quedado en ver a tres de sus clientas habituales en el spa esa mañana y después pasar el resto del día en el Fit for Anything para asegurarse de que todo estaba listo para la inauguración. Sabía que no era necesario porque ahí estaba la súper organizada Maddie con sus listas y las listas de esas listas, pero al menos estaría allí por si necesitaba que la ayudara en algo.

Terminó en el spa a las diez y estaba a punto de salir cuando se encontró con Ernesto.

—Venía a verte —le dijo su cuñado—. ¿Vas a alguna parte?

—Iba al gimnasio nuevo para preparar la inauguración de mañana —se vio forzado a preguntar—: ¿Necesitas algo? Tendrás que decírmelo mientras voy de camino. Tengo un día muy ajetreado por delante —que no incluía una conversación con el hombre que había estado haciendo sufrir a su hermana. Guardarse sus opiniones iba a ser todo un reto.

Ernesto le lanzó una oscura mirada.

—Necesito que hagas entrar en razón a tu hermana.

Elliott se paró en seco y frunció el ceño ante el tono de su cuñado.

—¿Qué significa eso? ¿Qué te piensas que ha hecho Adelia?

—Está desatendiendo a los niños y está malgastando el dinero. Me está contestando y levantando la voz y no sé qué demonios le está pasando. Pero sí sé que no es la mujer con la que me casé.

Elliott tuvo que controlar su furia para responder.

—A lo mejor eso es porque tú no eres el hombre con el que se casó —le dijo con tono calmado—. Prometí mantenerme al margen, pero has venido tú. Sé de qué modo has estado faltándole al respeto, Ernesto, y seguro que la mitad del pueblo lo sabe, ya que no te has molestado en ocultar tu sórdida aventura. La única razón por la que no te he dado una paliza para hacerte reaccionar es porque Adelia me pidió que no lo hiciera.

Ernesto no tuvo la dignidad de mostrarse mínimamente avergonzado por el hecho de que su cuñado supiera de su infidelidad.

—Tengo derecho a disfrutar un poco después de todos estos años —le dijo a la defensiva—. Tu hermana estaba prestándole atención a los niños, no a mí. No se cuidaba, ya has visto cómo estaba. Ganó peso.

—Por estar embarazada de tus hijos —le contestó sin poder creer lo que oía—. Deberías estar de rodillas dando gracias a Dios por cómo ha cuidado de tu familia y por el apoyo que te ha dado para que pudieras centrarte en tu éxito profesional.

—Le he dado una casa maravillosa. Tiene todo lo que el dinero puede comprar. ¿Y me lo agradece? No. Al parecer, no le basta con eso.

—Dudo que pudiera bastarle a una mujer cuyo marido la engaña. Has dicho que tienes derecho y yo estoy aquí para decirte que no. Sea lo que sea lo que Adelia te está haciendo últimamente, estoy de su parte, te lo aseguro. Porque, probablemente, no será ni la mitad de lo que te mereces.

Ernesto lo miró furioso.

—No estoy haciendo nada que no hiciera tu padre.

Elliott lo miró atónito.

—No sabes de qué hablas. Mi madre nunca le habría permitido que la engañara.

—Hacía la vista gorda, como la mayoría de las mujeres —dijo muy seguro de sí mismo—. Si no me crees, pregúntaselo. O dile a Adelia que se lo pregunte. Apuesto a que María le echaría un buen sermón sobre lo que una mujer obediente debería hacer en esta situación.

Y con eso se giró y se marchó dejando a Elliott aturdido. Era imposible que lo que había dicho de su padre fuera verdad. Sí, era cierto que su madre lo había tratado como si fuera un rey y que había dejado en sus manos gran parte de las decisiones de la familia, ¿pero engañarla? Ella no lo habría tolerado. Se respetaba mucho más que todo eso.

¿O no? Viendo lo que pensaba del divorcio, ¿habría sellado sus labios y habría soportado la situación?

De pronto se vio de nuevo cuestionándose todos los valores que le habían metido en la cabeza a lo largo de los años. Aunque sabía que jamás pensaría que tenía derecho a engañar a Karen, ¿cuántos otros aspectos del carácter de su padre había adoptado sin darse cuenta? ¿Tenía razón Karen cuando le había dicho que se comportaba como él?

Entró en el gimnasio y le preguntó a Maddie:

—¿Puedes darme unos minutos?

—Si recoges unas cosas mientras estás fuera.

—Claro.

Hizo una lista de todo lo que quería y fue al aparcamiento del spa a buscar su coche. Cinco minutos después aparcó delante de la tienda de Raylene en Main Street.

Se sentía completamente fuera de lugar entrando ahí, pero al momento sonrió al ver a Adelia salir de la trastienda, preciosa con un vestido que se ceñía a la perfección a su curvilínea figura.

—¡Estás a la última!

—Me lo he comprado con el sueldo de la semana pasada. Con cada centavo del sueldo. Se lo debería haber cobrado a Ernesto.

—Pues sí, deberías —dijo notando cómo perdía el buen

humor—. Acabo de tener una pequeña charla con tu marido.

—Elliott, te pedí que no lo hicieras —le dijo consternada.

—Ey, no me eches la culpa —respondió alzando las manos—. Ha venido él. Quería que te pusiera firme para que te comportes como debería comportarse una buena esposa.

Ella lo miró incrédula.

—¿Estás de broma?

—No.

—Pues en ese caso, espero que le hayas contestado lo que se merece.

—Le he dicho que, probablemente, no lo estabas tratando ni la mitad de mal de lo que se merece —miró a su alrededor—. ¿Estamos solos?

—A menos que entre alguna clienta, sí. ¿Por qué?

—Ernesto ha dicho unas cuantas cosas que me han sorprendido.

—¿Sobre mí?

—No, una sobre papá. Ha dicho que engañaba a mamá.

Adelia vaciló tanto que él supo qué iba a decir antes de que llegara a abrir la boca.

—Ella nunca dijo nada, pero lo sé. No sé cuánto duró ni por qué lo toleró —se encogió de hombros—. Es una de las razones por las que sé que no entenderá por qué estoy tan furiosa con Ernesto. Me dirá que es una de las cruces con las que tenemos que cargar las mujeres a cambio de tener un maravilloso hogar.

Elliott soltó un improperio.

Adelia sonrió ante esa nada común pérdida de control.

—Pienso exactamente lo mismo —lo observó—. ¿Hay algo más?

Él respiró hondo.

—¿Soy como papá?

Su hermana lo miró fijamente.

—Supongo que no te refieres a lo de ser infiel.

—Eso jamás —contestó con rotundidad.

—Entonces es por su actitud machista en general —concluyó—. Y tendría que decir que sí. Así te educaron, al igual que a nuestras hermanas y a mí nos educaron para pensar que las mujeres teníamos que mantenernos en nuestro sitio.

Elliott se quedó impactado por su confirmación.

—¿En serio? ¿Crees que soy como papá?

—En el mejor sentido, sí —dijo en un esfuerzo por consolarlo—. Papá siempre antepuso su familia a todo y no veía la infidelidad como la antítesis de eso. No me preguntes por qué, pero está claro que no lo veía así. Tomaba las decisiones que consideraba mejor para nuestro bien y como trabajaba mucho, se pensaba que se merecía una lealtad inquebrantable. He visto un poco de eso en ti.

Antes de que pudiera responder, ella le agarró su brazo en tensión.

—Pero no te lo tomes a mal porque tienes otro lado que equilibra todo eso. Eres sensible y compasivo de un modo que papá nunca pudo soñar con ser —lo miró preocupada—. ¿Por qué estás preguntándome esto?

—Karen me lo ha dicho en un par de ocasiones y siempre he pensado que estaba exagerando o malinterpretando lo que yo hacía, pero puede que no fuera así. A lo mejor tengo que fijarme más en cómo tomo las decisiones en nuestro matrimonio.

—¿Te refieres a compartir esas decisiones con ella? —le preguntó con tono divertido.

Él hizo una mueca de disgusto al ver cómo lo había captado su hermana.

—Sí.

—Pues no estaría nada mal. La quieres. Te quiere. Sabes que es inteligente, así que ¿no allana eso el camino para una relación genial? —se encogió de hombros—. Aunque no es que yo sepa cómo funciona eso porque el mundo de Ernesto se mueve más bien hacia una relación dictatorial. Le está costando un poco aceptar que estoy cambiando las reglas.

Elliott la miró con admiración.

—Bien por ti. ¿Y alguna predicción sobre cómo te irá?

—Si acude a ti en busca de apoyo, eso es porque al menos le he escarmentado un poco. Pero no cuento con que tenga más que unos pocos segundos de culpabilidad. No es tan introspectivo.

—Abandónalo —le dijo Elliott no muy seguro de cuál de los dos se quedó más sorprendido ante sus impulsivas palabras—. No te merece.

—No. Es verdad —suspiró—. Pero ya veremos. Hay mucho en qué pensar.

—Decidas lo que decidas, yo te apoyaré. Lo digo en serio, Adelia.

Ella lo besó con fuerza en la mejilla.

—Y eso es lo que te hace tan distinto de papá.

Capítulo 20

Elliott se había quedado totalmente impactado con su conversación con Adelia, tanto por conocer la situación de su hermana como por lo que le había dicho sobre cómo él había adoptado sin darse cuenta el comportamiento marital de su padre. Era algo que tenía que corregir, de eso no cabía duda.

Ahora se daba cuenta de que había estado tan ocupado protegiendo a Karen, como creía que debía hacer un marido, que había ignorado lo que ella había estado intentando decirle sobre que quería que su matrimonio fuera cosa de dos, lo cual implicaba compartirlo todo, incluso las preocupaciones. Necesitaría cambiar mucho su forma de pensar, pero podría hacerlo.

Pero ahora tenía que centrarse en preparar el gimnasio para la inauguración del día siguiente. Había demasiado en juego como para distraerse durante los próximos días.

Una vez había recogido todos los encargos de Maddie, volvió al gimnasio, lo metió todo dentro y fue a buscarla. Encontró una nota en el escritorio del que sería su despacho y que, por el momento, estaban compartiendo.

Crisis en el instituto de Katie. Volveré en cuanto pueda. Eso lo había dejado escrito a las once menos cuarto, y ahora era más de mediodía.

Como sabía lo que había que hacer antes del evento del día siguiente, empezó a pasar listas de comprobación en cada una de las instalaciones para asegurarse de que todas las máquinas estaban impolutas y cada centímetro de suelo barrido y brillante. Hasta se aseguró de que la cantidad de folletos y formularios de inscripción en la zona de recepción fuera el adecuado y de que hubiera suficientes bolígrafos.

Estaba a punto de repasar la lista de la cafetería cuando Maddie llegó seguida de Katie y, a juzgar por el gesto de enfado de la mujer, la cosa no había ido muy bien.

—Expulsada —dijo a modo de explicación mientras hacía que su hija entrara en el despacho.

Cuando ella salió unos minutos después, suspiró.

—¿Quieres hablar de ello?

—Querría, si supiera algo más. La han expulsado por faltar a clase. Al parecer, no es la primera vez y se niega a decir por qué. Cal ha intentado mediar, pero la directora no se lo ha permitido. Y, sinceramente, no la culpo y menos cuando es una falta repetida. No sabía lo de la primera vez porque resulta que a mi hija se le olvidó traerme la nota de dirección. Lo qué no sé es cómo hace para que Cal no se entere. Él sabe todo lo que pasa en el instituto.

—¿Se lo dirían a Cal en lugar de a tu exmarido?

—No, pero él tampoco lo sabía. Le he llamado para asegurarme. Por cierto, ¿nos queda alguna tediosa labor por hacer aquí? Quiero que sufra en lugar de quedarse ahí sentada en el despacho enfurruñada por lo injusto que le parece esto.

Elliott sonrió.

—Me temo que los suelos están fregados y los vestuarios como la patena.

—Qué pena —murmuró Maddie—. A lo mejor debería llevarla al The Corner Spa. Esos vestuarios siempre necesitan una buena pasada.

—Pues adelante. Creo que aquí todo está bajo control,

al menos basándonos en las listas de control que he encontrado en tu mesa.

Ella lo miró agradecida.

—¿Te importaría? Creo que tengo que ocuparme de esto tan rápido y firmemente como pueda. Katie tiene que aprender la lección. Siempre ha sido tan buena chica que todo esto me tiene atónita.

—Haz lo que tengas que hacer. Te llamaré si me topo con algo de lo que no me sepa ocupar.

—¿Has visto que dentro de una hora vendrá un periodista del periódico local para dar una vuelta por el gimnasio y hacer una entrevista? ¿Crees que puedes arreglártelas?

—Preferiría comer barro, pero me apañaré.

Ella se rio.

—Acostúmbrate. Ahora eres el rostro sexy de este lugar. Estoy pensando que estaría bien verte en unas vallas publicitarias luciendo esos excelentes abdominales que tienes.

Él la miró horrorizada, seguro de que tenía que estar de broma.

—De eso nada.

—Claro que sí —contestó sonriendo—. Está claro que eres el chico de portada de Serenity.

—¡Que Dios me ayude!

—Dios ya te ha hecho muchos favores —bromeó ella—. Y tú les has sacado el máximo provecho.

Elliott empezó a sonrojarse.

—Largo de aquí, Maddie. Me estás ruborizando.

—Garnet Rogers y Flo Decatur te han dicho todo eso y más —le dijo riéndose—. Espabila y acéptalo como un hombre.

Aún seguía sacudiendo la cabeza cuando ella fue a por Katie, que salió del gimnasio con gesto abatido. Las vio marcharse preguntándose si eso era lo que les reservaba el futuro a Karen y a él. Viendo lo que había visto ya del comportamiento de Selena y ahora esto, estaba seguro de que Daisy estaba destinada a seguir el mismo camino de rebelión. Parecía venir de serie con la adolescencia. Y, por lo que acababa de ver, las chicas eran mucho más complicadas que los chicos.

Dana Sue le había asignado a Karen la labor de servir el catering para la inauguración del Fit for Anything el sábado, sin duda imaginando que le gustaría estar ahí para compartir ese gran día con Elliott.

Maddie había programado el evento de diez de la mañana a dos de la tarde, de modo que las familias pudieran pasar por allí, echarles un vistazo a las instalaciones, hablar con Elliott o con ella sobre las inscripciones y disfrutar de los aperitivos servidos en la cafetería.

Para deleite de Karen, el gimnasio había estado abarrotado desde el momento en que se habían abierto las puertas. Apenas había podido ver a Elliott, que había sido abordado por hombres que querían contratarlo como entrenador personal o preguntarle por las distintas clases que ofrecían en el gimnasio por la mañana, durante la hora del almuerzo o por la tarde para adaptarse a los horarios de trabajo de cada uno. Ella había tenido que llamar a Sullivan's en dos ocasiones para pedir que les llevaran más comida y la segunda vez, Dana Sue había ido con el pedido.

Miró a la multitud que la rodeaba con una complacida sonrisa de oreja a oreja.

—Me gustaría acercarme a Maddie para preguntarle qué tal, pero parece que esto va muy, muy, muy bien.

—Eso me ha parecido a mí también —dijo Karen—. No sé si la mitad de estos hombres se habrán apuntado, pero si es así, puede que no vuelva a ver a mi marido.

—¿Te sientes mejor ahora sobre lo de la inversión?

—Ni te imaginas —le contestó Karen con sincero alivio—. Debería haber confiado en Elliott desde el principio.

Dana Sue asintió.

—Entiendo por qué estabas tan nerviosa y ahora puedo admitir que yo también tuve algunas dudas.

—¡Vaya, pues gracias por decírmelo! Creía que era la única escéptica.

—Ya estabas bastante asustada sin que yo te añadiera mis preocupaciones. Supongo que imaginaba cómo podían reaccionar las mujeres ante un sitio como el The Corner Spa, pero ¿los hombres? ¿Quién sabía que podían tener tantas ganas de un sitio limpio y moderno donde hacer ejercicio? Podrían haberse quedado tan contentos corriendo por la pista de atletismo del instituto.

—Yo podría haberos informado sobre ese aspecto —apuntó un hombre mientras se llevaba a la boca un mini rollito de ensalada César.

—Dexter —dijo Dana Sue reconociéndolo de inmediato—. ¡Qué alegría verte! ¿Qué tal marchan tus planes de irte a Florida?

—Genial, gracias a esta inauguración —respondió sin un ápice de resentimiento—. Sé lo que todo el mundo pensaba del gimnasio, pero cubrió una necesidad en este pueblo y Elliott, Ronnie, Cal y los demás lo vieron. Los hombres no son distintos de las mujeres. Muchos de ellos harán ejercicio para mantenerse en forma si hay un buen lugar donde hacerlo y sus amigos van allí también. Dadles un descuento inicial y acudirán en masa. Eso es lo que le dije a Maddie y mirad. Esa mujer sabe reconocer un buen consejo cuando se lo dan.

—Y tanto —dijo Dana Sue—. Me alegro mucho de que estés tan contento con tu jubilación. Sé que a los chicos les preocupaba echarte del negocio.

—Yo les habría dicho que no se preocuparan, si me hubieran preguntado. Estaba más que preparado para este cambio. Estoy deseando acercarme a esos casinos. Me siento en racha.

Se metió otro aperitivo en la boca y se marchó.
—Menudo personaje —dijo Karen.
—Pero más listo de lo que la gente ha creído siempre, creo. Sabía que ese gimnasio atraería clientela aunque no invirtiera ni un centavo en él. Reconoció la necesidad de que hubiera uno antes de que lo hiciéramos Helen, Maddie o yo. Creo que vio The Corner Spa como el primer paso hacia su plan de jubilación.
—Eso parece —le respondió Karen justo cuando Frances se acercó.
—Imagino que no estaréis sirviendo margaritas, ¿no, chicas? —bromeó.
—A ti no —respondió Dana Sue con un brillo en la mirada—. Por lo que he oído no los toleras bien.
—Fue un pequeño fallo de cálculo —contestó Frances quitándole importancia al incidente—. La próxima vez los rebajaremos con agua.
—A lo mejor podríais uniros a nosotras —propuso Dana Sue—. Así vigilaríamos vuestra ingesta de alcohol.
Al instante a Frances se le iluminaron los ojos.
—¿En serio? ¿Nos dejaríais ser Dulces Magnolias por una noche?
—Lo cierto es que vosotras fuisteis las Dulces Magnolias originales. Nosotras solo seguimos una tradición.
—¡Oh, estoy deseando contárselo a Liz y a Flo! —dijo alejándose apresuradamente.
—Acabas de alegrarle el día —le dijo Karen.
Dana Sue se rio.
—Pero probablemente no a Helen. Le va a dar algo cuando se entere —se encogió de hombros—. Aunque en mi humilde opinión, le vendrá bien unirse a Flo de ese modo.
—Seguro que te lo agradecerá mucho —dijo Karen sin molestarse en ocultar lo divertido que sería la más que probable discusión.

—No me preocupa —contestó Dana Sue desdeñosamente—. Ronnie me protegerá. Le gusta discutir con Helen de vez en cuando. Y hablando de mi marido, será mejor que vaya a buscarlo y lo felicite antes de volver a Sullivan's. Llama si necesitas algo más.

—Ya son las dos. La fiesta debería terminar pronto, sobre todo si desaparece la comida.

—En eso tienes razón. Le preguntaré a Maddie, a ver si quiere cerrar o prefiere que la gente se quede un poco más.

Mientras Dana Sue se alejaba entre la multitud, Karen se dio una vuelta por la cafetería comprobando los platos, llevándose los vacíos, y rellenando los demás con lo que acababa de llevar Dana Sue.

Cuando empezó a sentir un cosquilleo supo que Elliott estaba cerca incluso antes de darse la vuelta y encontrarlo justo detrás.

—¡Felicidades! —dijo dándole un beso—. Me parece que tienes un gran éxito entre manos.

—Va bien, ¿no? —respondió él mirando a su alrededor y a la gente que aún seguía allí—. Casi da miedo lo bien que ha marchado todo.

—Estoy muy orgullosa de ti —le dijo sinceramente—. No solo por haber triunfado, sino por haber sido fiel a tu sueño a pesar de mis crisis de pánico. Creías en esto y yo debería haberlo hecho también.

Él pareció sorprendido por sus palabras.

—Lo dices en serio, ¿verdad?

Ella asintió.

—Nunca me has dado ni una sola razón para dudar de ti y sé que siempre has buscado lo mejor para nuestra familia. Te mereces que confíe en ti más de lo que lo he hecho. Lo siento.

—Gracias por decírmelo. Yo también me he dado cuenta de algunas cosas en los últimos días. Tendremos que tener una de nuestras charlas a medianoche pronto y hablar de ello. ¿Estás libre esta noche?

—Me aseguraré de estarlo —le dijo y señaló al gimnasio—. Después de mañana, ¿quién sabe cuándo podré volver a estar incluida en tu agenda?

Él la rodeó con sus brazos y apoyó la cabeza sobre su cabeza.

—Yo siempre sacaré tiempo para ti, cariño. Siempre.

Después del éxito del día, Maddie invitó a todos a su casa para una celebración privada en honor a los socios del gimnasio. Y, ya que los niños estaban invitados, su jardín trasero parecía una manifestación de lo abarrotado que estaba. Cal y Ronnie estaban haciendo hamburguesas en la barbacoa, una actividad normalmente reclamada por Erik, que esa noche había tenido que hacer turno en Sullivan's. Cuando Elliott se acercó, Ronnie le sonrió.

—Debes de sentirte muy bien.

—Me siento mucho mejor que ayer a estas horas. Tenemos muchas más inscripciones de las que esperábamos y tengo todas las horas reservadas durante las seis primeras semanas. Creo que vamos a tener que contratar a otro entrenador, al menos a tiempo parcial. Tal vez Jeff podría echar un par de horas al día, aunque también va a cubrirme en el spa, así que puede que no.

—Eso depende de ti —le dijo Cal—. Nosotros no somos más que inocentes espectadores. Maddie y tú sois los que vais a dirigir el local.

Elliott miró a su alrededor buscando a Katie, pero no vio a la chica.

—No quiero meterme en algo que no es asunto mío, pero ¿ya se han solucionado las cosas con Katie? No la veo por aquí.

—Está castigada —respondió Cal sucintamente—. Tiene permiso para bajar cuando la comida esté lista, pero luego tiene que quedarse en su habitación. Le hemos cortado el acceso al móvil y al correo electrónico, así que ahora mismo es una adolescente desdichada.

Ronnie se quedó sorprendido con la noticia.

—¿Qué ha pasado?

—Se ha saltado clases.

—¿Y sabéis por qué? —preguntó Elliott.

Cal negó con la cabeza.

—Está ocultando algo, pero no nos dice nada ni a Maddie ni a mí. Y yo tampoco he oído nada por el instituto, así que no puedo entenderlo. Maddie está muy preocupada porque esto no es propio de Katie, y no puedo culparla —se encogió de hombros—. Pero llegaremos al fondo del asunto, mejor pronto que tarde. No me gusta ver a Maddie tan preocupada.

Justo en ese momento, Elliott vio a Karen saliendo de la cocina con una bandeja de panecillos para hamburguesas.

—El deber me llama —dijo y fue a ayudarla—. ¿No has servido bastante comida por hoy? —le preguntó quitándole la bandeja.

—No me importa ayudar —miró a su alrededor—. ¿Dónde están Daisy y Mack?

—Mack está en el jardín delantero con algunos de los niños y Travis está con ellos para echarles un ojo. Daisy está justo ahí ayudando a Helen a cuidar de los pequeños.

Karen sonrió al ver a Daisy sentada con Helen en un banco bajo un árbol.

—Creo que Helen aún los echa de menos. Esas semanas en las que los cuidó por mí crearon un vínculo entre ellos que ninguno olvidará. Fue muy duro para ella cuando llegó el momento de llevármelos. Yo me sentía tan aliviada de tenerlos en casa que no me paré a pensar en lo difícil que debió de serle haberlos visto marcharse, pero lo hizo sin quejarse lo más mínimo. Es una mujer formidable.

—Sí que lo es y sabía que esos niños tenían que estar

con su mamá. Lo comprendió desde el principio y te ayudó durante tus peores momentos.

—Y siempre le estaré en deuda por eso —dijo Karen emocionada—. ¡Oh, mírame! Aún me hace llorar pensar en lo generosa que fue. Me alegro mucho de que ahora tenga una hija. Erik y ella son unos padres maravillosos. Sarah Beth es muy afortunada.

Elliott la miró fijamente.

—Y también lo son Daisy y Mack.

Ella sonrió.

—Lo serán aún más cuando nos tengan oficialmente a los dos.

Elliott se la quedó mirando.

—¿Estás diciendo lo que creo que estás diciendo?

—Estoy diciendo que quiero seguir adelante y que los adoptes legalmente. Ya es hora.

La abrazó.

—Oh, cariño, creía que hoy no podría ser mejor, pero has hecho que se convierta en el día más feliz de mi vida.

Karen y Elliott lograron sacar unos minutos a solas con Helen antes de que la noche terminara para comunicarle la decisión e, inmediatamente, una sonrisa se extendió por el rostro de la abogada.

—Cuánto me alegro de que os hayáis decidido. Me pondré a trabajar en ello el lunes a primera hora.

Karen la miró nerviosa.

—¿Crees que podría haber algún problema o te parece bien que se lo digamos a los niños?

—No veo que pueda haber ningún problema —le aseguró—. Los asuntos legales siempre pueden dar un giro inesperado, pero creo que se lo podéis decir tranquilamente.

Karen se giró hacia Elliott.

—Deberíamos decírselo cuando lleguemos a casa.

—¿Estás segura?

Ella asintió.

—Sé lo mucho que lo desean. Tienen que saberlo.

Y el gesto de emoción de Elliott fue la prueba de que ella estaba tomando la decisión correcta.

En cuanto llegaron a casa, les dijo a los niños que no subieran a su habitación y ambos se miraron extrañados.

—¿Nos hemos metido en algún lío? —preguntó Mack.

Karen lo miró muy seria.

—¿Es que hay algún motivo para eso? —resultaba asombroso la de cosas que a veces podían descubrir tirándose algún que otro farol.

Mack sacudió la cabeza.

—Mamá, de verdad que esta noche he sido bueno.

—Y yo también —añadió Daisy.

—Muy bien —dijo fingiendo y como si hubiera decidido pasarlo por alto. Les sonrió—. Elliott y yo tenemos buenas noticias y os las queremos contar.

—¡Vas a tener un bebé! —dijo Daisy dando saltos de alegría.

Karen la miró asombrada por su entusiasmo.

—¿Es que quieres que tenga un bebé?

—¡Claro! —dijo—. Quiero una hermana.

—Un hermano —la corrigió Mack—. Sería guay ser hermano mayor. Podría enseñarle cosas.

—¿Entonces esa es la noticia? —preguntó Daisy esperanzada.

—Esta vez no —dijo Elliott—. Vuestra madre y yo hemos hablado con Helen y os voy a adoptar oficialmente. Una vez los documentos estén listos, seré vuestro padre —los observó a los dos—. Espero que sea lo que queréis porque es lo que yo más quiero.

Mack fue el primero en abalanzarse sobre Elliott, pero Daisy no se quedó atrás y con tanto entusiasmo acabaron tirándolo sobre el sofá.

Karen los vio a los tres entre lágrimas.

—Veo que estáis muy contentos —dijo riéndose.

—¡Es la mejor noticia del mundo! —gritó Daisy.

—¡La mejor! —añadió Mack.

—¿Ahora seré Daisy Cruz?

Elliott miró a Karen y, ante su confirmación, asintió.

—Sí, si eso es lo quieres. ¿Y tú, Mack? ¿Quieres cambiarte el apellido y ser un Cruz?

—¡Ajá! —contestó con entusiasmo. Pero un momento después una expresión de perplejidad cruzó su rostro—. ¿Me convertiré en latino?

Karen lo miró sorprendida.

—¿Por qué lo preguntas?

—Porque a veces la gente dice cosas feas sobre los latinos, como hizo el padre de Petey Millhouse.

Elliott suspiró ante el comentario.

—Cambiarte el apellido no cambiará quien eres, Mack. No te convertirá en latino. Eso va en los genes. Me conoces y conoces a mi familia. ¿Crees que tiene algo de malo ser latino?

—Claro que no —respondió el niño con convicción.

—Pues eso es lo que importa.

Karen revolvió el pelo de su hijo.

—A veces la gente dice cosas feas sobre los demás por muchas razones y suele ser porque tienen miedo. Lo que importa es lo que tú sabes que es verdad dentro de tu corazón, tal como te ha dicho Elliott. Cruz es un apellido que puedes llevar orgulloso —miró a su marido—. Yo estoy muy orgullosa de llevarlo.

—Y lo mejor de todo es que eso significa que seremos una familia de verdad —dijo Daisy—. Y que tendremos un papá que no nos dejará nunca.

Elliott le sonrió.

—En eso tienes razón. Ya estáis pegados a mí.

—Guay.

—¡Súper guay! —añadió Daisy con una amplia sonrisa.
Viendo lo seguros que se sentían sus hijos sabiendo que Elliott estaría siempre a su lado, Karen lamentó no haber dado ese paso antes. Ahora mismo eso era lo mejor que había hecho por ellos desde que se había casado con Elliott.

Capítulo 21

Cuando Adelia llegó a casa después de recoger a sus hijos pequeños del colegio, encontró a Selena encerrada en su cuarto y con la música tan alta que parecía que la casa se fuera a venir abajo. Era una señal segura de que estaba furiosa por algo.

Aporreó su puerta.

—¡Baja la música y déjame entrar! —le ordenó.

Al no obtener respuesta, sacó la llave que había hecho para esa clase de situaciones y abrió la puerta. Encontró a Selena tumbada boca abajo en la cama y llorando. Cuando se sentó a su lado, la niña se quedó paralizada un segundo y después se echó a sus brazos.

—Shh —murmuró Adelia abrazándola con fuerza—. No pasa nada, lo que sea no puede ser tan malo. Lo solucionaremos.

Sintió cómo Selena sacudía la cabeza lentamente.

—Esto no. Esto no puedes arreglarlo.

—Claro que podemos. A esta familia se nos da muy bien resolver problemas.

Selena se sorbió la nariz y se sentó con los ojos rojos y las mejillas empapadas de lágrimas.

—Es demasiado tarde. Si pudieras hacerlo mejor, ya lo habrías hecho.

Adelia tuvo la terrible sensación de saber adónde apuntaba la conversación.

—¿Tiene algo que ver con tu padre?

—Los he visto.

No le hizo falta preguntarle a quién se refería. Ambas lo sabían.

—Juntos —añadió indignada—. La ha llevado a mi colegio cuando ha venido a buscarme. Me ha dicho que quería que la conociera, que sabía que ya me había enterado de lo que pasaba y que era mayor para entenderlo.

Miró a Adelia con consternación.

—Pero no lo entiendo. ¿Cómo puede hacerte esto? ¿Hacernos esto? ¡Es horrible!

Encendida por el insensible comportamiento de Ernesto, a Adelia se le pasaron varias cosas por la cabeza que no podía compartir con su hija. No pudo evitar preguntarse si su marido estaría poniéndola a prueba, intentando ver cuánto tenía que presionar hasta que se derrumbara.

Pero a pesar de todo, eligió sus palabras con cuidado porque, pasara lo que pasara entre Ernesto y ella, quería que sus hijos pensaran que sus padres se querían.

—Supongo que quería elogiarte al decirte que eres lo suficientemente madura para entender esto —le dijo acariciándole su larga melena negra—. Pero hablaré con él, cielo. Le haré ver que lo que ha hecho te ha hecho sentir incómoda.

—Incómoda no —dijo furiosa—. Me ha cabreado. Tú eres mi madre y ella no es nada mío. No quiero conocerla nunca —la miró decepcionada al añadir—: ¿Y sabes qué es lo otro que no entiendo? No entiendo por qué estás dejando que se salga con la suya. Eso tampoco está bien.

Adelia se hundió ante el desdén de su hija. No permitiría que Ernesto y sus actos echaran por tierra la opinión que sus hijos tenían de ella.

—Ya te he dicho que hablaré con él. No volverá a obligarte a ver a esa mujer.

—No me refiero a lo que ha pasado hoy —dijo Selena con impaciencia—. Me refiero a todo, a lo de la aventura. Actúa como si fuera normal tratarte así y tú se lo permites. No está bien que te engañe, mamá. Hasta yo lo sé.

Por un momento, Adelia no pudo pensar con coherencia. Por muy bajo que había caído Ernesto, había pensado que protegería a sus hijos de tener que enfrentarse al asunto de su infidelidad. Pero se había equivocado. Al parecer, decirle a Ernesto que Selena se había enterado de su aventura, le había hecho pensar, por absurdo que pareciera, que estaría bien presentarle esa mujer a su hija.

Y ver ese dolor y esa falta de respeto en la mirada de la niña había sido la gota que colmaba el vaso. Selena tenía razón. Si seguía fingiendo que el comportamiento de Ernesto era aceptable, entonces tampoco se merecía el respeto de sus hijos, y le estaría dando una lección terrible a su hija si aprendía de ella que una mujer debía quedarse sentada y mirar hacia otro lado cuando sus maridos les eran infieles.

—Se acabó —murmuró.

Selena la miró impactada por lo que implicaban esas simples palabras.

—¿Mamá? ¿Qué estás diciendo?

—Estoy diciendo que tienes razón sobre lo de que estoy tolerando la falta de respeto de tu padre y su desvergonzada actitud. Y tampoco permitiré que intente ponerte a ti en el medio. Había esperado... —ignoró ese pensamiento—. No importa lo que hubiera esperado. Se acabó.

—¿Quieres decir que vas a divorciarte de él? —le preguntó con tono atemorizado—. ¿Y qué pasará con nosotros?

Estaba claro que Selena no había esperado que su diatriba forzara las cosas en esa dirección. Al parecer había esperado que Adelia lo viera como una forma de hacerse fuerte y obligar a Ernesto a volver.

—No sé si esto terminará en divorcio —dijo aunque en

el fondo sabía que era la única opción—, pero voy a darle un ultimátum y después ya veremos —de nuevo acarició el pelo de su hija y se lo apartó de la cara. Le rodeó la barbilla y la miró a los ojos—. Y pase lo que pase, estaremos bien. Te lo prometo.

Selena suspiró y miró a otro lado.

—Odio que nos esté haciendo esto —murmuró.

—Yo también, cielo —se quedó un instante más a su lado y después se levantó—. ¿Puedes vigilar a tus hermanos una hora? Quiero ver a tu padre y es mejor que no tengamos esta conversación aquí.

Selena asintió y, justo cuando estaba a punto de marcharse, la llamó.

—Mamá, solo quiero que todo sea como antes.

—Lo sé, cielo. Pero no estoy segura de que eso sea posible —dijo con gran pesar.

Veinte minutos después, Adelia pasó por delante de la protestona secretaria de Ernesto e interrumpió una reunión en su despacho.

Él puso mala cara al verla.

—¿Es que no ves que estoy ocupándome de algo? —le preguntó con brusquedad.

—Yo también estoy ocupándome de algo. Y a menos que quieras que lo comparta con tus socios, te sugiero que saques algo de tiempo para mí ahora mismo —y mirando a los presentes con gesto de disculpa, añadió—: Siento las molestias.

—No hay problema —respondió uno de ellos mientras todos se levantaban, claramente, sin ninguna gana de quedarse a presenciar una disputa marital.

El gesto de Ernesto se endureció más todavía.

—Más vale que esto sea importante.

—Lo es, si esperas que tu matrimonio conmigo dure al

menos un segundo más —le dijo con un sosiego que estaba muy lejos de sentir—. Estoy harta, Ernesto. No sé en qué estabas pensando al presentarle a esa mujer a nuestra hija, pero no lo toleraré. O esta aventura tuya termina ahora y nos ponemos a arreglar nuestro matrimonio o te vas de casa y solicito el divorcio. Esas son tus opciones. No hay termino medio. Y tienes unos dos segundos para decidirlo, porque ya estoy harta de ser paciente mientras tú te comportas como un adolescente que no puede controlar sus hormonas.

Él la miró con agresividad.

—Ya te he dicho que no pienso dejar esa relación —le dijo con tono desafiante—. Tengo necesidades que tú no me satisfaces.

Ella casi sonrió ante esa respuesta tan arrogantemente masculina.

—Y yo tengo necesidades que tú no satisfaces. Y no por eso me he ido por todo el pueblo buscando el modo de satisfacerlas y de paso humillarte deliberadamente.

—¿Qué necesidades? Tienes la casa de tus sueños y la familia que querías. Puedes comprarte lo que quieras.

Adelia lo fulminó con la mirada.

—¿Y la última vez que me mostraste la más mínima pizca de amor o respeto? ¿Cuándo fue eso exactamente?

Por un instante, él se quedó asombrado por esa pregunta tan suavemente formulada.

—Te he dado todo lo que has querido —respondió finalmente, estupefacto.

—No, me has dado todo lo que creías que me haría callarme y dejar que te salieras con la tuya —lo corrigió—. Lo siento, pero esos días ya han quedado atrás.

—Nunca solicitarás el divorcio —dijo sonando muy seguro de sí mismo—. A tu madre le daría un ataque.

—No le gustará, pero ya no voy a preocuparme por eso. Tengo que darle ejemplo a nuestros hijos para que vean que lo que está pasando es inaceptable. Los hombres no deberían tratar así a sus mujeres, y las mujeres no deberían aceptarlo. Punto. Selena ya se está preguntando por qué te lo permito.

—La Iglesia no reconoce el divorcio —le recordó.

—Pues ya de paso pediré la anulación.

—¿Y convertir a nuestros hijos en unos bastardos? —preguntó, asombrado ante la posibilidad de que ella pudiera llegar tan lejos.

—Si es la única opción... —insistió, aunque también estaba más afectada de lo que quería admitir.

Era la única cosa que no había entendido nunca de la iglesia, que concedieran una nulidad que negara toda evidencia de que un matrimonio había existido dejando a los niños en una especie de limbo. ¿En qué sentido era eso mejor que un limpio y sencillo divorcio en circunstancias como esa?

Observó el rostro de Ernesto buscando un ápice de amor que pudiera quedar entre los dos. Él parecía acorralado y asediado, pero no arrepentido. Y eso fue lo que la convenció de que no tenían más opciones.

Respirando hondo, lo miró fijamente.

—En un par de horas tendrás las maletas hechas. Puedes recogerlas después de que los niños se hayan ido a dormir. Vuelve mañana y les explicaremos lo que hemos decidido.

—¡Pero no hemos decidido nada! —le gritó mientras ella salía de su oficina.

Adelia se giró y le lanzó una mirada que decía lo mucho que se lamentaba por la vida que podían haber tenido.

—Sí. Hemos terminado, Ernesto.

—Eso ya lo veremos —dijo, pero su voz sonó vacía.

Adelia no dejó de temblar hasta que llegó a su coche y se sentó detrás del volante. Cerró los ojos y respiró hondo. Había terminado. Fin.

Y, por sorprendente que pareciera, no se sentía ni la mitad de mal de lo que se había esperado. En todo caso, sí que sentía una abrumadora sensación de alivio por haber tomado por fin esa decisión... y por haber sido suficientemente valiente para hacerlo. Ahora lo único que le quedaba era enfrentarse a las repercusiones.

«Lo único», pensó con ironía. Su infierno personal probablemente no había hecho más que empezar.

Karen tenía el martes libre. Se pasó la mañana limpiando la casa, después fue al pueblo y se pasó por la tienda de Raylene. Había ofertas y el día antes le había dicho que tenía un vestido perfecto para ella a mitad de precio.

—Te lo apartaré, pero intenta ir temprano. Si las ofertas se venden tan rápido como espero, tendré que tirar hasta de la última pieza que me quede en el almacén.

Y cómo no, cuando Karen entró en la tienda, estaba abarrotada, sobre todo de mujeres que conocía de las reuniones de la asociación de padres del colegio. Algo le dijo que Raylene tenía que darle las gracias por eso a Adelia. Por lo que había oído, había estado corriendo la voz sobre la tienda en todos los comités donde colaboraba y Raylene decía que su negocio había despegado desde que había contratado a su cuñada.

Vio a su amiga detrás de la caja registradora frente a una fila de clientes y a Adelia actuando como guardia de tráfico dirigiendo a la gente para que fuera entrando y saliendo de los tres diminutos probadores. Raylene le hizo una seña.

—Dile a Adelia lo del vestido. Sabe dónde lo he puesto. Y puedes probártelo en mi despacho si los probadores están ocupados.

Karen asintió.

—Vale.

Pero antes de acercarse a Adelia, echó un vistazo por los percheros y palideció al ver las etiquetas; incluso con el descuento de la mitad, la mayoría de esas prendas se salían de su presupuesto. Ir allí probablemente había sido una mala idea y ahora sería un corte tener que decirle a Raylene que no podía permitirse nada ni siquiera a precio de saldo.

Estaba pensando en salir a hurtadillas, pero antes de poder llegar a la puerta, Adelia la vio.

—Hola. Raylene me ha dicho que ibas a pasarte. Te tiene guardado el vestido perfecto para ti. ¿Quieres que te lo saque de la trastienda?

Karen negó con la cabeza.

—No estoy segura de querer verlo —admitió sinceramente—. Aquí todo es demasiado caro hasta con descuentos.

Adelia asintió con comprensión.

—¿Cuándo fue la última vez que te compraste algo especial? Primero compras la ropa a los niños y luego tú te vas a las tiendas de saldos, ¿verdad?

Karen asintió nada avergonzada ante la franqueza de Adelia.

—Pues entonces creo que por esta vez te mereces darte este capricho. Las prendas bien hechas nunca pasan de moda y al final salen menos caras que dos o tres cosas baratas que se estropean en la lavadora.

Karen le sonrió.

—Creo que ya veo por qué Raylene se considera tan afortunada de haberte encontrado. Eres una gran comercial.

Una sincera sonrisa se extendió por el rostro de Adelia, algo que Karen no podía recordar haber visto.

—Gracias. He de decirte que sienta genial saber que eres buena en algo además de en poner la cena en la mesa y hacer de chófer —miró a Karen esperanzada—. ¿Significa eso que al menos te lo probarás? ¿Qué diría de mí que ni siquiera pueda persuadir a mi cuñada para que se pruebe algo?

Karen vaciló, pero finalmente se encogió de hombros y dijo:

—Supongo que no pasará nada por probármelo —aunque sabía que era el primer paso para salir de la tienda con algo que no podía permitirse.

—¡Genial! Iré a por él. Creo que hay un probador libre, y eso hoy es como un milagro. Si no, te llevaré al despacho de Raylene.

Unos minutos después, Karen llevaba un vestido que en un principio había costado más que su salario neto semanal. Incluso a mitad de precio, comprarlo era una locura.

Aun así, no podía dejar de girarse delante del espejo imaginando el día en que pudiera permitirse un solo vestido que le sentara tan maravillosamente bien como ese.

—¡Es perfecto! —dijo Adelia entusiasmada—. Y eres de las pocas personas que conozco que puede lucir ese tono de amarillo.

—¿No crees que parezco un narciso? —preguntó Karen necesitando aferrarse a una excusa para rechazar el vestido.

—Si con eso quieres decir que se te ve alegre, resplandeciente, fresca y sofisticada, entonces sí —dijo Raylene uniéndose a ellas—. Te queda tan genial como me imaginé en cuanto lo vi.

—Me encanta —admitió Karen y suspiró—, pero no puedo gastarme tanto en un vestido. Ojalá pudiera. Lo siento si has perdido la venta por habérmelo reservado.

—No te preocupes —le dijo Raylene alegremente y agarrándole la mano—. Nunca te sientas presionada a comprar nada aquí.

—Ni siquiera por mí —dijo Adelia—. Soy insistente, pero razonable.

Raylene se rio.

—Ambos rasgos excelentes en una comercial —vio a otra clienta en el mostrador—. ¡Ups! El deber me llama. No te vayas sin despedirte.

Una vez se hubo ido, Adelia se quedó allí un momento más.

—Karen, ¿dejarías que te regalara el vestido?

Karen la miró asombrada.

—Rotundamente no. No quiero tu caridad.

—¿Y no te parece muy triste que lo veas así? Eso me demuestra lo espantosa que es nuestra relación. Quiero hacerlo para disculparme por cómo te he tratado desde que me enteré de que Elliott y tú estabais saliendo. Fui muy crítica y grosera incluso después de que mamá me hubiera contado todo por lo que pasaste. Me gustaría enmendar el mal que te hice. Me gustaría empezar de cero.

Karen miró a su cuñada con curiosidad.

—¿Por qué ahora?

Adelia se encogió de hombros.

—Supongo que por fin he visto el error que cometí, eso es todo —dijo un poco a la defensiva.

Pero Karen tenía la extraña sensación de que había algo más oculto tras ese generoso gesto, aunque Adelia no era la clase de mujer que admitiría algo que no estuviera dispuesta a revelar.

—¿Seguro que quieres hacerlo? Es tremendamente generoso por tu parte.

Adelia se ruborizó.

—A lo mejor así compenso el gel de ducha del súper mercado que te he estado regalando las últimas Navidades.

Karen se rio.

—¿Creías que me ofendías con eso? Pues me encanta. Es un regalo poco común.

Adelia la miró atónita y se echó a reír.

—Creo que tengo que conocerte mucho mejor. Eres una mujer muy alegre y optimista y no estoy acostumbrada a eso.

—No siempre lo he sido.

—Mejor aún. Así puedes enseñarme cómo has llegado a serlo. Sé que esta noche, Elliott trabaja hasta tarde en el gimnasio. ¿Quieres venir a casa a cenar con los niños? Venga, vamos, mi madre no estará allí.

Karen vaciló, y Adelia debió de leerle la mente porque añadió:

—Y tampoco Ernesto.

Suponía que había pasado algo y se preguntó cuánto le contaría Adelia. Además, sabía que era una oportunidad que no podía permitirse desaprovechar. Cuando había conocido a los Cruz, había querido desesperadamente que la aceptaran. Consideraba que se los estaba ganando muy poco a poco, pero hacerse amiga de Adelia equivaldría a dar pasos de gigante.

—Nos encantaría.

—¿Y te llevarás el vestido? Por favor.

—Está claro que eres muy insistente —murmuró Karen, aunque lo hizo sonriendo—. Igual que tu hermano. Así consiguió que me casara con él. No se rendía nunca.

—Me alegro que no lo hiciera —dijo Adelia, sorprendiéndola—. Estoy empezando a darme cuenta.

—Un vestido, una cena, un cumplido. Diría que estamos progresando a pasos agigantados.

Su cuñada se acercó.

—Pero no se lo digas a mis hermanas aún. Mi madre y ellas pensarán que me he pasado al lado oscuro.

Karen se rio.

—¿Estás pasando la crisis de los cuarenta?

Adelia se encogió de hombros.

—Podría ser, pero tengo que decir que me está empezando a sentar bien.

Karen se fijó en el color de sus mejillas y en el brillo de sus ojos.

—Ya lo veo. Bien por ti.

Fuera lo que fuera lo que había producido ese drástico cambio en Adelia, Karen se alegraba por ella... y por sí misma. Por primera vez desde que se había casado con

Elliott, sentía la verdadera posibilidad de poder ser amiga de una de sus hermanas y la alegraba porque desde el principio había sabido lo mucho que él lo había deseado.

Estaba siendo un gran día.

—¿Adelia os ha invitado a cenar? —preguntó Elliott incrédulo cuando llegó a casa después de las diez. Últimamente, sus días habían sido agotadores y disfrutaba mucho con esas conversaciones a última hora de la noche con su mujer—. No sé qué me impacta más, si que os haya invitado o que tú hayas aceptado. ¿Había guardado los cuchillos con llave?

Karen lo miró como reprendiéndolo.

—No pasó nada. Todo ha sido muy civilizado. Los niños han jugado mucho en la piscina y yo me he divertido con Adelia.

—¿Y Ernesto?

—Ni lo he visto ni ella lo ha mencionado. Ahí pasa algo, Elliott. Aunque, sea lo que sea, Adelia parece muy contenta con ello.

Elliott se detuvo mientras se quitaba la ropa.

—¿No habéis hablado del tema?

—Aún no hemos llegado al punto de contarnos nuestras intimidades.

—¿Entonces de qué habéis hablado? ¿De mí? —preguntó sonriendo.

—Se ha mencionado tu nombre en alguna que otra ocasión —le hizo gracia que su marido se pensara que era el único tema que podían tener en común—. Pero sobre todo hemos hablado de lo mucho que se está divirtiendo trabajando para Raylene, de lo bien que le están funcionando la dieta y la gimnasia, del colegio y cosas así. Está intentando captarme para un montón de comités.

—¿Y ha tenido suerte?

—Me ha convencido para hacer magdalenas para el festival del otoño. No se lo digas, pero ya le había prometido a Daisy que lo haría. Pero es que a Adelia le ha hecho tanta ilusión pensar que me había convencido que no quería aguarle la fiesta.

Elliott se rio.

—Ten cuidado. Es muy astuta cuando quiere algo. ¿Por qué crees que está en tantos comités? Porque puede convencer a cualquiera de que haga cualquier cosa. Así me metió en muchos líos cuando éramos pequeños.

—¿Dejabas que tu hermana te mandara? —bromeó Karen—. No me lo puedo imaginar.

—Pues imagínatelo. Como te he dicho, Adelia era muy astuta.

Se metió en la cama con su mujer y la observó de cerca.

—Te veo feliz.

—Lo estoy. Hoy he visto una faceta de tu hermana que no conocía y eso me ha hecho creer que podríamos ser amigas.

—No sabes cuánto significaría para mí. No solo por mi bien, sino también por el tuyo. Te vendría genial tener una hermana.

—¿Por muy astuta y ladina que sea? —preguntó con ironía.

—Yo diría que sí.

En ese momento, ella se puso seria.

—Hay una cosa que aún no te he contado, y no estoy segura de qué opinarás.

Elliott la miró extrañado.

—¿Qué es?

—Me ha comprado un vestido. He ido a la tienda porque Raylene me había dicho que era perfecto para mí, pero en cuanto he visto el precio, les he dicho que no me lo podía permitir ni en rebajas. Adelia ha insistido en comprármelo. Me ha dicho que era para compensarme por todo el daño que me había hecho. Sé que debería haber dicho que no, pero parecía querer hacerlo de verdad y he pensado que aceptarlo sería como dar un primer paso, no sé si me entiendes.

El orgullo de Elliott salió a relucir al instante y su primera reacción fue insistir en que se lo devolviera. Lo humillaba pensar que su mujer creyera que no podía permitirse lo que quisiera comprar. Y, peor aún, lo humillaba que se lo hubiera dicho a su hermana.

Pero, al ver su expresión de preocupación, no se vio capaz de pronunciar esas palabras y, por una vez, se tuvo que tragar su orgullo. Adelia había querido hacer algo bonito por su mujer y era un gesto que debía aplaudir, no censurar. Y Karen, que tampoco andaba corta de orgullo, había aceptado el gesto agradecida.

—Quieres que lo devuelva, ¿verdad? —le preguntó al ver que no decía nada—. De acuerdo. Sabía que no debía haberlo aceptado.

—No, deberías quedártelo —le dijo Elliott al verla decepcionada. La abrazó con fuerza—. Y te llevaré a un sitio especial para que lo luzcas.

Le pareció la concesión perfecta entre su obstinado orgullo y el amor que sentía por su mujer. Tal vez se había tomado muy en serio la lección de parecerse menos a su padre y ya estaba poniéndola en práctica.

Capítulo 22

Era miércoles por la noche y Frances acababa de colocar sus cartas sobre la mesa en el centro de mayores.
—¡Gin! —anunció triunfante.
—Me tomas el pelo —dijo Liz disgustada—. ¿Otra vez?
Frances sonrió.
—¿Qué puedo decir? Estoy en racha. A lo mejor deberíamos planear un viaje a Las Vegas aprovechando mi buena suerte.
A Flo se le iluminaron los ojos inmediatamente.
—¿En serio? ¿Te gustaría ir a Las Vegas?
—No —contestó Liz—. No deja de proponer ideas extravagantes como si estuviera haciendo una lista de las cosas que quiere hacer antes de morir. Es morboso. Creo que solo quiere probar a ver si alguna de las dos estamos tan locas como para acompañarla.
—La verdad es que ir a Las Vegas es una idea totalmente sensata —dijo Frances, de pronto decidida a organizar esas vacaciones—. A las tres nos encanta el juego y, además, allí hay muchos espectáculos para ver. ¿Por qué no podemos ir y divertirnos un poco?
—Tienes toda mi atención, te escucho —le dijo Flo con entusiasmo—. Venga, Liz, no seas aguafiestas. Las Senior Magnolias hacen cosas atrevidas.

—Son las Dulces Magnolias las que son atrevidas —la corrigió Liz—. Las mayores tenemos que comportarnos de forma respetable.

—Y eso lo dice una mujer que una vez organizó huelgas de brazos caídos aquí en Serenity. ¿Cuándo te has vuelto tan vieja y estirada? —le preguntó Frances.

—Más o menos cuando cumplí los ochenta y mis hijos empezaron a buscar excusas para mandarme a un asilo.

—Bueno, pero Travis se aseguró de que eso no pasara cuando te ofreció quedarte en la casa de invitados después de comprar tu casa. Sarah y él te protegerán. Nadie en tu familia se enfrentará a ellos porque utilizarían la radio para difundir una protesta en plan «Liberad a Liz».

Frances vio a su amiga debatirse entre su sentido del decoro y su bien demostrado historial de mujer arriesgada. El brillo de su mirada indicó que se inclinaba más por la opción más escandalosa.

—¡Venga, vamos! —la animó Flo harta de esperar—. Sabes que quieres hacerlo. Si hay alguien que vaya a escandalizarse por esto y ponerle trabas, será mi Helen. Tal vez será mejor que no la hagamos partícipe de nuestros planes.

—Deja de decir tonterías —replicó Frances—. Somos mayores y somos audaces. Creo que ese tiene que ser nuestro lema cada vez que salgamos.

Liz la miró incrédula y se rio.

—Tengo que admitir que me gusta. De acuerdo, chicas, vamos a sacar esos billetes por Internet. Y estoy pensando que deberíamos reservar una suite. ¿Qué os parece?

—¡Eso sí que es darnos un capricho maravilloso! —dijo Flo emocionada—. Vamos a hacerlo.

Frances se recostó en la silla mientras las oía llevar a cabo el plan. ¿Quién le iba a decir que en ese momento de su vida, y sobre todo después de lo que había vivido últimamente, que estaría mirando al fututo en lugar de sumirse en los viejos recuerdos? Solo pensarlo la hacía sonreír… y le daba esperanza. Si estaba preparándose para la cuenta atrás, no lo haría discretamente.

Fue Helen la que convocó una reunión de emergencia de las Dulces Magnolias.

—¿Sabéis lo que quieren hacer mi madre, Frances y Liz? —preguntó una vez todas estuvieron en su salón. Ni siquiera había preparado los típicos margaritas y había servido té en su lugar. Y el hecho de no tener una gran cantidad de tequila y zumo de lima helado ya era una señal de que estaba verdaderamente preocupada.

—Se van a Las Vegas —apuntó Karen con cautela, no segura del todo de que eso fuera lo que tenía a Helen en ese estado.

—¡Exacto! —contestó mirándola con gesto acusador—. ¿Y por qué tú no estás más disgustada?

—Cuando Frances me lo contó, me pareció divertido.

—Tres ancianas por ahí solas casi al otro lado del país te parece una gran idea? —le preguntó incrédula—. ¿Estás loca? ¿Quién sabe qué podría pasar?

—Pues que jugarán, perderán algo de dinero, verán un par de espectáculos y volverán a casa —dijo Maddie—. No entiendo por qué te pones así por esto.

—Pues mira, porque Frances tiene casi noventa años y algunos problemas de memoria, Liz es igual de mayor y mi madre se está recuperando de una cadera que se rompió intentando aprender a bailar country. ¿Es que soy la única que ve el desastre potencial de este viaje?

Fulminó con la mirada a Dana Sue, que se había atrevido a reírse.

—No es cosa de risa.

Pero los ojos de Dana Sue seguían brillando de diversión.

—Tienes que admitir que imaginarlas saliendo por Las

Vegas es muy gracioso, aunque no estoy segura de que esa ciudad esté preparada para estas tres. ¡Vamos, Helen! Anímate. Dudo que vayan a meterse en timbas de póquer. Imagino que perderán unos cuantos dólares en las máquinas tragaperras y que se volverán tan contentas.

Helen suspiró exageradamente.

—Debería haber comprado tequila para hacer margaritas. Me habría venido bien tomarme uno. No me estáis apoyando nada.

—No, estamos siendo sensatas —dijo Maddie, sin duda, divirtiéndose con la diatriba de Helen—. Cosa que tú no sueles ser cuando se trata de tu madre.

—Porque es impulsiva y temeraria.

—No, solo quiere vivir la vida —la corrigió Maddie con delicadeza—. Y tienes que dejarla. Cuando la trajiste aquí, te aterrorizó que fuera a depender demasiado de ti. Y ahora que está actuando con independencia, eso también te está volviendo loca. No puedes tener las dos cosas, así que deja que haga lo que la hace feliz.

—Estoy de acuerdo —dijo Karen, arriesgándose a ganarse otra mirada de furia de Helen—. Considero a Frances como parte de mi familia y quiero que disfrute de toda la alegría que pueda. Sospecho que llega un momento en el que todo el mundo quiere tener a sus padres o abuelos encerrados en un lugar seguro para protegerlos de todo mal, pero ¿no es mejor dejarlos vivir mientras puedan? Llegará el momento en que no tengan opción de hacerlo. Si Frances, Liz y Flo quieren hacer ese viaje y creen que pueden, opino que deberíamos apoyarlas y no buscar formas de impedírselo —titubeó ante la oscura mirada de Helen, pero añadió—: Es solo mi opinión.

—Y la mía —añadió Dana Sue.

Maddie miró a Helen con gesto de consuelo y sugirió con un pícaro brillo en la mirada:

—Si tanto te preocupa, podrías ir con ellas y hacer de carabina.

—¡Es una idea genial! —dijo Dana Sue antes de que Helen pudiera recuperarse del impacto—. Yo iré también.
Helen gruñó.
—Por el amor de Dios —murmuró mirándolas a todas—. ¿Habláis en serio?
—Yo sí —confirmó Dana Sue.
—Ahora que lo pienso, hace mucho tiempo que no paso un fin de semana salvaje solo de chicas —dijo Maddie—. Contad conmigo —y miró al resto—. ¿Alguien más?
Sarah, Raylene, Jeanette y Karen negaron con la cabeza.
—Por mucho que me encantaría ir, no puedo escaparme —dijo Sarah—. Aunque se me está ocurriendo que podríamos hacer un seguimiento diario del viaje en mi programa de radio por la mañana. A Travis le encantará la idea. Seguro que es un filón para las audiencias. Grace podría sintonizarnos en Wharton's.
—¡Qué idea tan genial! —añadió Raylene—. Ojalá pudiera ir.
Helen las miró.
—¿Es que queréis hacer pública mi humillación?
Maddie le dio una palmadita en la mano.
—Lo que tu madre haga no es un reflejo de ti.
Helen volteó la mirada.
—¿En Serenity? ¿A quién intentas engañar? Este viaje será el chismorreo del palacio de justicia durante semanas. No podré mirar a un solo juez o abogado sin ponerme colorada.
—Oh, por favor —dijo Dana Sue—. Eres más fuerte que todo eso, o eso es lo que siempre nos dices. Un poco de cotilleo no será tu perdición. ¿No es lo que le dijiste a Maddie cuando todo el pueblo se echó las manos a la cabeza porque estaba saliendo con Cal?
Helen se tapó la cara con las manos.
—Pues tendréis que grabar muchos vídeos con los móviles y enviárnoslos todos los días a las demás —apuntó

Karen inocentemente—. Propongo que los mandemos entre nosotras, pero si nuestras senior se vuelven demasiado locas... —le lanzó una pícara mirada a Helen y añadió—: Podemos subir el vídeo a YouTube y hacerlas famosas.

Helen alzó la mirada horrorizada.

—Así no es como pensaba que terminaría la noche —se lamentó.

—Vamos, será divertido —le dijo Maddie.

—O será mi muerte —murmuró Helen.

A pesar de todas sus protestas, Karen la envidiaba porque era un viaje que no le habría importado nada compartir con Frances.

—Qué suerte tienes —le dijo a Helen.

Helen siguió mirándola con escepticismo.

—¿Suerte?

—Llegará un momento en que estos recuerdos lo signifiquen todo para ti.

Helen sacudió la cabeza, pero terminó esbozando una sonrisa.

—Qué optimista eres.

Karen asintió.

—Es un milagro, ¿no crees?

Sin duda, desde su punto de vista sí que lo era.

Elliott se enteró de lo del viaje a Las Vegas por Cal y Ronnie, que dijeron estar tentados a ir aunque solo fuera para evitar que las chicas se metieran en líos.

—¿No creéis que eso ya lo hará Helen? —preguntó Elliott—. Es abogada y tiene la cabeza en su sitio.

—No cuando está bajo la influencia de nuestras mujeres y de unos cuantos margaritas —dijo Ronnie con un brillo en la mirada—. Pero es una maravilla verla cuando se suelta y se divierte.

—Razón por la que Erik le ha suplicado a Dana Sue que

cierre Sullivan's unos días para que pueda ir y vigilar a su mujer —dijo Cal riéndose—. Por cómo pinta esto, el pueblo entero va a tener que cerrar para que todos podamos ir a ver el espectáculo.

—Me preguntó por qué no me habrá contado nada de esto Karen —dijo Elliott—. Si el viaje ha sido idea de Frances, seguro que le encantaría estar allí.

Sin embargo, mientras hablaba supo la respuesta. Ella jamás se gastaría ese dinero en algo tan frívolo como un viaje a Las Vegas, porque ni siquiera se lo gastaría en un vestido del que se había enamorado, así que eso le daba una idea sobre lo que podría regalarle por su cumpleaños.

—¿Creéis que a las chicas les importaría una más? Estoy pensando que este viaje sería el regalo de cumpleaños perfecto para Karen, sobre todo si Erik convence a Dana Sue de que cierre Sullivan's unos días.

—Dejad que hable con mi mujer —dijo Ronnie—. Creo que puedo convencerla de que cierre por una buena causa. Estamos hablando de un par de días. A Erik, a Karen y a ella les vendrá bien alejarse de esa cocina. Desde que empezaron a publicarse buenas críticas del restaurante por todo el estado en los últimos años, no ha parado de trabajar.

—Imagino que eso significa que tú también cerrarás la ferretería —le dijo Cal.

Ronnie se encogió de hombros.

—Estamos hablando de un fin de semana. No es para tanto.

Cal se giró hacia Elliott.

—Pues me parece que tú y yo nos vamos a quedar aquí protegiendo el fuerte. No quiero que los niños vayan a Las Vegas, sobre todo porque Katie sigue castigada, y no puedo pedirle a la madre de Maddie que los cuide un fin de semana entero. A Paula se le dan bien los niños una vez se hacen adolescentes, pero creo que los dos que están en preescolar le dan pánico. Se mueven demasiado deprisa y aún no le dan mucha conversación.

—Pues me parece que va a ser un fin de semana de comida rápida y pizza —añadió Elliott—. Y ahora será mejor que me vaya con mi próximo cliente si quiero pagar este viaje. Mantenedme al tanto de las fechas y de cómo va todo para poder sorprender a Karen.

—Eso haremos —le prometió Ronnie.

Elliott sabía que ese regalo conllevaba sus riesgos. Iba a tener que enseñarle a su mujer copias de la cuenta del banco y los papeles que demostraban que estaba pagando el préstamo, además de las últimas facturas de sus clientes privados, para que aceptara el regalo. Aun así, creía que valdría la pena darle esa oportunidad única de hacer algo con Frances antes de que fuera demasiado tarde.

Tres días después, el viaje ya estaba preparado. Elliott le había comprado el billete de avión, lo había metido en una caja envuelta en papel de regalo de bebés, el único que había encontrado por casa, y le había puesto un lazo rojo que quedaba de Navidad.

Llevó a Karen a Rosalina's para cenar. Había querido llevarla a un sitio algo más especial, pero suponía que ya estaba pisando arenas movedizas con solo el regalo. Un restaurante caro la habría puesto hecha una furia.

Una vez les sirvieron las bebidas y la pizza, él alzó su vaso.

—¡Feliz cumpleaños, cariño! Espero que sea uno de los muchos que compartamos.

Ella llevaba su vestido amarillo nuevo y el pelo más ondulado de lo habitual. Tenía las mejillas sonrojadas y los ojos brillantes. Nunca la había visto tan preciosa y, como siempre, cuando le sonrió, lo dejó sin aliento.

—Gracias. Tengo un regalo para ti.

Elliott frunció el ceño.

—¿Para mí? Pero si es tu cumpleaños.

—Lo sé, pero me he encontrado con esta sorpresa y quería compartirla contigo.

—Qué misterioso —le dijo, verdaderamente atónito.

De pronto, ella se mostró extremadamente nerviosa.

—Sé que teníamos un plan, que intentábamos ceñirnos a él...

A Elliott se le aceleró el corazón.

—¿No estarás...? ¿No estaremos...? —apenas podía hablar, en parte de alegría y en parte por pensar que pudiera equivocarse—. ¿Estás embarazada, cariño?

Ella asintió, claramente avergonzada.

—No sé cómo ha pasado, hemos tenido mucho cuidado. Bueno, no siempre, supongo... —añadió sonrojada—. ¿Estás enfadado? —le preguntó mirándolo fijamente.

—¿Enfadado? —contestó él incrédulo y conteniendo como podía un grito de felicidad que haría que temblara el techo del local—. Estoy encantado. Pensaba que te iba a dar un regalo de cumpleaños genial, pero esto no puedo superarlo. ¿De cuánto estás? ¿Lo sabes? ¿Has ido a ver al médico? ¿Estás segura?

Ella asintió.

—Muy segura. Cuatro pruebas de embarazo. Aún no he ido al médico porque he pensado que querrías acompañarme. No podrás ver nada, porque es demasiado pronto para una ecografía, pero aun así... ¿Quieres venir, verdad? —le preguntó esperanzada.

—A cada una de las citas que tengas. Te veo feliz, y espero que lo estés, porque yo estoy contentísimo y deseando contárselo a todos.

—Aún no. Estos primeros meses pueden ser complicados, así que mejor vamos a esperar a pasarlos, ¿vale?

—Lo que tú digas —hasta le habría dado la luna si le hubiera dicho que tenía antojo del queso verde del que se suponía que estaba hecha. La miró intranquilo—: No quiero que te preocupes por el dinero, ¿de acuerdo? Ya ves lo bien que marcha el gimnasio. Puede que nos hayamos adelantado a los planes de tener el bebé, pero nos va bien, Karen.

Ella asintió.

—Lo sé. Y por alguna razón, en cuanto me he enterado, me he sentido relajada —le agarró la mano—. Nos irá bien. Lo sé.

—Nos irá bien.

Una sonrisa se extendió por la cara de Karen mientras seguía agarrándole la mano.

—Bueno, venga, a ver si superas esto con tu regalo de cumpleaños.

Él se metió la mano en la chaqueta donde había guardado la caja fina y larga y no pudo evitar reírse al dársela.

—Creía que el envoltorio de bebé quedaba un poco cutre para este regalo, pero al final ha resultado que he dado en el clavo.

—Y el lazo rojo le aporta el toque festivo que la noche merece —añadió ella riéndose.

Elliott contuvo el aliento mientras lo abría y miraba dentro del sobre. Al sacar el billete de avión, a Karen se le abrieron los ojos como platos y una expresión de pura alegría se extendió por su rostro.

—¿Me has comprado el billete para irme a Las Vegas con las chicas? —le preguntó incrédula.

—Y no digas que te lo he dicho, pero Frances te va a regalar la reserva de la habitación. Está encantada de que vayas a ir.

Por un segundo, su alegría se vio atenuada.

—¿Nos lo podemos permitir?

—Ya está pagado y tengo extractos del banco que lo demuestran. Tal vez tengas que asaltar la hucha de cerdito de Mack para tener dinero suelto para jugar a las máquinas, aunque no creo que tengas que llegar a eso. Me han dado buenas propinas y las he apartado para que te las fundas en las tragaperras.

—A lo mejor me toca el gordo y podemos decirles adiós para siempre a nuestras preocupaciones económicas —dijo con sorprendente optimismo.

—¡Qué suerte tengo! ¿Quieres saber por qué? Porque por primera vez no te veo aterrada ante la idea de gastar un poco de dinero extra en algo especial. Creo que, por fin, hemos superado ese bache de nuestro matrimonio.

—Tal vez no lo hayamos superado del todo, pero ya no es tan alto ni tan aterrador como hace unos meses —se detuvo un momento y le preguntó—: Oye, ¿y qué pasa con Sullivan's? Si Dana Sue y yo vamos, Erik y Tina no podrán hacerse solos con el local ni un par de días.

—Va a cerrar el fin de semana. Erik también va, para que Helen no se vuelva loca.

Karen se rio.

—Pues no lo envidio, porque está histérica.

Elliott le agarró la mano con fuerza.

—Quiero que disfrutes de este viaje y lo pases mejor que nunca. Te mereces un poco de diversión. Pero no te ligues a ningún hombre guapo en el casino.

—¿Por qué iba a querer hacerlo cuando tendré al hombre más sexy de la tierra, al padre de mi hijo, esperándome aquí?

En lo que respectaba a celebraciones, a Elliott le parecía que esta había sido la mejor de toda su vida, no solo por lo que le había regalado a su mujer, sino por el regalo de pura felicidad que ella le había hecho a él.

Después de la euforia del cumpleaños, los ánimos de Karen se vinieron abajo al día siguiente cuando abrió la puerta y se encontró a Adelia con gesto abatido. A pesar del reciente acercamiento, la visita fue toda una sorpresa.

—Adelia, ¿va todo bien? Te veo disgustada.

Su cuñada entró con cautela e incapaz de mirarla a los ojos. En ella ya no quedaba ni un ápice de la amabilidad de unos días atrás. Por el contrario, le preguntó con brusquedad:

—¿Está aquí Elliott?

—No, ya está en el spa —la miró más de cerca y se dio cuenta de que Adelia había estado llorando, por mucho que hubiera intentado ocultar sus ojos hinchados con maquillaje—. ¿Por qué no te sirvo una taza de café y charlamos? Lo ha hecho Elliott, así que está cargado, como os gusta a todos.

Adelia negó con la cabeza y fue hacia la puerta.

—Debería irme.

Karen le puso una mano en el brazo.

—Está claro que estás disgustada por algo y te escucharé con mucho gusto. Puedo hacerlo sin juzgarte ni darte ningún consejo, si es lo que quieres.

—Vas a pensar que soy una idiota —dijo Adelia claramente avergonzada.

—¿Y por qué iba a pensar eso? —le preguntó asombrada—. Creí que la otra noche habíamos hecho progresos y que nos habíamos acercado un poco.

—Y es verdad, o eso esperaba, pero, aun así, después del revuelo que armé por el hecho de que estuvieras divorciada, ¿cómo no vas a reírte cuando te diga que voy a dejar a mi marido?

Después de soltar esas palabras, Adelia era incapaz de mirar a Karen. Y esta, sabiendo lo mucho que debía de haberle costado admitirlo, le dijo con delicadeza:

—Lo siento. Sé que no ha debido de ser una decisión fácil para ti.

Adelia se quedó impactada por la compasión de Karen.

—Lo dices en serio, ¿verdad?

—Te he prometido que no te juzgaría porque no estoy en posición de hacerlo, y menos cuando se trata de esto.

Adelia suspiró profundamente.

—A mi madre le va a dar un infarto. Y dudo que el resto de la familia se lo vaya a tomar mejor.

—Probablemente no, pero no son ellos los que están viviendo tu situación, ¿no?

Cuando digirió las palabras cuidadosamente elegidas de Karen, se la quedó mirando y dijo:

—Lo sabes, ¿verdad? Sabes que Ernesto me ha estado engañando —se sentó en el sofá y se tapó la cara con las manos—. Sabía que no había sido nada discreto, pero esperaba que no se hubiera enterado todo el pueblo.

—No sé si lo sabe todo el pueblo. Selena le dijo algo a Daisy y ella me lo contó, aunque no lo comprendía.

—Y mi hermano lo sabe también —supuso sonando resignada—. En más de una ocasión he tenido que advertirle de que no hablara con Ernesto, y esperaba que lo quisiera hacer solo porque sabía que no era feliz.

Karen asintió.

—Sí, a mí también me ha costado un poco controlarlo, pero le dije que si interfería, lo único que haría sería humillarte.

Adelia asintió.

—Gracias por eso.

—Y ahora, por favor, ven a la cocina. Vamos a tomarnos ese café. Puedo llamar a Elliott. Seguro que vendrá a casa si quieres hablar con él. O puedes desahogarte conmigo de momento. Llamaré al restaurante y le diré a Erik que voy a llegar un poco tarde.

—No era mi intención venir y desbaratarte el día —se disculpó—. Ni siquiera estoy segura de por qué he venido. La verdad es que eché a Ernesto hace unos días, pero esta mañana me he despertado y me he dado cuenta de pronto de que mi marido no está y de que tengo una cita con Helen.

—¿Quieres que te acompañe? —le preguntó de inmediato.

Adelia esbozó una débil sonrisa.

—Dios, ¿pero qué he hecho para merecerme tu cariño y amabilidad?

Karen sonrió.

—Me has comprado un vestido.

—Y te compraré veinte si te quedas a mi lado cuando mi madre empiece a decirme la persona tan terrible que soy.

—Tú no eres una persona terrible.

—Pero fui muy arrogante y mezquina cuando Elliott te llevó a casa por primera vez. No quería saber nada de las razones que tuviste para divorciarte. La Iglesia decía que estaba mal y a mí me bastaba con eso. Y ahora aquí me tienes, con mi matrimonio viniéndose abajo y contándote mis problemas mientras tú me escuchas y me comprendes.

—¿Es que querías que te echara de casa a patadas?

—Puede que me lo merezca.

—Eres mi familia y últimamente valoro mucho lo que eso significa —puso una taza de café delante de Adelia y le ofreció una porción de la tarta que había horneado la noche anterior—. ¿Estás segura de que el divorcio es la única opción? —le preguntó con delicadeza—. Conociendo tus convicciones, a lo mejor deberías pensártelo un poco más.

—Demasiado tarde. No solo me lleva engañando mucho tiempo, sino que ha actuado como si no tuviera derecho a estar enfadada. Dice que así son las cosas y que al final todos los hombres acaban engañando a sus mujeres. Me dijo que debería alegrarme de que me haya dado un techo bajo el que vivir y de que esté ocupándose de nuestros hijos. Y tuvo el valor de presentarle a Selena a esa mujer que tiene ahora —su furia se iba encendiendo cada vez más—. Vive en el mismo vecindario. ¿Te lo he dicho?

Karen se estremeció.

—Selena se lo contó a Daisy, así que ya lo sabía.

—Mi pobre niña —dijo apesadumbrada—. Está asustada y confundida y furiosa conmigo y con su padre.

—¿Por qué contigo?

—Me culpa por haber dejado que se salga con la suya. Creo que ahí fue cuando me di cuenta de que no podía seguir mirando a otro lado. No quiero que mi hijo piense que lo que hace su padre es aceptable y no quiero que mis hijas piensen que una mujer tiene que soportar esas faltas de respeto.

Karen seguía intentando asimilar el hecho de que Ernesto pensara que tenía derecho a tener aventuras y a restregárselo por las narices a su mujer.

—Aún intento asimilar lo que me has dicho hace un minuto. ¿De verdad te dijo que tenías que aceptar que te engañara?

—Y me dijo más cosas sobre lo aburrida que soy en la cama. Puede que sea verdad, no lo sé. Pero de cualquier modo es humillante.

—¡No me extraña que quieras librarte de él! —dijo Karen indignada y horrorizada—. Es inaceptable.

Adelia la miró a los ojos por primera vez.

—Sí que lo es, ¿verdad? No tengo por qué soportarlo.

—Por supuesto que no. Y ahora dime, qué podemos hacer Elliott y yo. Tienes una cita con Helen, así que eso está bajo control. Todos sabemos que puede ser un auténtico tiburón en estos casos. ¿Necesitas un lugar donde quedarte? Estaríamos apretados, pero los niños y tú seríais bienvenidos.

Adelia la miró asombrada.

—Ya estás otra vez, pillándome por sorpresa. Gracias por el ofrecimiento, pero estamos bien. No pienso irme de casa. Eso es lo primero que me dijo Helen cuando la llamé para pedir cita.

—Bueno, ¿y por qué no te quedas aquí, al menos, hasta que llegue la hora de ir a verla? Tengo que irme a trabajar, pero podría quedarme un rato más si quieres que sigamos hablando.

—No, deberías irte. Pero si no te importa, me quedaré aquí un rato. En mi casa no soy capaz de pensar con claridad. Hay demasiados recuerdos.

—Quédate todo el tiempo que necesites.

Por primera vez, Karen se sintió parte de la familia Cruz, y lo más importante en mucho aspectos era que se sintió capaz de ayudar a alguien después de tantos años siendo ella la que había necesitado esa ayuda.

Y había otro aspecto positivo de esa desoladora situación: escuchar a Adelia le había recordado lo afortunada que era de tener a un hombre tan leal e íntegro como Elliott. A pesar de los últimos altibajos, estaba claro que era un tesoro que no había valorado tanto como debería haberlo hecho.

Capítulo 23

Flo tenía a dos hombres rivalizando por su atención mientras jugaba a una de las tragaperras del casino que habían elegido para esa noche.

—Mírala —dijo Liz con una sonrisa—. ¿Qué tendrá que a los hombres se les cae la baba con ella?

—Que vive su vida y disfruta cada segundo —respondió Frances—. Creo que a todos los que tenemos esta edad nos gusta rodearnos de gente con tanta energía y optimismo.

Liz se rio.

—Ojalá pudiéramos seguirle el ritmo —se puso algo seria al observar a Frances—. ¿Estás bien? Pareces un poco cansada.

—Tantas luces y ruidos están empezando a molestarme un poco. Creo que me iré a la habitación, si no te importa.

—Claro que no. Me voy contigo.

—No hace falta. Quédate aquí y diviértete. Iré a buscar a Karen para que me acompañe. No creo que le guste gastarse el dinero en estas máquinas, así que la aliviará tener una excusa para irse.

—De acuerdo, si estás segura… —dijo Liz con una obvia preocupación en la mirada.

Frances le apretó la mano.

—Segurísima. Tú diviértete.

—Bueno, ahí hay una máquina que me está mirando como si tuviera una gran recompensa para mí. Hace rato que le he echado el ojo.

—Pues ve y reclama lo que es tuyo —la animó Frances—. ¡Y llévate el gordo a casa!

Justo en ese momento se dispararon un montón de luces y campanas entre risas y alaridos.

—Esa voz me resulta familiar —dijo Frances.

—Vamos a ver —añadió Liz dirigiéndose hacia el alboroto. Hasta Flo dejó plantados a sus caballeros para seguirlas.

Al doblar el pasillo, vieron a Karen en mitad de las Dulces Magnolias mientras una máquina parecía haber caído en un éxtasis de luces y sonidos. Karen miró a Frances y corrió hacia ella con los ojos llenos de emoción.

—¡He ganado! —dijo abrazándola—. ¿Te lo puedes creer? ¡He ganado el gordo! ¡El gordo! Y con mis últimos veinticinco centavos. Me había prometido que pararía ahí.

—¿Cuánto has ganado? —le preguntó Flo emocionada.

—No tengo ni idea. Mucho, creo.

Un empleado del casino se acercó a ellas.

—Diez mil dólares —dijo entregándole el ticket para canjearlo.

Karen palideció.

—Es imposible —murmuró impactada y girándose hacia Frances—. ¿Ha dicho diez mil dólares?

—Sí que lo ha dicho —contestó Frances riéndose y feliz—. Y nadie de este grupo se lo merece más —miró a las demás—. Diría que esto hace que este viaje se haya convertido en un éxito rotundo.

Incluso Helen parecía encantada.

—¿Quieres que te acompañe a cobrarlo? Imagino que tendrás que rellenar algunos documentos por el tema de los impuestos y demás.

—Ajá —contestó Karen claramente abrumada—. Y después quiero llamar a Elliott. No se lo va a creer. Ahora sí que hemos recuperado los ahorros para el bebé.

—Pues entonces por fin podréis seguir con los planes de ampliar la familia —dijo Frances feliz—. ¡Qué maravilla!

El rubor que teñía las mejillas de Karen se intensificó y Helen la miró lentamente de arriba abajo.

—¡Ya estás embarazada! Por eso has rechazado todos los margaritas que te hemos ofrecido.

Karen asintió tímidamente.

—Pensábamos mantenerlo en secreto un poco más.

—Pero no podías ocultárnoslo a nosotras —dijo Dana Sue—. Las Dulces Magnolias deberían ser las primeras del pueblo en enterarse de todo.

Karen abrió los ojos de par en par.

—No podéis decir nada de esto en el programa de radio. A Elliott le dará algo si su familia se entera por la radio antes de que podamos decírselo nosotros. Por favor, jurad que esto quedará entre nosotras.

Flo se mostró especialmente decepcionada ante la petición, ya que se había autoproclamado como la reportera que hablaba con Sarah y Travis por la radio cada mañana. Les había dicho a todos que era la única que estaba despierta a esas horas y sin resaca.

—Vamos a acabar hartas de este viaje —le había dicho Helen la primera vez que la había oído.

—Oh, para ya —bromeó Flo—. Estás disfrutándolo en secreto y al menos cada noche estás volviendo a tu cuarto con un tío bueno. Las demás hemos venido solas.

—Gracias a Dios —murmuró Helen—. He visto a algunos de esos tipos que te están tirando los tejos. Por favor, dime que no los vas a invitar a que te visiten en Serenity.

Flo les guiñó un ojo a las demás.

—Nunca se sabe.

—¿Lo estás diciendo solo para ponerme nerviosa, verdad? ¡Madre, pero si visten con ropa de poliéster!

—Pues siento que insulten a tu sentido de la moda, pero son unos hombres muy agradables.

Frances decidió intervenir.

—Helen, ¿no ibas a acompañar a Karen a canjear el ticket?

Con clara renuencia, Helen apartó la mirada de su madre y se giró hacia Liz y Frances.

—Pero mantenedla alejada de los imitadores de Elvis y de las capillas de bodas, ¿de acuerdo?

Liz se rio.

—Creo que eso podemos prometértelo —agarró a Flo del brazo—. Anda, venga, deja de atormentar a tu hija y vamos a ganar algo de dinero. Puede que Karen nos haya contagiado su suerte a alguna.

Frances fue con Karen y Helen y en cuanto se hubieron ocupado del papeleo y aceptado un cheque por valor del premio descontando los impuestos, Karen se dirigió a ella.

—Ya estoy lista para volver a la habitación. ¿Qué me dices tú?

—Yo quería haber vuelto hace como una hora, pero al final me he dejado llevar por la algarabía.

—Pues entonces nos vemos mañana —les dijo Helen abrazándolas—. No se lo digáis a nadie, pero por mucho que me esté quejando, lo estoy pasando genial. Y ahora creo que voy a ver si puedo convencer a mi marido para volver a la habitación y que me haga un espectáculo de *striptease* privado.

Frances se rio mientras Helen se alejaba.

—No creo que le cueste mucho trabajo que Erik haga lo que le pida, ¿verdad?

—No se opondrá lo más mínimo —le confirmó Karen.

De camino a su hotel, miró a Frances y le preguntó:

—¿Está siendo el viaje todo lo que querías?

Frances pensó en la diversión y las risas que se echarían las próximas semanas al recordarlo todo, y pensó en la felicidad que había visto en los ojos de Karen cuando había ganado el premio que la liberaría de tantas cargas económicas.

—Todo —le confirmó sonriendo—. ¡Y mucho más!

Para sorpresa de Karen, Adelia había logrado que sus planes de divorciarse de Ernesto se mantuvieran en secreto unas semanas. Incluso después de su regreso de Las Vegas, la noticia aún no había salido a la luz y lo cierto era que no podía culpar a su cuñada por querer posponer todo lo posible el inevitable alboroto que se armaría.

—Sé que pronto tendré que dar la noticia —había admitido el día siguiente a que Karen volviera—. Helen le enviará a Ernesto los papeles del divorcio esta semana y no creo que vaya a reaccionar con mucha discreción.

—Pues entonces tal vez deberías dar tú la noticia primero. A lo mejor los estás subestimando. Tu madre, tus hermanas y Elliott te quieren y quieren que seas feliz.

Y, al parecer, Adelia había seguido su consejo porque cuando esa noche volvió después de su turno en Sullivan's, se encontró la casa llena de miembros de la familia Cruz. Estaban gritando tanto que ni siquiera la oyeron entrar. Fue la madre de Elliott la primera en verla.

—¿Cómo te atreves a decirle a mi hija que se divorcie? —le gritó en tono acusador.

Ante sus palabras, todos se quedaron en silencio y se giraron hacia Karen, aparentemente esperando una respuesta. Ella miró a Elliott en busca de apoyo, pero su marido parecía tan furioso como los demás. A pesar de todo, los miró con gesto muy serio, negándose a dejarse intimidar.

—Adelia vino a verme hace un tiempo —les explicó, evitando la mirada de su cuñada, que parecía estar al borde de las lágrimas—. Estaba hundida. Yo no le dije que se divorciara, ella ya había decidido lo que tenía que hacer. Yo lo único que hice fue ofrecerle mi apoyo. Si eso es un crimen, entonces soy culpable. Pero, sinceramente, sois su familia y me parece que sus sentimientos deberían ser vuestra prioridad, y no gritarle o culparla cuando Ernesto no le ha dado alternativa.

Una vez más estalló el caos y ella se acercó a su marido.

—¿Dónde están los niños?

—Cuando la gente ha empezado a llegar aquí histérica, he llamado a Frances. Flo la ha traído y se han ido todos a por unas hamburguesas y a pasar la noche en casa de Frances.

Ella asintió.

—Buena idea. No tienen por qué estar en medio de esto.

—¿Y tú? ¿Tenías que estar en medio?

Ella frunció el ceño ante el tono acusador de su voz.

—¿Tenía que haberle dado la espalda a tu hermana? Conoces la situación tan bien como yo —lo miró a los ojos—. ¿De verdad crees que debería quedarse con Ernesto?

En lugar de responder, él esquivó la pregunta diciendo:

—Deberías haberme llamado aquel día. Habría venido a casa y tal vez podría haberla calmado antes de que se precipitara. El divorcio es un paso enorme, sobre todo en esta familia.

—¿Y crees que no lo entiendo? Es un paso enorme para cualquiera. Si no, entonces es que la gente no entiende qué supone eso para una familia.

Elliott se quedó impactado por su brusco tono.

—¿Y crees que Adelia lo entiende?

—Eso y mucho más. Tenéis que hablar con ella y escuchar lo que tiene que decir.

Elliott se quedó extrañado.

—Sé lo de la infidelidad, pero ¿hay más?

—Pregúntale a tu hermana. Querías que no me metiera en medio, ¿no?

La miró fijamente con expresión adusta.

—¿Le ha hecho daño?
—¿Físicamente? No, que yo sepa.
—Bueno, al menos eso ya es algo.
Karen no se podía creer lo que había oído.
—Por favor, no me digas que esa es la única excusa para un divorcio bajo tu punta de vista. Un matrimonio se puede destruir de muchas formas. Y si quieres mi opinión, unas infidelidades repetidas sin el más mínimo ápice de arrepentimiento cuentan mucho.

Elliott cerró los ojos.

—¿Entonces esta aventura no era algo nuevo, algo casual?
—No. Le ha faltado al respeto de la forma más humillante posible una y otra vez.
—Entiendo.
—Pues si lo entiendes, tienes que calmar a tu familia y hacerles ver su versión. No deberías hacer que se sintiera culpable por haberse intentado defender. Mírala, Elliott. Tu madre y tus hermanas la están hundiendo emocionalmente ahora mismo igual que lo ha hecho Ernesto. ¿Te parece justo?
—Están expresando sus opiniones y creencias —dijo todavía defendiéndolas, aunque respiró hondo y asintió—. Pero tienes razón. Todos estos gritos no nos van a llevar a ninguna parte.
—No marginéis a Adelia por esto —le suplicó, sintiendo por su cuñada una compasión que jamás se habría esperado—. Tú a mí no me hiciste sentir así nunca a pesar de conocer mi historia. Seguro que estabas tan poco de acuerdo con mi divorcio como tu familia, pero pudiste comprenderme. Muéstrale a Adelia el mismo respeto.

En ese momento, él le sonrió.

—Y desde entonces tampoco te he mostrado mucho respeto, ¿verdad? Por eso hemos tenido tantas discusiones y peleas. Ahora lo veo con claridad.

Karen lo miró con esperanza renovada. Estaba sorprendida de que se hubiera dado cuenta del verdadero origen de sus problemas cuando ni siquiera ella se había percatado de la falta de respeto cada vez que la había mantenido al margen de una decisión, hasta de las más insignificantes. La falta de comunicación, el despotismo y los desacuerdos económicos surgían de una falta de respeto hacia su fortaleza e inteligencia.

—Creo que ni yo lo he visto tan claro como ahora. Identificar el problema es el primer paso para solucionarlo. Ahora tal vez podamos convertir todas esas promesas a medianoche en una nueva realidad.

La expresión de Elliott se iluminó al instante, olvidándose por un momento de su hermana y del caos que los rodeaba.

—¿Qué te parece si echo a toda esta gente de aquí? Tenemos que hacer las paces.

Ella miró a su alrededor y se rio al ver a los miembros de la familia Cruz discutiendo.

—Pues buena suerte. Si hay algo que tu familia adora más que la comida buena eso es una discusión acalorada.

—Pues que la tengan en otra parte —dijo dando palmas para captar su atención—. Marchaos a casa —añadió cuando todos se quedaron en silencio—. Karen tiene razón. Todos tenemos que ponernos de parte de Adelia, pase lo que pase —y miró a su madre especialmente—. Tú también, mamá. Sabes que la situación debe de ser grave para que Adelia haya corrido el riesgo de ofenderte al tomar una decisión tan drástica. Habla con ella y entérate de lo que ha pasado de verdad.

Su madre se quedó atónita.

—¿Crees que el divorcio está justificado?

—En este caso creo que le debes a tu hija el molestarte en averiguarlo —respondió con firmeza y yendo a besar a su hermana.

Para sorpresa de Karen, la señora Cruz miró a sus hijos y asintió.

—Sé que no dirías algo así tan a la ligera. Adelia, ven a casa conmigo. Vamos a hablar.

—¿De verdad, mamá? —le preguntó ella escéptica—. Porque para serte sincera, no estoy preparada para que toda la familia os echéis en mi contra. Si esa es vuestra intención, creo que me quedaré aquí con Elliott y Karen —los miró—. Lo siento. Seguro que tenéis mejores cosas que hacer.

Elliott asintió.

—Sin duda, pero tú eres nuestra prioridad ahora.

María Cruz se mostró impactada por la actitud desafiante de su hija, pero un brillo de comprensión suavizó su expresión.

—Las dos solas. Y nada de gritos. Solo una madre escuchando qué es eso que le está partiendo el corazón a su hija.

Adelia se levantó al instante con los ojos llenos de lágrimas.

—Gracias, mamá —besó a Karen y a Elliott—. Gracias por todo.

—De nada —respondió Karen apretándole con fuerza la mano.

Y con ese tema solucionado por el momento, todos salieron de casa dejando a Karen a solas con su marido.

—Sabes que yo nunca te engañaré, cariño —le dijo él abrazándola—. Jamás te faltaría al respeto de ese modo —la miró fijamente—. Ni de ninguna otra forma. Nunca más lo haré.

—De ahora en adelante lo hablaremos todo.

—Y lo solucionaremos juntos.

—Transigencia —sugirió Karen con un toque de diversión en la voz. Era un concepto con el que Elliott no estaba familiarizado del todo, pero que al menos parecía dispuesto a aprender.

—Transigencia —repitió él y sonrió—. Y después de transigir, sellaremos nuestros acuerdos en la cama.

—Un plan genial —dijo ella con entusiasmo.

—¿Empezamos ya? —le preguntó esperanzado.

Riéndose mientras él la tomaba en brazos, Karen respondió:

—¡Qué mejor momento que ahora!

Tenía la sensación de que la de esa noche no sería su última discusión, pero si todas podían terminarlas de este modo, lograrían que su matrimonio funcionara. Pensó en aquello que había dicho la señora Cruz sobre que su marido y ella siempre habían terminado un día tenso con un beso. Habían pasado casi cincuenta años juntos. Si Elliott y ella podían igualarlos, incluso con algún que otro bache, entonces podría darse por afortunada.

Azúcar y pimienta, así los habían descrito una vez y, como chef, entendía muy bien las diferencias y los peligros que conllevaba esa mezcla.

Sin embargo, también sabía lo bien que podían maridar si se usaban con cuidado, sensatez y delicadeza. Si eso funcionaba con la comida, seguro que Elliott y ella podrían hacer que los mismos ingredientes funcionaran para crear un matrimonio formidable y sólido que durara para siempre.

¿Y un bebé nacido de esa mezcla? Sonrió al pensar en algo tan maravilloso. Los meses que tenía por delante prometían ser los mejores de su vida... hasta ahora...

ÚLTIMOS TÍTULOS PUBLICADOS EN HQN

Los colores del asesino de Heather Graham

Deshonrada de Julia Justiss

Un jardín de verano de Sherryl Woods

Al desnudo de Megan Hart

Noches de verano de Susan Mallery

Érase una vez un escándalo de Delilah Marvelle

Perseguida de Brenda Novak

El anhelo más oscuro de Gena Showalter

Provócame de Victoria Dalh

Falsas cartas de amor de Nicola Cornick

Aquel verano de Susan Mallery

Cuatro días en Londres de Erika Fiorucci

Sin salida de Brenda Novak

La misteriosa dama de Julia Justiss

Solo un chico más de Kristan Higgins

Difícil perdón de Mercedes Santos

www.ingramcontent.com/pod-product-compliance
Lightning Source LLC
LaVergne TN
LVHW030337070526
838199LV00067B/6330